아내의
비밀

wife's secret

SCARLET ROMANCE STORY

류은채 장편 소설

아내의

wife's secret

비밀

Contents

1.

강남호텔 커피숍.

창가 쪽에 앉아 있는 남자는 훤칠하고 잘생긴 호남이었다. 이렇게 맑은 날 이런 곳에 나올 사람 같지 않아 보였다.

한눈에 보기에도 고급스러운 정장, 반질반질한 구두, 번쩍이는 시계를 포함해 온몸에 걸친 걸 다 계산하면 대강 몇 백 단위가 나올 법도 했다.

그 주위는 옷매무새를 다듬거나 목이 말라 물을 들이켜는 사람들이 즐비했다. 과연 이곳이 유명한 맞선 장소임을 알게 해주었다.

"이 짓도 못 해 먹겠군."

맞선을 이번 달만 해도 다섯 번은 본 것 같다. 별별 여자들을 다 만나 보았다.

아내가 이이를 낳다 세상을 등지고 아들 민도유 하나 있다는 것 빼곤 흠 하나 없는 무결점 도진이었다.

하지만 도유가 내년이면 학교에 입학할 때가 되자 마음이 급해진 도진이었다. 학부형이 되는 것이 아닌가.

게다가 안 그래도 또래보다 어른 같은 도유지만 엄마가 없다는 것에 많은 심적 부담을 느끼게 될 게 자명했고, 듣자 하니 초등학생이 되면 엄마라는 존재가 정말 절실히 필요해진다 주워들은 그였다.

맞다. 그가 결혼을 결심한 건 자신보다 아들 도유를 위해서였다.

결정적으로 엊그제 유치원에서의 호출 사건.

원장의 전화를 받고 달려가 보니 주먹을 꼭 쥐고 눈에서 불을 뿜어 대는 어린 아들 녀석.

사정을 들어 보니 두 아이가 싸웠는데 도유는 아무 이유 없이 일방적으로 친구를 때린 가해자가 되어 있었다.

"엄마도 없는 주제에."

차근차근 들어 보니 죽자 사자 친구를 때린 아들 녀석이 이해가 되었다. 그런 말을 듣고 때리지 않을 녀석이 어디 있는가.

잘했다고 하진 못했지만 아들을 꼬옥 안아 준 그였다. 분했지만 사실이었고 반박할 만한 뭔가도 없었기에 참아야만 했었다.

그날 이후 도진은 등한시했던 재혼이라는 문제를 심각하게 생각하게 되었다.

그리고 또 이 자리.

여자들은 검사라는 직책과 제법 사는 중산층이라는 점에 혹해서 달려들었다가도 아들을 받아들이는 건 힘들었나 보다.

한 여자는 노골적으로 결혼 후에도 아이를 계속 키울 거냐고 물어 왔고, 또 다른 여자는 열쇠 3개는 챙겨 올 테니 아이를 엄마에게 보내는 일을 고려해 보라고까지 말하는 것이 아닌가.

기가 차서 입을 다물었다.

이런저런 생각에 빠져 있는데 경쾌한 힐이 내는 고음이 들려왔다.

또각또각.

이윽고 하이힐을 신은 여자가 앞에 섰다.

"민도진 씨?"

거의 반쯤 체념 상태였던 도진이 고개를 들자 빨간 입술이 제일 처음 그의 시선을 확 잡아끌었다.

커트머리에 날씬한 체형, 연한 살구색 블라우스에 미니스커트, 높은 하이힐.

전체적으로 고양이 같은 인상을 풍기는 여자였다.

'보통 선보러 나오는 데 미니스커트는 입지 않는 거 아닌가?'

그의 눈이 어쩔 수 없이 드러난 허벅지에 가 닿자 여자는 배시시 웃으며 자리에 착석했다.

"안녕하세요? 오유진이에요. 말씀 많이 들었어요."

"네."

유진은 첫눈에 도진이 맘에 들었다. '와우~ 심봤다!' 라는 말이 절로 뱉어지는 걸 꾹 참은 그녀였다. 결혼하지 않고 지금껏 버텨 온 자신에게 상을 주고 싶을 정도였다.

아이가 한 명 있다고 들었는데 것도 맘에 꼭 들었다. 자신이 배 아파 아이를 낳지 않아도 되는 상황 아니겠는가.

오호호홋.

거기다 분명 아이도 그를 닮아 귀여울 것이 분명했다.

"저. 제가 아들이 한 명 있습니다."

"들었어요. 귀여울 것 같아요. 혹시 사진 가지고 있으세요?"

"네? 아…… 네."

"한번 보여 주실래요?"

"네? 아아 그……."

팔불출 아버지로 변모한 도진이 얼른 지갑 속에 있는 도유의 사진을 꺼내자 여자가 눈을 빛내더니 사진을 바라보며 솔직한 감탄사를 내뱉고 있었다.

"와, 정말 귀여운 꼬마네요. 아빠를 그대로 빼닮았어요. 머리도 영리할 것 같아요."

"그렇게 보입니까?"

"그럼요. 아빠가 검사니까 아드님 앞으로 공부 잘할 거 같은데요?"

여자는 아무런 거리낌 없이 그에게 다가서고 있었다.

드디어 한 줄기 서광이 비쳐 드는 것만 같아 도진은 목이 마르기 시작했다.

"괜찮으시면, 같이 식사하시겠습니까?"

"네? 이곳이 답답하신가 보네요. 좋아요. 나가요. 저녁 메뉴는 제가 선택해도 될까요?"

"좋습니다."

두 사람은 마주 웃으며 자리에서 일어났다.

두 사람이 식사를 하러 간 곳은 콩나물국밥집이었다. 데이트 필수 코스인 피가 뚝뚝 떨어지는 고기 써는 곳이 아닌 모락모락 훈훈한 김이 나는 할머니 국밥집이었다.

도진은 더더욱 눈앞에 있는 여자가 맘에 들어 헤어지면서 애프터를 신청했다. 그렇게 약속을 정한 후, 다시 본 그녀는 여전히 털털한 모습, 그대로였다.

그리고 세 번째 만났을 때 나눈 입맞춤으로 도진은 그녀와 자신이 성적으로도 딱 맞는 환상 궁합임을 알 수 있었다.

"저와 결혼해 주시겠습니까? 유진 씨."

"네, 기꺼이. 하지만 한 가지 원하는 게 있어요."

"무슨?"

"잠시의 여유. 제게도 자유 시간을 보장해 달라는 거예요."

"구체적으로 어떤 자유를 말씀하시는지?"

"제가 여행을 즐기는 편이라서 가끔 어디론가 훌쩍 떠날 때가 있어요."

"얼마나 자주인 겁니까?"

"음……. 한 달에 한 번? 결혼한다면 두 달에 한 번쯤?"

"훌쩍 떠난다는 거, 그거 아무 말 없이 가는 것은 아니겠죠?"

"네. 지금과 같으면 당연히 안 되겠지요. 사전에 꼭 이야기하고 갈게요."

도진은 잠시 생각에 잠겼다. 처녀가 하루아침에 아이와 시부를 동시에 모신다면 스트레스가 쌓일 수도 있겠다는 생각이 들었다. 힐링할 시간과 자유 시간을 원할 법도 했다. 자신도 양보를 해야 옳지 않을까.

"알겠습니다. 그럼 이제 우리 결혼을 전제로 만나는 겁니다. 어때요?"

"OK."

이후 두 사람은 초스피드로 결혼식을 올렸다.

여덟 번의 데이트.

두 사람이 만난 지 딱 세 달 만에 결정된 일이었다.

결혼 준비는 일사천리로 진행되었고, 유진의 친정 부모님이 하와이에서 살고 있던 탓에 결혼식 당일에서야 장인 장모를 만나게 되었다.

그런데 결혼식에서 만난 장인은…….

"저…… 장인어른?"

그저 알 수 없는 눈빛으로 도진을 바라만 보던 장인은 말없이 그의 어깨를 토닥거려 주었다.

그 눈빛은 흡사 가련하다는 듯 안쓰러운 눈빛이었다.

◆

신혼여행지 몰디브에서 도진과 유진은 어색함을 금방 떨쳐내고 육체의 향연에 빠져들었다. 매너 좋고 정력 좋은 도진으로 인해 유진은 사랑을 담뿍 받는 새 신부가 되었다.

사흘.

몰디브 방갈로에서 한 발자국도 나오지 않은 채 야동만 여러 편 찍고 돌아온 그들은 이미 몸과 마음이 하나로 묶인 부부의 모습이었다.

"역시 내 눈이 정확했어. 능력 짱, 외모 짱, 정력 짱. 거기다 내 배 아프지 않고 덤으로 아들까지. 올레!"

여기까지 그들은 평범한 사람인 듯 보였다.

그렇지만…….

오유진. 비밀경찰, 국가 안보 등급 A1.

이것이 털털한 그녀가 숨기고 있는 정체였다.

2.

그녀, 오유진.

오유진의 부친 오상권은 하와이에서 딸 결혼식에 참석차 입국하는 길이었다.

'세상에 내 딸이 결혼을 하다니.'

이게 꿈인가 생시인가 싶어 제 볼을 꼬집는 상권이었다.

"아얏!"

"여보, 왜 그러세요."

유진의 모친, 아니 의붓어머니 한여진은 그런 남편을 이상하게 쳐다보고 있었다.

유진의 친어머니는 일찍 세상을 떴고 그는 현재 여진과 재혼하여 하와이에서 살고 있었다.

"그나저나 검사라고 했죠? 유진이와 잘 어울릴 것 같아요."

아무것도 모르는 순진한 아내를 바라보는 오상권의 얼굴에 먹구름이 꼈다. 유진이 그저 평범한 회사원인 줄 알고 있으니 당연한 일이겠지만 상권은 긴 한숨만 연신 뱉어 낼 수밖에 없었다.

"잘 어울리고 안 어울리고를 떠나 유진이를 감당할 만한 사람이면 좋겠어."

"당신도 참. 유진이가 어때서요? 성격이 조금 과격하긴 하지만 모난 곳은 없잖아요."

"임자는 몰라."

"뭘요?"

"아냐, 아무것도. 가지."

상권은 결혼식장으로 이동하는 차 안에서 딸 유진을 떠올렸다.

그가 재혼하고 하와이에 터전을 잡고 난 뒤엔 1년에 많으면 네 번 정도 전화를 주고받는 부녀였다. 사실 아직도 유진에게서 전화가 오면 심장이 벌렁거리는 상권이었다.

'뭐에 놀란 가슴 솥뚜껑 보고 놀란다는 속담, 그게 맞나?'

그러던 어느 날 갑자기 유진에게서 결혼을 한다고 연락이 왔다. 남들 다 하는 그 결혼을!

상견례, 예물 이런 건 간단히 두 사람이 알아서 할 테니 결혼식만 참석해 달라고 해 입국한 게 오늘이었다.

정말 궁금했다. 딸과 결혼할 남자가, 아니 딸이 결혼을 결심하게 만든 장본인이 너무도 궁금했다. 평생 혼자 살 것 같더니 짚신도 짝이 있다는 말이 맞긴 맞나 보다.

그리고 결혼식장에 와서 처음 만난 사위는 생각보다⋯⋯.

'멀쩡한데? 혹시 어디 안 좋은 곳이 있나? 아님 약점이라도 잡힌 건가?'

그가 곧 사위가 될 도진을 보며 측은지심으로 어쩌지 못하고 있을 때 사정을 모르긴 매한가지인 도진은 동글동글 순진한 눈알을 굴리며 제 눈을 맞춰 왔다.

하지만 상권은 어떤 말도 해 줄 수 없어 안타까울 뿐이었다.

'자네, 우리 딸을 얼마나 알고 있나. 반의반이라도, 반의반의 반만이라도 알고 있나?'

하지만 이런 질문은 입 밖으로 내뱉을 수가 없었기에 그저 마음속으로 도진의 앞날을 애처로워할 뿐이었다.

"저⋯⋯ 장인어른?"

어느새 눈빛에 감정이 스며들어 있었나 보다. 미래의 사위는 순한 양처럼 의문을 표해 왔지만 상권은 입을 꾹 다물 수밖에 없었다.

맘 같아선 확실히 해 두고 싶었지만 그랬다가는 딸아이가 시집가는 모습을 영영 볼 수 없을 거란 생각에 차마 말할 수는 없었다.

그의 얼굴이 점점 굳어지자 몇 분 뒤 도진이 걱정스럽다는 듯 말을 건넸다.

"아버님, 걱정 마십시오. 잘 살겠습니다."

"내가 걱정하는 건 자넬세."

"네?"

"부디 잘 살게. 그리고 음, 부부의 연이란 게 한번 맺으면 절대 되돌릴 수 없다는 것은 잘 알고 있겠지?"

"네? 네."

"험험."

도진이 생각하기에 장인 되실 오상권의 얼굴이 어두운 것은 외동딸인 유진이 아이가 딸린 홀아비와 가시버시를 맺어서 그런 것이라 지레짐작했기 때문이었다.

하지만 그의 생각과는 달리 상권은 도진의 걱정을 하고 있었다.

"……?"

우와.

행진곡에 맞춰 입장하는 부녀는 여느 결혼식의 풍경과 다를 바가 없었지만 상권은 뒤통수가 유난히 따가운 것을 느꼈다.

왜 이렇게 시선들이 불편한 거지? 뭐가 묻었나?

딸 유진의 웨딩드레스는 조금 의외이긴 하지만 못 봐줄 정도는 아니었다. 무릎 위 길이의 원피스 형태인 조금 짧은 미니드레스였지만, 요즘 젊은이들이 다 그렇지 하며 넘어갈 수 있는 수준이었다.

그런데 왜?

상권이 유진의 손을 도신에게 인계한 뒤 자리에 돌아와 앉은 그 순간 그도 놀라 자리에서 펄떡 뛰어오르고 말았다.

"허억!"

"여…… 여보."

아내가 그가 튕겨 오르듯 일어나려 하자 팔을 잡아당기며 앉기를 종용했다. 그제야 이곳이 어떤 자리인지 새삼 깨달은 그였다.

털썩.

다리에 힘이 풀려 의자에 주저앉은 그는 얼굴을 차마 들 수가 없었다.

"대체. 저게."

"여보, 쉬잇! 이미 엎질러진 물이에요 그러니까 내색하지 마세요."

"……."

오늘도 그는 수명이 십 년은 줄어든 것만 같았다. 상권은 이러다 제명에 살지 못할 것 같아 터질 듯 울려 대는 심장박동과 시뻘게진 얼굴을 진정시키기 위해 바닥만 내려다보려 애쓰고 있었다.

좀 짧긴 하지만 얌전해 보였던 미니드레스는 등 뒤가 절반은 파여 견갑골부터 척추까지 훤히 들여다보이는 디자인이었다.

"아이고, 두야. 노출증 환자도 아니고 저게 무슨 남우세스러운 옷차림이냔 말이야."

"여보~

여진이 머리를 짚는 상권을 보며 덩달아 작게 한숨을 내쉬었다.

한편, 제 아버지가 기함하는 것에도 아랑곳하지 않고 유진은 제 인생에서 두 번은 없을 결혼식에 아무도 입지 않을 웨딩드레스를 입고선 너무나 당당하고 초연했다.

그녀가 가장 자신 있는 신체 부위가 날렵한 등과 미끈한 각선미였다. 그래서 그 부분을 최대한 살려 디자인해 달라고 요구한 그녀는 이 웨딩드레스를 받고 매우 흡족해했다.

그녀는 당당하게 버진 로드를 입장했다. 모두들 숨을 삼키는 소리, 탄식의 소리, 감탄하는 소리가 귓가에 들려왔다.

'오호호호. 이 맛에 결혼이라는 걸 하나 보군.'

유진은 남편이 될 도진을 향해 하트를 연신 발사하고 있었다.

원래 남의 시선을 즐기는 그녀인지라 뒤에서 남들이 뭐라 하든 신경 쓰지 않았다. 그저 옆자리에 위치한 도진에게 온 신경이 쏠려 있을 뿐이었다.

다시 봐도 잘생겼단 말이지. 넓은 어깻죽지, 전체적인 균형이 딱 잡혀 있는 몸매.

그리고 그는 관상학에서 남자라면 가장 먼저 보아야 할 코가 반듯하고 컸다.

왜 코가 중요한지는 다 알 거니까 설명은 생략. 오늘 밤 신혼여행에서 실습해 보면 그 말이 참인지 아닌지 알 수 있지 않겠는가.

'오호호홋. 아이참, 몰라, 몰라.'

유진은 혼자 별 이상한 상상을 하다 얼굴이 붉어졌다.

그런 그녀를 사랑스럽다는 듯 바라보는 도진이었다.

"맹세합니다."

도진의 입에서 서약의 말이 흘러나오자 유진은 감개무량했다.

드디어 저 남자의 아내가 된다……가 아니라 민도진이 그녀의 법적 남편이 되는 순간이었다.

오유진, 그녀가 원하는 이상적인 남편상은 이랬다.

아주아주 바쁜 직업이어야 한다. 그래야 간섭이 심하지 않을 테니까.

전문직인 저의 직업상 가끔 출장을 빙자한 외부 활동을 인정해 줄 수 있는 사람이어야 한다.

마지막으로 가장 중요한 항목은 정력이 좋아야 한다.

그래야 그녀가 바람피울 생각을 하지 않을 테니까. 이 세상엔 너무나 잘생긴 남자들 천지란 말이지.

그런데 조건을 모두 충족시키는 남자가 드디어 그녀 인생에 나타난 것이다. 민도진, 그가.

"오호홋. 호호호"

신혼여행을 마친 후 두 사람은 그녀의 친정이 하와이라 그곳으로 가지 못하고 곧바로 집으로 들어가게 되었다.

집 앞 차 안에서 옷매무새를 이리저리 살피며 옷고름을 단정히 묶는 유진의 긴장을 알아챘는지 남편 도진이 빙그레 웃음 지어 주었다.

유진 역시 미소를 지어 주었다. 회심의 미소였지만.

이제 저 섹시한 미소가 이제 자신만의 것이 된 것이다.

무한 행복감에 푹 젖은 유진은 먹지 않아도 배가 부르다는 말을 몸소 체험 중이었다.

"저를 맘에 들어 할까요?"

"걱정 마요. 도유는 엄마의 정에 굶주려 있으니까. 당신이 잘 대해 준다면 쉽게 친해질 수 있을 겁니다."

'캬아.'

신혼여행 사흘간 몸을 섞고 탐닉한 뒤, 실질적 오유진의 육체 소유권자로 등극한 민도진이었지만, 유진에게 여전히 예의가 발랐고 존대어를 사용해 주었다.

마치 대접받는 느낌이랄까.

왕비처럼 대해 주니 자연히 저도 왕처럼 대접할 수밖에. 이래서 인생은 훅—하고 한방인가 보다.

아이를 딱히 좋아하지도 싫어하지도 않는 유진이지만 설레발 치는 가슴은 어쩔 수가 없었다.

'이런 횡재가 어디 있단 말인가.'

열 달 동안 배 아프지 않고 사랑하기 시작한 남편을 똑 닮은 아들을 가지게 되었으니.

사실 결혼이라는 걸 심각하게 고려해 봤을 때 출산 문제와 육아 문제가 가장 큰 비중을 차지했었다.

그런데 그와의 결혼은 양자가 모두 만족하는 결과가 되었다.

비밀경찰이라는 특수 직업은 제약이 많았고 출산, 육아 문제는 어떻게 보면 걸림돌이었다. 게다가 가족에게도 비밀경찰임을 알리지 말아야 한다는 서약과 함께 그곳을 나올 때까지 누구도 이를 모르게 해야 했다. 또한 임무가 떨어지면 언제 어느 때라도 훌쩍 떠나야 하는 역마살이 낀 직업인 것이다.

뭐 여기까진 핑계고, 사실은 몸매가 망가지는 게 가장 두려운 유진이었다.

전국체전 여자 투포환 부문 우승을 하고 난 뒤 그녀의 인생이 180도로 뒤바뀌어 버렸다. 그녀를 눈여겨본 상부 누군가에 의해.

세계를 돌아다닐 수 있고 사람들을 만날 수 있다는 말에 혹해 한두 번 일을 수행한 것이 적성과 딱 맞아떨어진 것이다.

"자, 들어갈까요?"

여행 가방을 들고 앞서 가는 도진을 따라가는 유진의 모습은 영락없이 단아하고 수줍은 새색시의 모습이었다.

"칫!"

2층 창가에서 아래를 내려다보는 꼬맹이 입에서 불만의 소리
가 터져 나오고 있었다.

이 집의 골칫덩이이자 안하무인 민도유였다.

모두의 관심이 제게서 저 여자, 이젠 새어머니라 불러야 하는
여자에게 쏠리자 은근히 질투도 났고, 왠지 저만의 아빠를 빼앗
긴 것만 같았다.

어제도 할아버지가 제게 이러면 안 된다, 이러이러해라 하며
주의 항목들을 읊어 댔었다.

민도유의 할아버지 민재석의 당부 말씀은 이러했다.

"이젠 함부로 아빠 방에 들어가면 안 돼. 노크해야 한다.
알겠니?"

"새엄마라고 불러라. 엄마면 더 좋겠지만 그건 시간이 좀
더 필요하겠지."

"가족이 이젠 4명이 되는 거야. 도유야, 너도 좋지?"

"왜 이렇게 요구하는 게 많은 거야, 쳇!"

도유는 현관으로 들어서는 두 사람을 내려다보다 조그만 가
슴에 팔짱을 끼었다. 그 모습이 제 아빠 도진이 화가 났을 때

하는 행동과 똑 닮아 있었다.

"안녕하세요."

"?"

약간 삐딱선을 탄 꼬마의 목소리에 담긴 뉘앙스와 제가 내민 손을 마지못해 잡아 오는 고사리손.

'어라라? 요것 봐라?'

맹랑한 꼬마가 제게 적의를 드러내고 있었다. 하!

'이것 보세요. 내가 너보다 20년은 연상이야. 강산이 변해도 두 번은 변했고, 밥공기를 세어도 수천 번은 더 먹었다고. 감히 이 오유진을 상대해 보시겠다? 오호호홋! 후회하게 만들어 주마. 꼬마야.'

유진이 속내를 감춘 채 싱그러운 미소를 띠며 말을 건넸다.

"호호! 반가워. 나는 오유진이라고 해. 우리 잘 지내보자꾸나. 도유야."

'헉!'

도유는 얼굴 한가득 환한 미소를 담고 저의 주먹을 쥐어 오는 유진의 악력에 놀라고 말았다.

힘이 장사였다. 보통내기가 아니라는 걸 본능적으로 알아챘다. 뭔가 건드리면 안 될 사람을 건드린 것 같은 불안감이 스멀스멀 피어올랐다.

한편, 그런 두 사람의 기 싸움을 눈치채지 못한 도진과 도진의 아버지, 재석은 흐뭇하게 두 사람의 첫 만남을 지켜보고 있었다.

이윽고 두 사람의 1라운드 경기가 시작의 종을 울렸다.

청 코너! 이 집의 귀염둥이이자 막내. 스스로 영리하다 자부하고 자만심 가득한 초경량급. 박힌 돌. 민! 도! 유!

홍 코너! 가족관계증명서에 이름을 올린 새내기. 헤비급 핵폭탄. 구르는 돌. 오! 유! 진!

Fight!

사실 불공평했다. 나이로 보나 사회적 경험으로 보나.

하지만 가정에도 엄연히 약육강식관계가 존재한다는 걸 가르쳐 줄 필요는 있는 것이다. 상하관계가 뚜렷해야 집안이 잘 굴러가지 않겠는가.

서열 싸움 부동의 3위에서 4위로 내려앉아야 하는 민도유, 그리고 서열 3위의 자리를 차지하고 들어온 오유진의 기 싸움이 드디어 시작되었다.

3.

　도유의 유치원 버스를 기다리는 아침 풍경은 여느 때와는 조금 달랐다.

　"제가 내일부터 도유 유치원 버스에 데려다주고 싶은데, 괜찮을까요. 아버님?"

　"오오— 그러냐? 그래, 그러렴. 도유와 친해질 기회이기도 하고."

　"네, 감사합니다. 아버님."

　민재석.

　도유의 할아버지이자 도진의 아버지는 흐뭇한 얼굴로 고개를 끄덕였다.

　며느리로 들어온 아이는 참하기도 했지만 무엇보다 손자 도유를 잘 케어할 수 있을 것 같았다. 아직은 서먹서먹해 보였지만 친해지려고 노력하는 며느리 유진이 기특하기만 했다.

원래는 아침마다 할아버지인 제가 유치원 차까지 바래다주거나 월, 수, 금 일하는 박 씨 아주머니가 오는 날엔 그녀가 데리고 가기도 했는데 제가 스스로 데리러 가겠다니 참으로 고마운 일이었다.

그동안의 아침 일상 풍경과는 이질적인 모습.

할머니도 아니고, 할아버지인 제가 데리러 나가면 호기심의 눈동자들이 저에게 집중되었다. 엄마들이 와서 아이를 안아 올리거나 인사를 하는 모습을 부러워하며 바라보던 손자가 얼마나 안쓰러웠는지 모른다.

"어머! 도유 할아버지, 안녕하세요?"

"안녕하십니까."

아직도 궁금증이 풀리지 않아 묻고 싶어 어쩔 줄 몰라 하는 그들 얼굴에 띤 홍조를 보면서도 도유의 할아버지는 말을 아꼈다.

아들이 재혼을 했다란 사실이 창피한 게 아니라 혹시 손자 도유가 상처받을 말을 듣지 않을까 우려도 되었고 아직은 전부 이해하고 받아들이지 못하는 어린 손자가 걱정돼서였다.

말은 모든 것의 화근이 되는 것이다. 뱉으면 주워 담을 수 없기에.

뒤통수가 가려웠다. 옹기종기 모여 제 손자 이야기를 하는 것도 같았지만 도유의 할아버지 민 씨는 발걸음을 돌려 집으로 돌아왔다.

이제부터는 새 역사를 쓰는 시간인 것이다. 많은 우여곡절이 있을 테고 가족이 되기 위해 진통을 겪을 것이라고 짐작했다.

부디 손자와 아들, 새로 들인 며느리가 진정한 한 가족이 될 수 있도록 맘속으로 비는 것, 그리고 그것을 응원해 주는 것이 늙은 제가 할 일이라 생각한 그였다.

"우리 모두에게 시간이 필요하겠지."

사실 도유의 할아버지 민 씨는 이미 손자 도유와 며느리 유진의 기 싸움을 눈치채고 있었다.

하지만 늙은이의 경험으로 누구의 편에 서지도 누구 편을 들지도 않고 그저 관망하는 것이 옳을 것이다 생각한 그는 세월이 주는 현명함을 가지고 있었다.

"이제 나도 슬슬 다른 곳으로 눈을 돌려볼까, 허허."

❖

오후 4시 20분 유치원 버스에서 내린 도유는 주위를 두리번거렸다.

"할아버지."

"도유야!"

항상 같은 패턴이었다.

은근히 그 여자, 아니 새엄마라는 여자가 나와 있지 않을까 전전긍긍했던 도유는 맥이 탁하고 풀린 기분이었다.

　도유는 오늘 하루 종일 제가 듣지 않는 줄 알고 수군거리는 유치원 선생님들의 소곤거리는 소리를 듣고 속상했다.

　―어머어머, 그 잘생기신.

　―도유 아버님 결혼하시고…… 신혼여행에서…….

　―도유 불쌍해서 어째?

　―어쩔 수 없지 뭐, 그래도 할아버지가 살아 계시니 대놓고 구박하진…….

　―그래도 동생이 태어나면 관심은 거기로. 쉿! 듣는다.

　전부 들었거든요?

　점심을 먹고 낮잠 자는 시간. 눈을 감고 이불을 덮고 자는 척하자 유치원 교사 세 명이 수다를 떨고 있었다.

　'누굴 바보로 아나?'

　속상했다. 뭐 언제까지고 혼자 사실 거라 생각한 건 아니지만, 그래도 이제 저만의 아빠가 아니라는 게 더 서럽게 만들었다.

　게다가 아버지는 결혼식이 끝나고 신혼여행 5박 6일 동안 여행지에서 꼴랑 두 번 전화해 오셨다. 근무 중에도 날마다 전화하시던 분인데. 벌써 여자에게 홀려서 저는 뒷전인 거다. 치잇!

탁탁.

신발을 내던지다시피 벗어 던진 도유에게 공기 중으로 날아
온 다정한 척 구는 목소리가 귓가를 파고들었다.

"도유 왔니?"

그 여자였다.

흥!

대답 없이 도유는 제 방으로 쏙 들어가 버렸다.

유진은 신혼생활을 위해, 그리고 아들 도유와 친해질 시간을
벌기 위해 당분간 임무를 맡지 않기로 한 참이었다.

그런데 요만한 저 꼬맹이가 절 개 무시하고 콧방귀까지 끼며
방으로 쏘옥 들어가는 게 아닌가.

'요거 봐라? 성깔 있는걸?'

유진은 웃음을 눌러 참았다. 화가 나기보단 아이다운 화 표출
이 귀여웠다. 하지만 초장에 버르장머리는 고쳐 놓아야 한다는
게 그녀의 지론이었다.

비밀경찰직을 수행할 때, 상대가 순진한 초보처럼 보여 봐주
고 응징하기를 머뭇거렸다가 된통 당한 적이 두 번 있었다.

그 후론 무엇이든 깔끔히! 특히 누가 우위인가를 따지는 문제
에선 여지를 두지 않는 그녀였다.

방에서 도유는 가방을 열어 수저를 꺼내고 있었다.

'따라 들어와 친한 척 굴겠지? 누가 알은척할 줄 알아?'

그러나…… 감감무소식이었다.

'왜 안 오지? 무슨 일 있나?'

결국 궁금증을 이기지 못한 도유가 거실로 나오자 할아버지와 이야기를 나누던 그 여자가 그제야 알은척을 해 온다.

"수저 식탁 위에 두렴. 손 씻고."

"……."

더 이상은 간섭하지 않겠다는 모양새였다.

'뭐지? 이게 아닌데.'

새로 들어온 여자는 과잉 친절을 베풀지도 않았고, 친한 척 굴며 바짝 다가와 앉지도 않았다.

저녁을 먹고 앉은 거실에서도 그녀는 조용히 앉아 책만 읽고 있었다. 털을 바짝 세운 고양이처럼 굴던 도유는 오히려 더 피곤해졌다.

"나, 방에 들어갈래."

"아직 8시인데 곤한가 보구나? 간식이라도 가져다줄까?"

"필요 없어요."

"그래, 그럼 잘 자라."

단단히 결전을 치르려 하던 도유는 맥이 탁 풀리고 말았다.

뭐 영화에서처럼 들어와 책을 읽어 준다거나 유치원에서 뭘 했는지 물어본다는 것까진 아니더라도 잠자리는 살펴야 하는 거 아닌가? 치잇!

콩콩콩.

발걸음 하나에 불만 하나.

발걸음 둘에 야속함 하나.

발걸음 셋에 눈치 하나.

그렇게 도유는 콩콩거리며 제 방으로 들어갔다.

종종거리는 발걸음으로 제 방으로 들어가는 도유의 모습을 바라보던 유진의 눈빛이 반짝하고 빛났다. 저 뒷모습마저 귀여워 환장하겠다.

유치원에서 돌아온 통통하고 보드라운 아이 얼굴에다 뽀뽀를 퍼붓고 싶었지만 참았고, 의기소침해서 방으로 돌아가는 아이를 안아 올려 헹가래라도 치고 싶었지만 눌러 참았다.

보다 나은 미래를 위해서.

조금 더 나중에 저 아이가 자신을 마음으로 받아들일 때 그때 해도 좋을 것이라며 제 진심을 알아주길 바라는 마음뿐이었다.

민도유, 사랑하기 시작한 남편 민도진을 쏘옥 빼닮은 제 아들이 아닌가.

"오호호홋. 난 전생에 나라를 구한 게 틀림없어. 남부럽지 않은 남편에다 옵션으로 잘생긴 아들까지 갖게 된 이런 완벽한 행운이라니."

민도유.

이제 저만을 바라보던 두 사람의 관심을 양보해야 하는 고집이 센 아이. 그래서 화가 나 있는 상태인 것이다.

저런 스타일은 제풀에 지치게 만들어야 한다. 항복이라는 말이 마음에서 우러나와야 했다.

"호호, 새엄마만 믿으렴. 널 완벽한 내 아들로 만들어 주마."

그녀의 음산한 웃음소리가 거실에 울려 퍼지는 듯했다.

다음 날 아침 식탁 풍경은 단란하면서 완벽한 5인 가족의 모습이었다.

5박 6일이나 자리를 비운 탓에 더 바빠진 도진이 밤늦게야 들어왔다. 하지만 다행히 도유가 유치원 가기 전에 일어나 식탁에 앉은 도진이었다.

식탁에서 아빠 도진이 도유에게 밥을 왜 그리 안 먹느냐며 걱정스레 말을 걸자 기회는 이때다 생각했는지 도유가 조잘대기 시작했다.

"음식도 별 맛이 없고 내가 좋아하는 반찬도 하나도 없고, 그래서 그래."

아이의 의도는 뻔했다. 자신에게 신경 쓰지 않는다란 말을 하고 싶었던 거였다.

하지만 차려진 밥상을 바라보는 도진이 뭐라 하기도 전 여시 같은 새엄마의 의기소침해 지껄이는 낮은 말이 거슬렸다.

"좋아하는 반찬이 없어 미안해. 사실 네가 좋아하는 햄이나

치즈는 너무 많이 먹으면 좋지 않아서 되도록 나물과 몸에 좋은 냉잇국을 끓였단다. 입에 맞지 않겠지만 편식하는 습관도 줄이고 건강을 위하는 일이니까 우리 같이 노력하자, 응?"

미안한 척하면서 제 할 말은 다 하지 않는가. 그런데······.

"······."

에? 이게 아닌데.

도유는 뭔가가 어긋난 방향으로 흘러가는 걸 막지 못했다. 하지만 지고 싶지도 않았다.

"나, 입맛이 없어요. 할아버지."

"입맛이 없어?"

또 먼저 끼어드는 주책맞은 새엄마였다.

"입맛이 없다니 좋은 방법이 있는데, 아버님 도유가 따라 줄까요?"

"호오. 좋은 방법이 있어? 묘안이 뭘까? 우리 장손 입맛이 돌아온다면 나야 대환영이지. 도유야. 새엄마 말씀 잘 듣고 한번 실천해 보렴."

"네? 하, 하지만."

"의외로 방법은 쉽고 간단하단다. 도유야. 호호."

간드러지게 웃는 유진의 목소리에 도유는 자신도 모르게 위화감을 느꼈다. 그때였다.

"신경 써 줘서 고마워."

"당신도 참. 제가 남인가요. 신경 쓰는 게 당연한걸요. 어서 드세요."

웃는 얼굴에 침 뱉지 못한다 하지만, 저 웃는 얼굴에 침을 뱉고 싶은 도유였다. 그러나 지금은 그럴 상황도, 그럴 때도 아니라는 것을 알아챘다.

아빠 도진은 뭘 잘못 먹었는지 새엄마를 향해 감동 제대로 먹은 듯 연신 하트를 발사하고 있었고 가증스런 새엄마는 부끄러운 듯 몸을 꽈배기처럼 배배 꼬고 있었다. 거기다 믿었던 할아버지마저 국이 시원하다느니 새우가 들어가 더 맛있다느니, 말도 안 되는 소릴 남발하고 계셨다.

"도유야, 가자."

에엑?

도유는 유진의 나가자는 말에 얼굴이 사색이 되었다.

대체 이게 어떻게 된 거야?

"오늘부터 엄마, 아니 새엄마가 데리고 가기로 했어. 좋지?"

이보세요. 싫거든요!

도유는 얼른 할아버지를 향해 구해 달라는 눈빛을 쏘아 댔지만 배신의 길을 이미 선택한 할아버지 민 씨는 도유를 외면한 채 신문에 시선을 꽂고 계셨다.

씩씩.

콧바람 소리가 제법 큰데도 아무도 도유를 돌아봐 주지 않았다. 제발 관심 끊어 달라는 저 여자 오유진을 빼고는!!

가볍고 굽이 높은 슬리퍼를 신은 유진은 완벽한 차림을 하고 도유를 재촉했다. 어쩔 수 없이 떠밀려 나온 도유가 앞서 가자 그 뒤를 유진이 따라 걸었다.

  '호호, 입맛이 없다라? 그럼 입맛을 당기게 해 줘야지. 이 새 엄마만 믿으려무나.'

  빨간 미니스커트에 몸에 타이트하게 붙는 빨간 민소매 티셔츠, 그리고 흰색 블라우스를 받쳐 입은 그녀였다. 굽 높은 슬리퍼를 신어 커다란 링 귀걸이가 걸을 때마다 찰랑거렸다.

4.

"안녕하세요?"

도유는 창피해 죽을 지경이었다. 예쁘긴커녕 과한 옷차림이었기 때문이다.

아침 댓바람부터 미니스커트를 입고 활보하는 새엄마.

쌀쌀한 날씨 탓에 친구들의 엄마들은 카디건이나 수수한 옷차림을 하고 있었기에 빨간색 미니스커트에 분홍색 매니큐어를 칠한 유진은 단연 돋보였다. 아니 엄청나게 튀었다.

아니나 다를까 도착하자마자 휘둥그레지는 눈들과 호기심 어린 시선들, 그리고 수군거리는 목소리들이 도유의 귓가에 들려왔다.

"에잇."

발로 돌부리를 걷어차 제 불편한 심기를 드러내며 툴툴대는
게 고작 도유가 할 수 있는 일이었다.

"안녕하세요?"

"네? 아, 안녕하세요."

유진이 먼저 나서서 사람들에게 알은척을 하자 같은 유치원
을 다니는 친구 엄마들이 얼결에 인사를 받고 있었다.

"도유 새. 엄. 마. 오유진이라고 해요. 잘 부탁드려요."

"네? 아아 네."

"호호, 따님이신가 봐요 너무너무 예쁘네요. 귀티 나는 게 엄
마를 닮았나 봐요."

"어머, 별말씀을."

그게 시작이었다.

사람 홀리는 재주를 타고난 구미호띠 새엄마 때문에 경계심
에 접근하지 않던 다른 엄마들이 하나둘 도유 쪽으로 모여들고
있었다.

"어머어머, 그러세요? ○○은행 다니세요? 대단하시다?"

"아이가 참 의젓하네요. 누굴 닮았어요?"

칭찬은 고래를 춤추게 한다가 아니라 과도한 칭찬의 남발은
엄마들을 무장해제시킨다였다.

"내일 아이들 유치원 보내고 시간 나시면 저희 집에서 차라
도 한 잔 하시는 게 어떠세요?"

"내일요?"

"네, 제가 대접할게요."

"호호, 그러시다면."

도유는 참으로 신기했다. 여자들의 세계는 이해하려야 이해
할 수가 없었다.

유치원에서 아름과 다연이도 그랬다. 언제부턴가 한번 뭉치
더니 둘은 죽고 못 사는 껌딱지처럼 붙어 다녔다. 뭐가 그리 할
말은 많은지 속닥거리거나 헤헤거리거나 끝없는 수다를 떨어
댔다.

지금 저 상황, 앞으로 어떻게 변해 갈지 충분히 짐작 가능하
게 만들었다.

새엄마란 여자는 사람들을 무장해제시킴과 동시 그들의 머리
꼭대기에 올라서고 있었다. 동물의 왕국에서 본 적이 있는 맨
앞에 우두머리가 물소 떼를 이끌고 유유히 가는 광경을 연상하
기에 충분했다.

"어머, 도유 선생님이신가 보다."

도유가 속한 뽀로로반 선생님이 유치원 버스를 운행할 차례,
도유가 얼른 뛰듯 올라탔건만 눈치 없는 새엄마가 또 나서는 것
이 아닌가.

"안녕하세요, 선생님. 제가 도유 새엄마입니다. 우리 도유 잘
부탁드립니다. 연락드리고 한번 찾아 봬도 될까요?"

"네? ……네. 그럼요."

뽀로로반 선생님 강미연은 화사한 눈앞의 여자를 보며 숨을

삼키고 있었다.

눈에 띄는 미모는 아니었지만 온몸에 자신감이 충만한 사람 이라는 것은 충분히 느낄 수 있었다.

사실 도유의 아빠, 민도진은 유치원 내에서도 인기 많은 남성 이었다.

아들을 하나 둔 홀아비지만 매너 좋고, 인물 좋고 거기다 하 나뿐인 아들에게 어찌나 자상한지 발표회 날은 꼭 시간을 내 참 석했다. 29세인 미연도 호감 아닌 호감을 품고 있었다.

"도유에 대한 이야기를 듣고 싶어요. 많이많이 가르쳐 주세 요. 선생님."

"……네."

이상하고 괴이한 아침 풍경, 도유는 그렇게 느꼈다.

어색해하는 뽀로로반 선생님과 기대에 충만한 아주머니들, 그리고 의자에 앉자마자 저를 바라보는 유치원 친구들의 시선 에 도유는 마치 제가 동물원 원숭이가 된 듯했다.

유치원 버스가 출발하자 모두 손을 흔들며 다녀오라는 인사 를 하기 시작했지만 도유는 창밖으로 일부러 시선을 두지 않고 있었다.

그러나 곧 기차 화통을 삶아 먹은 것 같은 우렁찬 굉음 소리 가 귀에 따갑게 와 닿는다.

"민도유 홧팅! 잘 다녀와! 새엄마 보고 싶어도 참고!"

'아, 누가 누굴 보고 싶어 한다는 거야. 내가 정말 쪽팔려서.'

도유는 얼굴이 빨개지는 것을 감추느라 고개를 푹 숙이고 있다가 차가 유턴을 해 돌아 나올 때 슬며시 고개를 쳐들어 보았다.

새엄마라는 요상한 여자는 서 있던 자리에서 제자리 뛰기를 하며 콩콩콩 높은 슬리퍼를 땅에 찍어 대고 있었다. 거기다 옵션으로 팔을 180도까지 휘저으면서 말이다.

도유의 얼굴은 빨개지다 못해 시뻘게졌지만, 아이의 입가엔 저도 모르는 옅은 미소가 깃들어 있었다.

◈

다음 날, AM 6:00.

"기상! 일어난다. 실시!"

도유는 눈을 비볐다. 떠지지 않은 눈을 슬며시 뜨니 아직 밖은 어두워 보였다.

"으응, 뭐예요. 잘 거예요. 귀찮게 하지 마요."

"자자, 아침 6시야, 일어나. 오늘부터 새엄마랑 아침 운동 실시다."

에엑—

도유는 이불을 확 걷는 유진을 멍한 눈으로 바라보았다.

"건강한 육체에 건강한 정신이 깃든다. 그런 표어 들어는 보았니? 운동하면 건강해지고 키도 크고 입맛도 좋아진단다. 일석

삼조인 셈이지. 호호호."

못 하겠다고 이게 뭐하는 짓이냐고 따지려 했지만 벌써 시트
는 거두어지고 도유는 세면대 앞에 서 있었다.

"하아!"

"하!"

이게 대체 무슨 짓이란 말인가. 내가 왜 이래야 하는 거냐고.
의문을 가질라치면 곧바로 기합 소리가 우렁차지는 오유진의
목소리가 들려왔다.

"정신을 어디다 두나! 하나! 둘!"

유진이 구령을 하며 죽도로 내려치는 시범을 보이고 있었다.
도윤은 그녀를 따라 처음 들어 보는 죽도를 머리 위에서 아래로
내려치는 동작을 반복하고 있었다.

죽도는 어디서 구한 건지 도유의 죽도는 어린아이용으로 제
작되어 훈련하기 좋게 만들어져 있었다.

"소리가 작다!! 더 크게."

"얍!"

"다시 한 번!"

"야합."

"자고로 남자는 운동을 해야 한다. 그것도 잘해야 해. 그래야
제 여자를 지킬 수 있는 법이다. 알겠나?"

"……."

"어허! 왜 대답이 없나! 백 번 더 할까?"

"아니요! 알겠습니다!"

"오옷! 좋다. 그 기세로 다시 한 번 내려치기 실시."

"얍!"

6시 15분~6시 45분.

도유는 훈련하는 30분이 마치 열 시간 같았다.

"자, 오늘은 첫날이니까 몸 푸는 정도로 여기까지만 하자. 씻고 밥 먹자."

휘청거리며 제 방으로 들어가는 도유를 보며 유진은 터져 나오려는 웃음을 삼켰다.

검도 공인 3단인 유진은 아들에게 어울릴 만한 운동을 찾았다.

도유의 손목과 발목, 그리고 악수를 할 때 제 손을 쥐어 왔던 악력의 세기를 비교 분석해 볼 때 또래에 비해 힘이 센 것을 알 수 있었다. 과학적은 아니어도 나름 분석한 결과 선택한 것이 검도였다.

'처음이 어렵지 운동의 묘미에 빠지면 헤어 나오기 어렵단다. 호호.'

유진은 도유의 근골격도 유심히 살펴보았다.

아이치고는 단단한 몸매. 손목도 굵은 것이 선천적으로 골격 자체가 단단했고, 나름 유연성도 있었다. 검도 다음엔 테니스를 가르쳐 보아야겠다고 생각하며 유진도 샤워를 하러 침실로 올라갔다.

남편 도진은 아직도 꿈나라였다. 엎드려 누운 자세. 어젠 들어오기 전 간단히 술도 한잔했었나 보다.

들어오자마자 안고 키스를 퍼붓더니 금방 달려들 것처럼 몸을 밀착시켜 왔다. 하지만 술 취한 남편과 잠자리를 갖긴 싫었고 쉽게 해 주고 싶기도 해서 유진은 슬며시 목 뒤의 혈도를 꾸욱 눌렀다.

"윽, 몸이 자꾸만 가라앉아…… 당신…… 안아 줘야……. 으응."

웅얼대던 도진이 수마를 이기지 못하고 엎드려 누워 그대로 의식을 잃은 듯 잠 속으로 빠져들었다.

유진의 인기척을 느꼈는지 몸을 일으키는 도진 때문에 부딪혀 코피가 날 뻔한 유진이다. 상반신을 들어 올리자 그의 떡 벌어진 머슴형 가슴 근육과 부푼 상징에 시선이 박히는 바람에 하마터면 피하지 못할 뻔했다.

'정말 므흣한 광경이야. 아이참. 아쉽긴 하지만 오늘만 날이 아니니까. 그리고 아껴 먹는 게 더 맛있는 법이잖아. 오호홋.'

도진이 일어나며 잠에서 덜 깬 나른한 목소리로 유진에게 말을 건넸다.

"음…… 아침인가?"

"더 주무세요. 시간 되면 깨울게요."

"그럼 부탁해."

도진이 잠으로 다시 빠져들자 유진은 샤워를 하러 들어갔다.

아침의 식탁 풍경은 어제와는 사뭇 달랐다.

"더, 주세요."

"호호, 그래."

도유는 식욕이 당기는지 밥 두 공기를 거뜬히 비웠다. 그 모습에 도유의 할아버지 민 씨도 즐거운 듯 웃음을 머금고 있었다.

"오오, 우리 도유가 밥투정을 하지 않다니. 아가, 이게 어찌된 일이더냐?"

"저와 아침 운동을 함께 하였더니 이렇게 달라지네요. 내일부턴 혼자라도 하겠대요."

"오오, 그래? 어린것이 기특하지."

"내가 언제……! 그게 아니고 할아버지."

"그래그래, 우리 도유 건강한 모습을 보니 할아버지가 너무 기쁘구나."

"아버님, 도유가 그이보다 아버님을 더 닮은 것 같아요."

"하하. 그리 보이냐?"

당황하며 버벅대는 도유는 구미호의 방해로 불만과 항의에 가득 찬 말을 할 기회 자체를 가질 수 없게 되었다.

교묘한 수법이었다. 그건 불리한 말을 하려 할 때 자연스레 다른 화제를 꺼내 정신 사납게 하는 전술이었다. 도유는 말을 돌리는 유진을 어이없는 얼굴로 쳐다보았다. 그녀의 눈은 웃고 있었다. 자신을 비웃는 것이 분명했다.

젠장!

그녀의 음흉한 웃음소리가 귓가에 들리는 것만 같았다.

하지만 훗날 도유는 이날 억지로 시작한 아침 운동을 시작으로 하루라도 운동을 하지 않으면 좀이 쑤시는 몸을 가지게 된다.

그리고 결국 ROTC(Reserve Officers Training Corp: 장교 복무를 지원한 4년제 대학 재학생을 대상으로 장교 훈련 및 교육을 받고 소위로 임관)가 된다.

5.

도유는 정말 미쳐 버릴 것만 같았다.

"분해! 분하다고오~!"

애교와 용돈이라는 필살기로 떡 주무르듯 할아버질 제 편으로 만든 구미호 새엄마 때문에 미칠 것 같았다.

침대에 누워서도 잠이 오질 않아 발로 시트를 뻥뻥 차고 버둥대 보았다. 하지만 복수의 기회는 의외로 빨리 찾아왔다.

곧 유치원 수업 참관 날이라는 사실.

알림 프린트물을 가방에 넣고 귀가하면서 간만에 웃음을 짓고 있었다.

"어디 두고 봐, 아주 망신을 당하게 해 줄 꼬야."

도유는 제 얼굴에 침 뱉기인지도 모르고 처절한 복수와 응징을 다짐하고 있었다.

◆

아침 운동은 처음 며칠은 힘이 들었지만 일주일을 넘기자 기상 시간인 6시에 저절로 눈이 떠졌다. 그리고 점차 안 보이던 게 보였다.

새엄마라는 사람은 유단자였다.

"자, 죽도를 잡을 땐 이렇게 오른손이 위로 왼손은 이쯤 잡고 내려치면 된다. 시범을 보이마."

말이 끝나기가 무섭게 새엄마가 죽도를 휘둘렀다.

"하앗! 이렇게."

"하!"

"나이스 한 번 더."

"하앗! 얍."

아침 햇살 속에서 그렇게 땀을 흘리고 나면 상쾌해져 밥맛도 엄청 좋았다.

새엄마.

낯선 단어였다. 하지만 절대 '엄마' 라고는 부르지 않을 것이다.

'첫. 누굴 바보로 아는 거야, 뭐야. 그러다 동생 생기면 전 언제 챙겼냐는 듯이 구박하겠지? 나도 알 건 다 안다 이거야!'

◆

　도진은 연 이틀 집에 들어오지 못했다. 큰 사건이 터졌다고
한다. 아무래도 검찰청에 인사도 할 겸 들러야겠다 맘먹은 그녀
였다.

　'외조가 따로 있나? 목마른 자가 우물을 파듯 보고 싶은 사
람이 찾아가야지 않겠어? 오호호홋! 남자 기 좀 제대로 살게 근
사한 음식 준비라도 해서 찾아가 주는 것도 내조란 것이지. 아
암.'

　하지만 가벼운 맘처럼 날아갈 듯 나풀거리며 간 검찰청, 그곳
에서 유진은 모든 사람에게 혼란을 주는 일을 터트리고 말았다.

　◆

　검찰청 1층 사무실 안에 있는 모든 사람들은 경외의 눈빛으
로 그녀를 바라보고 있었다.

　한편 그녀는 소파에 앉아 차를 홀짝거리고 있었다. 물론 미니
스커트에 진한 매니큐어, 그리고 하이힐을 장착하고 온 길이었
다.

　"호호호~ 뭐 그리 허술한 범인이 있던지. 어라? 별로 기운도
없던데요?"

힘도 없다고 말하는 남자는 180센티의 장신에 떡대가 엄청난 폭력 전과 6번 차도형이었다.

사건의 전말은 이랬다.

자고로 현모양처의 지름길은 음식에 있다 생각한 유진은 그 동안 결혼을 위해 갈고닦은 요리학원에서 배운 솜씨를 십분 발휘해 도시락을 쌌다. 더불어 남편 도진의 와이셔츠랑 속옷도 챙겨서 가방에 넣고 검찰청으로 향했다.

검찰청에 도착한 그녀는 신분을 밝힌 뒤 주차장에 막 주차를 했다.

바로 그때였다.

"잡아! 잡아라!"

다급한 목소리와 한눈에도 수상쩍은 행동을 보이며 달려오는 누군가의 모습이 시야에 잡히자 그녀의 추격 본능이 끓어오르고 그녀의 레이더망이 가동됐다.

두두두두.

뚜두두두.

경도 5, 위도 12.

수상쩍고 성질 더럽게 보이는, 척 보면 아는 범죄자 발견.

'저 남자닷.'

뒤를 쫓는 사람들은 경찰, 정의의 사도일 테고 연신 뒤를 돌아보며 냅다 그녀 쪽으로 뛰어오는 놈을 보니 척 봐도 불량감자. 즉 범. 죄. 자였다.

"아. 이놈의 세일러문 본능. 정의의 이름으로 너를 처단하리라!"

유진은 제 발로 걸어 들어온 범인의 목덜미를 홱 낚아챘다.

"뭐. 너 뭐야?"

갑자기 자신의 옷을 잡아당기는 여자를 본 그놈이 눈을 동그 랗게 뜬다.

"이런 씨X! 저리 안 비켜!"

"이게 어디다 대고 욕지거리야? 씨댕~ 너 한번 죽어 봐라."

"뭐?"

산적같이 생긴 거구의 그 남자가 그녀의 말을 해석할 시간이 고 뭐고 없었다. 갑자기 공중으로 날려진 제 몸뚱이가 바닥에 나뒹굴고 있었던 것이다.

"야합!"

"으아악―"

180센티 장신인 큰 덩치가 저만큼 나가떨어졌다.

"옴마야~ 내가 너무 힘을 줬나? 쏘리."

"!"

전과범은 나가 떨어져 정신을 잃었고 그의 뒤를 쫓던 사내들, 검찰부 직원들은 아연실색했다.

검찰부 소속 1과, 민도진의 사무실.

남편은 아까의 소동으로 검찰부 부장검사방에 들었다.

유진은 1과 사람들에게 인사를 건넸다. 그들은 아까의 소동을 전해 듣고도 믿을 수가 없었다. 저 섹시하고 아름다운 여자가 그 덩치를 저 멀리 던져 버렸다고 한다.

검사보 두 사람은 슬금슬금 유진의 눈치를 살피고 있었다.

"검사님은 곧 오실 겁니다."

"제가 갑자기 와서 폐를 끼친 건 아닌지 모르겠어요, 호호 호."

"아닙니다, 뭐 그게."

다리를 꼬고 앉은 섹시한 눈빛의 그녀가 민 검사의 와이프시 란다. 거기다…….

두 검사보는 눈을 어디다 둘지 몰라 하면서도 몰래 침을 꿀 꺽 삼켰다.

'우와. 검사님은 좋겠다. 부인이 저런 미인에 저 각선미라니 죽인다.'

그런 검사보의 눈빛을 즐기는 유진이었다. 자고로 예쁜 여자 는 시선을 받아야 더욱 아름다워지는 법 아니겠어? 오호홋.

"아까 전과 6범은."

"엄머, 엄머. 전과 6범이었어요? 아유. 무서워, 무서워."

뒤늦게 차도형의 전과기록을 듣게 된 유진이 몸서리를 치자,

'그 무서운 남자를 엎어치기 한 당신이 더 무섭습니다'

라고 동료들은 생각했다. 그러면서도 그녀에게 경외의 눈빛 을 보내고 있었다.

"참, 여기 요깃거리 좀 만들어 왔어요. 넉넉하게 쌌으니 함께

드세요."

"아······ 네, 감사합니다. 사모님."

"뭘요. 우리 그이 잘 부탁드려요."

도진은 부장검사에게 상황 보고를 하고 나오는 길이었다.

"이거 감사합니다."

인사를 해 온 사람은 김완기 형사였다.

"하하하, 형수님이 대단하시던데요? 정말이지 민 검사님은 복도 많으십니다. 정식으로 소개 한번 시켜 주십시오. 아니아니, 그분 여동생은 없습니까?"

아직 혼자인 김 형사가 칭찬을 하자 도진은 멋쩍기만 했다. 아니 아직도 믿겨지지 않았다. 내동댕이치다니. 그 거구를.

"김 형사도 참. 놀리지 마십시오."

"아닙니다. 정말 대단하십니다. 오랜만에 웃어 보았습니다. 부럽습니다. 진심입니다."

도진은 사무실로 돌아오는 중에서도 도무지 이 상황이 믿어지지 않아 볼을 꼬집어 보았다. 부장검사한테 하마터면 기강이 해이해졌느니, 뭐니 질책을 받을 뻔했는데 잡아서 천만다행이라며 그를 칭찬해 주었다.

"허어—"

물론 도유와 그녀가 아침마다 운동을 하는 것을 몇 번 본 적이 있었다. 그냥 가르치는 것 같아도 그렇지 않다라는 것쯤은 눈치채고 있었다.

그러던 어느 날, 도유가 먼저 들어가고 유진이 혼자 남아 있는 것을 보게 되었다. 그녀는 진검을 들고 있었다. 곧이어 시연을 시작했다.

챠악—

나풀거리는 나뭇잎이 두 조각으로 깨끗이 베어졌다.

그녀는 검도유단자임에 틀림없었다.

'하지만 무술까지 할 줄은……'

그는 몰랐지만 유진이 전과 6범 차도형을 메다꽂은 건 공수도였다.

6.

"도진 씨."

도진이 사무실에 들어서자 검사보들은 얼른 자리를 피했다. 하지만 유진은 간만에 남편 얼굴을 보게 된 것이 마냥 기쁘기만 했다.

"먹을 것 챙겨 왔어요. 넉넉하니까 함께 드세요. 그리고 당신, 건강 상하지 않게 일 쉬엄쉬엄하시구요."

"알았어. 집엔 별일 없지?"

"그럼요. 호호."

"그, 당신이 메다꽂은 그놈은 구속시켰어."

"다행이에요. 제가 도움이 된 건가요?"

"그래, 부장검사님도 칭찬하시더라고. 그건 그렇고, 당신 무슨 운동하나?"

유진은 올 게 왔다고 생각했지만 목소리를 가다듬고 아무 일도 아닌 것처럼 응수하고 있었다.

"네, 이것저것 호신용으로 익혀 두었어요."

유진은 의심받고 감추느니 차라리 이번 기회에 솔직함으로 맞대응하기로 했다.

범인 취조가 생활인 사람이 아닌가. 어설픈 거짓말은 의혹을 불러올 것이라는 것을 간파한 유진이었다.

"무슨 운동을 하지?"

"검도, 유도, 태권도는 3단, 그리고 공수도 2단?"

입을 쩍 벌리는 민도진이었다.

그럼 합치면 10단이 넘는다 이 말 아닌가.

"당신 일에 방해되니 이제 그만 가 볼게요. 그래도 청사 앞까지 바래다줄 거죠?"

"응? 아아…… 그러지."

도진은 뭐에 홀린 사람처럼 아내인 유진의 뒤를 따라나서고 있었다.

문을 나서는데 문 바로 앞에 있다 당황한 두 검사보가 멋쩍은 듯 머리를 긁적이자 유진은 그들이 뭘 기대하고 상상하는지 금세 눈치를 채고 그의 팔에 팔짱을 꼈다. 자연스럽게.

그럼 두 사람의 모습이 부러운 검사보들이었다.

"미안한데, 잠시 나갔다 오겠습니다."

"네."

아래층으로 내려가면서 유진은 문득 이렇게 가면 섭하지 싶었다.

'사람은 말이지 하지 말란 짓을 할 때, 어둔 곳에서 남들 모르게 할 때 더 불타고 스릴 만점인 법이지, 아암. 음, 어디 도진 씨를 자극 좀 해 볼까?'

유진의 머리로 야한 한국영화 제목들이 둥둥 떠다닌다.

육체의 증거, 그 남자, 황홀한 순간, 하녀.

'후후, 민도진. 정력 짱인 내 남편 인내심 한번 테스트해 볼까?'

유진은 엘리베이터의 CCTV위치를 파악했다. 저기로군.

반짝—

CCTV도 사각지대가 있다. 바로 밑.

그는 중요한 위치의 사람이니까. 항상 조심, 또 조심.

"아."

"왜 그래?"

유진이 갑자기 머리를 짚으며 비틀거리자 도진이 깜짝 놀라 그녀를 부축했다.

"몸이……. 아까의 긴장이 풀려서 그만."

유진은 자연스레 머리를 그의 어깨에 기댄 채 눈을 지그시 감았다. 감은 눈꺼풀이 파르르 가벼운 나비의 날갯짓처럼 떨리고 있었다.

'나무관세음보살.'

도진은 안 그래도 사무실에서 다리를 꼬고 앉은 그녀 때문에 미쳐 돌 지경이었다. 하얀 허벅지가 눈을 감아도 떠올라서 힘들었는데, 이렇게 몸을 기대 오니 그녀의 체향까지 물밀듯 밀려들어 주책없이 아랫도리가 불끈거리기 시작하는 게 아닌가.

꽈악.

도진은 양복 바지 위로 손을 그러쥔 채 이를 악물고 있었다.

촉촉이 젖어 기대에 부푼 아내의 뇌쇄적인 눈빛과 빨갛게 벌어진 입술이 그의 이성을 끊어 냈다.

누가 먼저랄 것도 없이 그들은 그렇게 입술을 부딪치고 있었다.

신혼이지 않은가. 서로를 막 알아가는 단계인 두 사람에게 밀폐되고 은밀한 장소는 이상야릇한 상상을 극대화시킴과 동시 그들의 음란마귀를 이끌어 내기 충분했다.

"도진 씨. 아아."

"유진아."

결국 헤어질 수 없던 두 사람은 그대로 엘리베이터에서 내리자마자 검찰청에서 가장 근접한 곳에 위치한 시간당 요금제를 적용하는 러브호텔에 들어섰다.

색다른 장소는 흥분과 오르가슴에 최고라는 것을 모를 리 없는 유진으로선 집에서 가족을 의식한 탓에 조심스럽게 그녀를 탐하던 도진이 러브호텔에서는 그야말로 야수처럼 덤벼들어 깨물고 빨고 핥는 고난이도 레벨의 애무를 선보이자, 팔을 활짝 벌려 대환영하는 몸짓을 보이며 도진의 허리 돌리는 스킬에 부응하는 레벨로 요염하게 엉덩이를 흔들고 있었다.

'역시 에너자이저, 내 남편 짱. 유후.'

대낮이었다. 시간에 쫓기듯 사랑을 나눈 두 사람은 야동 두 편, 상영 제한 시간을 거뜬히 넘긴 작품을 찍은 뒤에야 그곳을 나오게 되었다.

호텔을 나서는 두 사람의 얼굴엔 숨기지 못할 정도로 진한 홍조와 만족에서 나오는 뿌듯함이 서려 있었다.

신혼여행 이후 모처럼 만족스러운 부부관계를 맺은 도진과 유진이었다.

◆

"새. 엄. 마, 이거요."

"응? 뭐니 그건?"

유진은 도유가 내민 유치원에서 나눠 준 프린트물을 의아한 얼굴로 받아 들었다.

수업참관 참석 여부를 결정하라는 것이었다.

"도유는 새엄마가 갔으면 좋겠니? 가도 될까?"

물론 가고 싶은 맘이야 굴뚝같았고, 귀여운 아들 도유가 유치원에서 어떤 모습일지 궁금해 미칠 지경이었지만, 아이를 동물원의 원숭이로 만들고 싶은 생각은 없었다.

유진은 도유가 싫다면 천천히 해도 되는 일이었기에 먼저 아이의 의사를 물어보았다. 그런데 괴이쩍게도 흔쾌히 괜찮다고 오라고 하는 것이 아닌가.

"네."

"정말? 리얼리? 참말로?"

"네! 몇 번을 말해야 해요?"

시큰둥하게 내뱉는 얼굴과는 달리 눈을 피하고 고개를 돌리는 폼이 어째 수상쩍은 냄새가 물씬 풍겨 왔다.

오랜 비밀경찰의 생활로 그녀는 상대가 무언가를 감추고 싶어 할 때 하는 행동과 냄새는 기가 막히게 잘 맡는 편이었다.

'이것 봐라? 어째서일까?'

유진은 뭔가가 있다는 것을 눈치챘다. 도유의 눈이 반짝이는 걸 보면 확실했다.

'호호. 귀여운 것, 아직도 나를 상대로 전의를 불사르다니 네 나름대로 복수혈전을 준비 중인 게로구나. 제 아빠를 닮아 포기가 빠르지 않네? 오호홋, 나 이런 거 참 좋아.'

참석 여부에 커다란 동그라미를 그린 유진이었다. 참관일=학부형 모임 아니겠어? 젊고 섹시하게 입고 나가야지. 누가 요새 구닥다리처럼 차려입고 나간단 말인가. 몸매도 이만하면 받쳐 주겠다, 얼굴도 이만하면 볼만하겠다.

유진은 회심의 미소를 지었다.

◆

대망의 참관일 당일 아침.

유진은 유치원 버스를 요란하게 배웅하고 있었다. 사람들의 시선이 자신을 향해 있는데도 전혀 거리낌 없어 보였다.

"늦지 않게 갈게. 도유야, 기다려~ 조금 이따 보자."

버스가 저만치 사라지자 그녀는 집으로 돌아와 준비를 서둘렀다. 너무 야하지는 않게, 그러나 각선미는 두드러지게. 아끼고 아꼈던 신상 구찌 하이힐을 신으니.

"오케이, 퍼펙트."

유치원에 온 유진은 단연 눈에 띄는 존재가 되었다. 미모 때문이 아니라 파격적인 옷차림과 야한 화장 때문이었다. 전에 다과를 함께한 덕분에 친해진 학부형들에게 유진이 다가서며 인사했다.

"안녕하세요? 호호."

"네. 아……."

뭐라 할 말을 잃은 그들은 그저 망연히 허벅지를 반 이상 드러낸 과감한 그녀에게 혀를 내두르고 있을 뿐이었다.

하지만 수군댐을 모르는 건지 알아도 저러는 건지 유진은 물

만난 고기처럼 눈동자를 빛내며 게시판을 훑어내리고 있었다.

물론 도유가 만들거나 그린 그림을 찾기 위해서였다.

아침 식사 중 오늘이 아들 도유의 수업 참관일임을 도진은 그제야 듣고 알았다. 하지만 요새 같으면 몸이 열 개라도 모자랄 판, 유치원에 참관할 짬을 내기가 여간 어려운 일이 아니었다.

물론 유진을 믿고는 있지만 아이를 키워 보지 않은 그녀가 과연 잘할 수 있을 것인지 은근히 걱정되는 것도 사실이었다. 도진은 직장에 와서도 손에 일이 잡히지 않았다.

그런 그를 보다 못한 사무관들이 나서서 다녀오라고 등을 떠민다.

"검사님, 다 사람 살자고 일하는 것 아닙니까. 다녀오세요. 오늘은 법원만 다녀오면 됩니다."

"그럴까?"

사람 살자고 하는 일, 아들과 행복하자고 하는 일이 아닌가. 우선순위가 일이 아니라 가족이어야 한다는 그들의 말에 수긍한 도진이었다.

그는 얼른 양복 상의를 챙겨 들고 그곳을 빠져나오고 있었다. 궁금하기도 했지만, 걱정과 우려도 절반은 있었다.

도진은 자동차에 올라 빠르게 유치원을 향했다.

잠시 후, 온 길을 되돌려 유치원 반에서 조용히 그곳을 빠져

나온 도진은 차 안에서도 한참 동안 배를 움켜쥐고 웃음을 흘리고 있었다.

"하하하, 내가 아내는 기똥차게 얻은 것 같거든? 푸후후, 도유 그 녀석의 표정은 정말이지, 아하하. 하하하하."

좀 전의 풍경은 도진의 우려가 기우였다는 생각이 들 정도로 흐뭇한 모습이었다.

사람들이 모두들 뭔가에 즐거워하며 웃고 있었다. 도진이 가까이 다가가 보니 아들 도유와 유진이 동요를 부르고 있었다.

도진은 머리를 긁적이며 자신의 차에 올라탔다.

뽀로로반.

각자 맡은 발표도 하고 그리고 수업도 하는 모습을 흐뭇한 얼굴로 바라보던 유진이었다. 그런데 아이들뿐 아니라 엄마들의 장기도 자랑하는 코너가 있나 보다.

가지고 온 목공품, 그리고 수예, 그림이 소개되자 여기저기 박수가 터졌다. 그때 익숙한 목소리가 들려왔다. 소리가 난 쪽을 보니 도유가 뭔가를 외치고 있었다. 손가락으로 정확히 그녀 있는 곳을 가리키면서.

"우리 새. 엄. 마. 장기 있어요!"

정적.

찬물이 끼얹어진 듯 조용해진 뽀로로반 원생들과 엄마들이었다.

새엄마라는 단어가 주는 효과는 막대한 것이었으므로. 거기다 아이가 일부러 그 호칭으로 그녀를 부른 것임을 곧바로 알아차린 유진이었다.

"우리 새엄마 노래 꼭 시켜 주세요. 짱 잘하세요."

'요넘 봐라? 네가 생각하는 복수인 것이겠지?'

유진은 도유의 깜찍함에 속아 주는 척 연기를 했다. 주위의 따가운 시선이 저에게로 쏠리자 그녀는 밀려드는 환희를 느꼈지만 괜히 쑥스럽고 부끄러운 척 몸을 배배 꼬았다.

"저, 저기. 그럼 도유 어머님의 노래를 한번 들어 볼까요, 여러분?"

걱정 어린 듯도 보이고 약간 짓궂은 듯도 보이는 뽀로로반 선생님의 거듭에 유진은 빼도 박도 못 하고 앞으로 걸어 나와야만 했다.

짝짝!

"어머, 제가 노래를 해야 하는 거지요? 이럴 줄 알았으면 연습 좀 하고 오는 건데."

유진의 시선이 도유를 스윽 훑고 지나갔지만 도유는 얼굴을 숙여 외면했다.

움찔!

도유는 점점 불안감에 휩싸이고 있었다.

'분명 아는 동요가 없을 텐데. 그런데 뭘 믿고 부른다고 하는 거지?'

"호호, 그럼 제가 유일하게 아는 동요를 부를게요. 흉보지 마세요. 참, 도유야. 너 이 노래 좋아하잖니? 같이 부르자."

"에에?"

"어서 앞으로 나오렴! 집에선 혼자 흥얼거리며 율동도 곧잘 하면서 뭘 그래."

내가 언제!

도유는 미치고 폴짝 뛸 지경이었다. 아빠나 할아버지처럼 점잖고 과묵한 것이 도유가 가진 남자의 이미지였다. 그래서인지 유치원에서도 지나치게 어른스러운 척, 어린아이답지 않게 상하를 깍듯이 구별하는 아이가 바로 도유였다. 그런데 나와서 뭘 하라고?

주변이 또 한 번 웅성거리고 있었다.

아까와는 반대로 이제는 사람들의 시선이 도유를 향해 있었다. 역공을 당한 것이다. 일명 유진의 물귀신 작전.

'젠장, 저 마귀할멈이!'

그러나 도유는 도살장에 끌려가는 소처럼 결국 자리에서 일어나 나올 수밖에 없었다. 대중의 힘은 무시하지 못하는 법, 제 꾀에 제가 당한 꼴이 된 도유의 얼굴은 어두워지고 있었다.

"노래 준비되었지? 민도유? 호호, 토마토라는 노래야. 엄마가 노래 부를 테니 네가 율동해야 해. 깜찍하고 귀엽게 말야. 긴장하지 말고 집에서 하던 것처럼. 오케이?"

울퉁불퉁 멋진 몸매에(으쓱으쓱) 빨간색 옷을 입고(샤방샤방)

새콤달콤 향내 풍기는(유후~) 멋쟁이 토마토 토마토.

노래는 유진이 하고 율동과 추임새는 도유가 했다. 적극적인 유진의 노랫가락과 어색해하며 움직이는 도유의 묘한 율동과 추임새에 사람들이 키득거리며 웃고 있었다.

나는야 춤을 출 거야.(헤이) 뽐내는 토마토 토마토.

토마토!

호호호.

아하하.

아이들과 학부형들의 웃음소리가 여기저기서 터져 나왔다.

도유는 어디 쥐구멍이라도 찾아 들어가 숨고만 싶었지만 뭔가를 하다가 도중에 멈추고 피하는 건 더 싫었기에 이를 악물고 율동을 마쳤다.

노래가 끝나고 열화와 같은 박수 소리에 유진과 도유가 고개 숙여 인사를 하자 박수 소리가 더욱 커져 갔다.

"감사합니다. 여러분."

"호호, 우리도 집에 가서 한번 불러봐야겠어요. 재미나네요."

"저두요."

"쿡, 쿡쿡."

도진은 회사에 돌아와서도 웃느라 허리가 끊어질 지경이었다.

아들 민도유가 누구인가. 아이답지 않게 무게를 잔뜩 잡는 녀석이었다. 안아 주려고 하면 이제 다 컸다며 이러지 말라는 말이나 하던 녀석의 그 귀여운 모습이라니.

그 녀석이 사람들 앞에 나와 오만상을 찡그린 채 율동을 하고 있었다. 잘하고 못하고는 아무런 상관이 없었다.

오늘 도진의 눈에 아들 도유의 모습은 딱 그 또래의 수줍은 모습이었기에 기쁘고 행복했다. 보통 사람, 보통 아이들처럼 부끄러워하는, 어른 흉내를 내지 않고 제 감정을 드러낸 그 모습이 그렇게 이뻐 보일 수 없었다.

그리고 그 옆에서 열심히 동요를 부르는 그녀도 사랑스러웠다. 물론 평범한 옷도 그녀가 입으면 야해 보일 정도로 섹시한 그녀는 동요마저도 섹시하게 소화해 냈다.

"우하하하. 아이고, 배야."

도진은 자꾸 오버랩되는 그 모습에 아직도 배를 잡고 웃고 있었다.

민도유는 이날을 기억하고 싶지 않았다. 모든 걸 지워 버리고 싶었지만 그의 바람은 물거품이 되고 말았다. 기록이 남아 버렸으니까.

학부형들은 유진과 도유의 모습을 모두 핸드폰 동영상으로 남겼다.

아마 집에 가서 보여 주고 그들도 불러 보려고 촬영을 한 것일 거다.

게다가 뽀로로반 담당 선생님 또한 동영상 촬영한 것을 굳이 전체 카톡으로 친절하게 보내 주었다.

그리고 그것을 본 도유에게서는,

"아악! 새엄마는 마녀야! 사악한 마녀라고!!"

처절한 절규가 터져 나왔다.

그리고 그 절규를 들은 유진은 회심의 미소를 지으며 생각했다.

'도유야, 오늘은 네가 싫어하는 피망과 파프리카를 잔뜩 넣어 오므라이스를 만들어 줄게. 가리지 말고 다 먹어야 한다. 네 건강을 생각하는 엄마표 사랑과 정성이 잔뜩 들어갔으니 분명 맛날 거야. 장담한단다.'

7

아침 6시.

이젠 자동적으로 눈이 떠졌다.

도유는 일어나 양치질을 하고 정원으로 나왔지만 그곳엔 휘이— 찬바람만 불었고, 정작 있어야 할 사부, 아니 마녀는 보이지 않았다.

'어라? 마녀가 아직도 안 나왔네?'

가끔 이런 적이 있었으므로 도유는 먼저 운동을 시작했다.

이젠 제법 틀이 잡혀 내려치기 동작 50회, 휘두르기 동작 50회. 총 100회를 실시하니 몸에 열이 솟고 땀이 흐르기 시작했다.

그동안 열심히 배운 대로 운동을 하는 착한 어린이 민도유였다. 하지만 도유는 운동이 끝날 때까지 유진이 나오지 않자 기분이 묘했다.

그동안 유진과 운동을 같이 하면서 계속 투닥거렸고, 함께 할 때마다 혼자서도 할 수 있다며 빼기기까지 했었는데.

자신이 했던 말을 상기하고 혹시 그래서 안 나오나 싶었던 도유는 마음이 싱숭생숭하기까지 했다.

그리고 왠지…… 김이 빠지고 재미가 없었다.

'에이, 뭐 이래?'

함께라는 것.

그것은 혼자 하는 것보다 훨씬 즐거움을 주고 활력을 부여한다는 것을 어린 도유로선 이해할 수 없었다.

없으면 앓던 이가 빠질 것 같던 유진의 부재가 주는 휑함의 진정한 이유를 알 리 만무했던 것이다. 든 자리는 몰라도 난 자리는 안다는 어른들의 말씀을 어느새 몸소 느끼고 있는 도유였다.

힐끗.

저절로 주방으로 발걸음이 향한 도유는 새엄마가 식사를 준비하는 모습에 저도 모르게 안도의 한숨을 흘리고 있었다.

"어머, 도유야. 운동 끝났니?"

"뭐예요, 왜…… 아, 아니에요."

볼멘소리가 저절로 흘러나오려는 입을 손바닥으로 막아 보았지만 이미 엎질러진 물이었다.

"호호, 우리 도유 새엄마 기다렸구나? 오늘 좀 늦게 일어났단다. 설마 기다렸니?"

"누가요! 저도 혼자 할 수 있거든요?"

퉁명스러운 말을 내뱉은 도유가 홱하고 몸을 틀어 제 방으로 향하자 마녀의 목소리가 곧바로 따라왔다.

"민도유, 미안해! 새엄마가 대신 오늘 도유 좋아하는 계란찜 해 놓을게. 씻고 나오렴."

도유가 몇 발자국 앞으로 걷다 멈칫하더니 뒤를 돌아보고 그녀와 눈을 맞춰 왔다.

"왜? 할 말 있니?"

"누가…… 계란찜 좋아한다고 했어요? 전 야채 계란말이요. 그거 좋아한단 말에요."

도유의 말에 유진은 잠시 멍해 있다가 이내 활짝 미소 지으며 발랄하게 말했다.

"어머, 호호호. 그래, 알았다. 찜 말고 계란말이란 말이지? 오케이! 접수할게, 새엄마표 계란말이."

환하게 웃으며 염려 붙들어 매라는 새 엄마표 과장된 제스처를 바라보던 도유가 시크한 표정을 짓더니 제 방으로 쏘옥 들어가 버렸다.

그런 도유의 모습에 유진은 세상 다 얻은 것만 같았다.

혼자 운동을 해 화가 난 표정을 보아하니 그것은 기다렸단 말일 테고, 거기다 처음으로 뭔가 먹고 싶다는 의사를 **표현했다**는 건 그녀를 새엄마로서 조금씩 인정해 주기 시작했다는 것이 아니고 무엇이겠는가.

'2014년 12월 10일, 오늘을 달력에 적어 둬야겠어. 역사적인 날이라고, 오호호호홋!!'

유진은 앞으로 달력에 이렇게 표시될 수 있는 날이 더 많아지기를 바랐다.

"너무 귀엽단 말이지, 뽀뽀하고 싶어 죽겠어. 그 시크한 표정이 사람을 더 안달하게 만든다는 걸 아들은 알까나?"

유진은 콧노래를 부르며 계란을 깨뜨려 휘젓기 시작했다.

아무래도 도유가 좋아한다고 한 만큼 휘핑기도 사 두어야겠다 생각도 했다.

"자주자주 해 주어야지. 도유 좋아하는 음식, 계란말이."

오늘은 늦을 수밖에 없는 사정이 있었다.

아침 운동을 하러 침대를 미끄러져 나오려는데, 허릴 안아 오는 남편 도진의 몸이 제 몸에 밀착되었다. 달라붙은 그의 달아오른 몸과 애정 어린 입맞춤 세례에 정신이 쏙 빠지고 혼이 나가 버려 도유와의 아침 운동을 땡땡이치고 말았다.

"안 돼요……돼요……돼. 더. 더더, 으응."

아침에 더욱 상승한다는 남자의 성욕. 게다가 바빠 며칠 부부

관계를 걸렀더니 두 사람의 몸은 한층 더 불타올랐다. 자석처럼 서로에게 들러붙은 그들은 예고편을 거치지 않고서도 곧바로 본편을 찍을 수 있었다.

전에 해 본 적 없는 새로운 체위로 인해 피곤했는지 잠이 든 도진의 품에서 슬그머니 빠져나온 유진은 한참을 잘생긴 남편 얼굴을 내려 보다 몸을 일으켜야만 했다.

이대로 안겨서 자고 싶은 맘도 굴뚝같았지만 그녀는 도진의 아내만이 아니라 아이의 엄마이기도 했다. 밥도 먹이고 유치원 버스도 태워야 할 의무가 있었다.

사실 몰래 피임약을 먹는 유진은 혹시나 싶어 팔에 루프도 삽입해 두었다.

그러다 조금 더 나중에, 아니 아예 없어도 괜찮지 않을까? 라는 생각까지 하게 된 그녀였다. 말하지 않아도 도유를 생각해 도진도 아이를 당장 가지고 싶지 않다는 것쯤은 충분히 짐작하고도 남았기에.

'그나저나 다음 임무가 떨어질 때가 되었는데? 녹슬기 전에 사격 연습이나 할까?'

유진은 콧노래를 부르며 오후 일정을 생각하고 있었다.

오늘은 유진을 행복하게 만든 날이지만, 유치원에서 돌아온 도유에게는 분기탱천의 날이었다. 아이는 콧바람을 씩씩대고 있었다.

"무슨 일이니? 응?"

"아무것도 아니에요."

아이는 입을 꾹 다문 채 사정을 이야기하려 하지 않았다.

"그래? 그럼 너희 선생님한테 물어보지 뭐."

유진이 핸드폰을 들고 뽀로로반 선생님 전화번호를 찾는 시늉을 하자 도유가 펄쩍 뛰면서 막으려 들었다.

"아! 그러지 마요!"

전화기를 뺏으려는 도유의 손이 닿지 않는 곳까지 핸드폰을 들어 올리며 그녀는 입으로 '뽀로로반 선생님'을 중얼거리며 목록을 찾고 있었다.

"에잇!"

콩콩 뛰면서 전화기를 잡으려는 도유의 모습을 보며 유진이 심술궂게 입가에 웃음을 띠었다.

"전화하는 거 싫으면 이야기를 해 주든가. 뽀로로반 선생님 전화번호가 어딨더라?"

결국 항복한 도유가 외쳤다.

"이야기하면 되잖아요!"

사정을 들어 보니 분해할 만도 했다.

도유가 좀 싸가지가 없고, 시크해서 그렇지 정도를 벗어나는 아이는 아니었다. 오히려 너무 예절 바른 아이라서 탈이지.

유치원을 아이들이 다니는 곳이라고 해서 무시한다면 그것은 큰 오산이었다. 그곳도 엄연히 위계질서가 존재하는 하나의 사회였으므로.

"그래, 그런데. 음 그리고. 그래?"

자초지종을 귀담아들으며 유진은 고개를 끄덕이기도 하고 그렇구나 맞장구도 치면서 아이의 말을 경청해 주고 분노하는 감정을 공감해 주었다.

도유는 제 말을 들어주는 유진으로 인해 기분이 조금 나아진 것 같았다. 아니 솔직히 많이 좋아졌다. 유진은 도유의 다채로운 얼굴 변화에 주목하며 생각을 정리하고 있었다.

생각 같아서야 천하장사인 그녀가 당장 달려가 아들 도유를 상심하게 만든 그 누군가를 메다꽂아 버리고 싶은 맘이 굴뚝같았지만 자고로 자신은 이제 우아한 유부녀이지 않은가. 힘만 세서 무식하다면 누가 욕을 먹겠는가.

남편 민도진의 얼굴에 먹칠하면 안 된다는 생각에 유진은 입을 꾹 다물고 있었다.

하지만 이대로 조용히 넘어간다는 것은 아니 될 말이지, 아암. 뭐든지 초장에 때려잡아야 다신 이런 일이 반복되는 게 방지되는 법.

'내가 등장할 타임이군.'

사정은 이랬다.

유치원에는 도유를 좋아하는 여자애들이 많았다. 그중 한 여자애를 같은 유치원에 다니는 박민규라는 녀석이 좋아하고 있다고 했다. 그런데 민규라는 아이가 언젠가부터 사사건건 시비를 걸고 이젠 힘으로 밀치기까지 하고 있다는 것.

문제는 그 아이 아버지가 태권도장을 운영하는 대권도 사범이라는 점이었다.

도유가 힘에서나 테크닉에서 밀릴 건 뻔한 이치였고 오늘은 소소한 다툼이 일었는데 그 아이가 도유를 밀쳐 넘어뜨렸다는 스토리.

다음 날, 유진은 그 발칙한 놈을 보기 위해 유치원으로 향했다. 지피지기면 백전백승이라 생각했기 때문이었다.

아이는 또래보다 크고 강인해 보였다.

'아무래도 힘에서는 딸리겠고, 잘 지내라고 뇌물을 먹여 볼까?'

하지만 잘못하단 도유를 만만히 보고 무시할지도 모를 일이기에 신중에 신중을 기하는 유진이었다.

몰래 창가에서 1층에 있는 뽀로로반을 살피던 유진을 보았는지 보지 못했는지 덩치가 산만 한 남자가 도복을 입고 뛰어드는 통에 그 반동으로 유진이 입구 신발장에서 균형을 잃고 비틀거리다 어깨를 살짝 부딪치고 말았다.

그런데 곰 같은 남자는 사과 한마디 하지 않는 게 아닌가.

'뭐 이런 개뼈다귀 같은 놈이 다 있어!'

설상가상, 이놈이 그 녀석의 아버지란다. 민규의 아버지.

"초록은 동색, 누가 유유상종 아니랄까 봐. 나 참."

그때 도유가 유진의 소매를 살짝 잡았다.

"새엄마, 저 사람 태권도 사범님이래요. 공인급수 3단이요."

소곤거리는 목소리로 도유가 귓속말을 했다.

"흐응……."

유진은 부글 끓어오르는 화를 참고 참았다.

그래도 아이 싸움을 어른 싸움으로 번지게 할 순 없기에 얼굴엔 썩은 미소를 띠고 그 작자에게 다가가 도유의 새엄마임을 밝혔다.

"안녕하세요, 저는 도유 엄마예요."

그러고는 근래 민규가 해온 작태를 설명해 주었다.

사과의 말은 안 하더라도 미안해하는 표정은 짓겠지 싶었는데, 허! 기가 막히고 코가 막혀서, 저 곰 인간이 하는 말이,

"하하, 뭘 그런 거 가지고 그러십니까. 사내 녀석들은 다 그러면서 크는 겁니다. 모르시는군요?"

빠직!

유진의 이마에 십자가가 깊게 홈이 파여졌다.

"이보세요, 무심코 던진 돌에 맞고 죽은 개구리 입장은 생각 안 해 보시나요?"

"……약육강식이야 뭐, 어디나 존재하는 거 아닙니까?"

뭐라고라고라?

"그래서 힘이 없으니 계속 당하면서 살라? 이 말씀이신 거 같은데, 맞나요?"

"아…… 뭐 말하자면 그렇단 말이지요."

그녀는 혈압이 140까지 상승하고 눈앞에 불꽃이 점화하며 꼭 지가 확 도는 기이한 경험을 하게 되었다.

"약육강식야 뭐, 어디에나 존재하는 거 아닙니까, 사내놈들 은 다 그러면서……."

유진은 두 눈을 똑바로 뜨고 민규라는 아이의 아빠 박 관장 이라 불리는 남자에게 얼굴을 바싹 들이대었다.

"뭐, 뭡니까."

"약육강식이라 하셨나요? 그럼 이렇게 하지요. 부모인 우리 가 시합을 해서 이긴 사람 요구를 들어주기로. 어떠세요?"

"에에? 어찌 남자가 여자하고."

"정식으로 결투를 신청하는 바입니다. 민규 아버님."

웅성웅성.

어느새 호기심 어린 눈들이 하나둘 늘어나 두 사람의 진진한 기 싸움을 구경하고 있었다. 뽀로로반, 해리반, 에디반, 크롱반 각 반 담임교사들과 원장까지. 민규의 부친인 박상철 관장은 빼 도 박도 못 하는 난처한 처지에 빠져 버렸다.

"좋습니다!"

오늘 유치원에서 배운 교훈은 이렇다.

아이 싸움이 어른 싸움이 된다.

가만있으면 절반은 간다.

걷는 자 위에 뛰는 자, 뛰는 자 위에 나는 자 있다.

세상을 지배하는 건 남자 그 남자를 쥐락펴락하는 건 여자다.

유진은 어처구니없다는 표정을 짓고 서 있는 민규 아버지 박 관장을 향해 일침을 가했다.

"참, 진 쪽이 사과하기로 한 거 잊지 마세요."

도유는 상황이 돌아가는 판을 구경만 했지만 은근히 걱정이 되었다. 누군가 저 때문에 다칠 수도 있지 않은가. 물론 새엄마를 걱정하는 건 절대로, 절대로 아니었다.

"저기. 민규 아빠는 태권도 사범이에요."

유진은 머뭇거리며 작은 목소리로 소곤대는 도유를 바라보곤 싱긋 웃음을 지어 주었다.

어른스러운 척해도 아이였던 것이다. 거기다 본인은 모르고 있겠지만 목소리에 저를 걱정하는 마음이 담뿍 담겨 있었다.

인지상정.

같이 살고 같이 밥을 먹고 함께 호흡하는데 정이 쌓이지 않으면 그건 사람이 아니지 않은가.

유진은 점점 더 사랑하게 되는 남편 도진을 꼭 닮은 아들 도유를 으스러지게 품에 안아 불안을 없애 주고 싶었지만 꾹 참고 가벼운 말투로 아이를 안심시켜 주었다.

"오호호! 우리 도유, 새엄마 걱정해 주는 거야?"

"누가요! 난 그냥. 그게 아니고요. 질까 봐 그러죠! 지면 쪽팔리잖아요."

"옴머옴머, 그런 거였어? 까짓 지면 유치원 옮겨 버리지 뭐, 유치원 많아. 유치원도 편식은 좋지 않단다. 이곳저곳 섭렵해야 해. 음식처럼 말이야."

"네에?"

유진의 말에 도유는 기가 막혀 입을 딱 벌렸다. 유치원을 옮긴다니 그런 생각은 절대 하지 못했었다. 새로운 환경에 가서 적응하기가 뭐 그리 쉬운 줄 아나?

'내가 새엄마를 믿다니 미쳤지, 미쳤어. 젠장.'

무슨 방법이 있는 줄로만 알았다. 머리가 그 정도는 되어 보였으니까.

그런데 지면 옮기면 된다는 식의 천하태평인 그녀를 보던 도유는 자신의 암담한 미래에 코가 쑥 빠지고 말았다.

"오호호홋. 뭘 그리 고민하니? 너에겐 이 새엄마가 있단다. 뭐 그런 말 있잖니? 내일은 내일의 해가 뜬다!"

무슨 귀신 씻나락 까먹는 말도 안 되는 소린가 말이다.

도유는 허파에 바람이 잔뜩 든 것처럼 배를 빵빵히 불려 호탕한 웃음을 남발하는 새엄마를 올려 보며 이제 망했다란 생각만 하고 있었다.

그도 그럴 것이, 도유는 그녀가 비밀경찰인 것도, 공인급수를 합하면 10단이 넘는다는 것도 모르고 있었기 때문이다.

한편 유진은 오래간만에 힘자랑을 할 생각에 마음이 급해졌다.

안 그래도 몸이 찌뿌둥하던 참이었다. 마침 신혼생활도 제법 정리가 되어 가는 중, 휴가도 오래 썼기 때문에 다음 임무를 위해 몸을 만들어 둘까 생각 중이었는데 대련만큼 사람을 긴장하게 하고 직접적으로 현장실습하게 하는 좋은 운동은 없는 것이다. 일명 실전연습.

'박 관장을 어떻게 할까? 냅다 던져 바로 항복을 받아 내? 아니지, 그건 너무 쉽고. 그럼…… 뼈만 추려 놓을까? 아님 갈비뼈 한 대만. 아니쥐, 그래도 폭력은 진짜 악당들에게만 행사해야지. 학부형, 것도 아들 친구 녀석 학부형을 병원 신세 지게 할 수 없지, 아암. 난 교양인이니까.'

유진의 이런 속내도 모르고 도유는 한숨만 푹푹 쉬고 있었다.

"얍."

"야압."

"얍."

도유는 싸우기로 한 날 아침 유진이 연습하는 모습을 보며 오늘도 한숨을 흘리고 있었다.

하늘하늘 몸을 배배 꼬질 않나 기합을 넣긴 하는데 영 시원찮은 흐느적거리는 몸짓과 발차기를 하다 허공에서 멈칫하는

50% 부족한 자세. 누가 봐도 초짜였다.

하지만 도유는 유진의 동작이 무얼 의미하는지 모르고 있었다. 그것은 공격하는 자세는 맞지만 힘을 빼는 동작이었다. 유진은 그녀의 실력을 반감하는 연습을 하고 있었던 것이다.

만약 그녀가 있는 힘껏 실력 행사를 한다면 박 관장은 적어도 한 달은 병원 신세를 질 수도 있기 때문에 모든 동작에 힘을 반감시키며 공격하는 그런 연습이었던 것이다.

"지르기."

"조르기."

"굳히기. 하압!"

"메다꽂기. 얍!"

도유는 어디서 들은 건 있어 가지고 태권도 용어만은 정확히 구사하는 유진의 춤추는 것 같은 우스꽝스러운 모습을 바라보며 고개를 절레절레 젓고 있었다.

◈

결투 장소는 민규 아버지 박 관장이 운영하는 태권도장.

도장은 이른 아침이지만 소문을 들은 사람들로 나름 인산인해(?)를 이루었다. 유치원 선생들과 원장, 그리고 몇몇의 학부형들이 구경을 왔다.

○○어린이집 원장 윤인숙은 이 결투에 기대가 높았다. 은근

안하무인인 민규와 그 아버지 박 관장 때문에 속앓이를 한 적이 있기 때문이었다.

힘자랑을 무식하게 하는 원생 민규는 수차례 원생들과 트러블을 일으켰었고 그때마다 민규 아버지 박 관장의 건성인 사과만 거듭되었을 뿐 아이의 행동 교정이 이루어지지 않았던 것이다.

근본적인 육아 원칙은 남을 때리거나 상해를 입히면 안 된다는 것을 인지시켜야 하는 게 기본이거늘, 도통 박 관장은 그를 인정하기는커녕 아들 민규를 더 부추겼던 것이다.

사실 영화에서처럼 박 관장이 바닥에 널브러지거나 하는 장면을 상상한 것은 아니었지만, 이번 일을 계기로 맞는 피해를 입은 아이의 부모 쪽도 만만치 않다는 것을 보여 줄 필요가 있었었다.

그래서 맘속으로 유진을 응원하는 윤 원장이었다.

하얀 도복으로 갈아입고 녹색띠를 허리에 맨 유진은 거울을 보고 점검을 하고 있었다.

'왜 도복은 전부 흰색 일색이냔 말이지. 난 녹색이 잘 어울리는데 말이야. 흰색은 살쪄 보이잖아. 그나마 녹색으로 포인트를 주었기에 망정이지. 이것마저 없으면 어쩔 뻔했어, 쩝.'

이리저리 몸을 거울에 비추며 옷매무새를 다듬는 새엄마를 보며 도유는 한숨을 푹 내쉬고 있었다.

들어간 지 한참이어도 나올 생각을 하지 않는 탈의실 쪽을 바라보던 박 관장은 그만의 오해 아닌 오해를 하며 비릿한 미소를 흘리고 있었다.

'후후 그럼 그렇지. 이제야 겁이 나나 보군.'

심판은 이곳 태권도 사범인 송상민이 맡았다.

"3판 2승제, 자유대련입니다. 홍색 띠 박 관장, 녹색 띠 오유진. 상대에게 경례! 대련 시작."

꾸벅.

"살살 하겠습니다."

"어머, 호호 후회하실 텐데요~"

"……?"

쾅!

시작한 지 1분도 지나지 않아서였다. 띠를 붙잡아 허리를 잡아챈 후 한 팔로 업어치기를 시전했다.

"어어?"

박 관장이 유진에게 허리띠가 잡혀 기우뚱하는가 싶었는데 눈을 떠 보니 바닥에 자신이 누워 있었다. 순식간이었다.

"……승! 한판, 오유진!"

심판의 한판 승 선언에 모두 놀라 입을 다물지 못하고 있었다.

"옴머옴모. 몰라몰라. 이 기술이 정말 힘이 없어도 통하네요. 신기해라."

유진의 목소리에 정신을 차린 구경꾼들이 손뼉을 치느라 정신이 없었다.

와아아아.

하지만 박 관장과 심판의 얼굴은 흙빛이 되어 있었다. 겉으로 보기엔 아무것도 하지 않은, 어쩌면 방심해 당해 버린 우스꽝스러운 상황이었다.

하지만 당한 자는 정확히 상황을 인지하고 있었기 때문이다. 기술이 두 개 들어갔다는 것을 말이다. 것도 고급 기술이.

박 관장은 무슨 괴물을 쳐다보듯 유진을 올려다보았다.

"유도나 태권도 하셨습니까."

"옴머, 말씀 안 드렸었나요? 공인급수 3단이에요. 유도, 태권도 각각."

경악하는 박 관장을 바라보며 싱긋 웃음 짓는 유진이었다.

대련 시작 매치!!

서로의 옷을 잡았다가 놓았다가 한참 씨름하다 박 관장이 발차기를 날렸다. 사실 이것도 관중을 위한 서비스 차원에서 조금 길게 끌었던 것뿐.

폴짝!

가볍게 뻗어 오는 다리를 피한 그녀는 화려한 발목 후리기 기술을 선보이며 왼쪽 다리를 감아 박 관장을 메친다.

쿵!

또다시 육중한 몸이 균형을 잃고 바닥으로 쓰러졌다.

순식간에 벌어진 상황에 모두 경악하는 가운데 유진의 굳히기 한 판이 들어갔다.

조르기 기술, 즉 생고문 들어가 주신다.

"으윽. 윽."

"약육강식이라고 하셨었지요? 어떠세요? 이래도 힘이 약해서 당하는 것이라 감수해야 된다고 생각하세요?"

"윽윽."

땅을 손바닥으로 치면 게임이 끝나는 거지만, 자존심 때문에 이를 악문 박 관장이었다.

"어멋, 호호! 힘을 너무 뺐나? 제대로 조여야 하나 보네요, 오호홋."

꽈악.

"……아. 아."

그녀가 삼각 조르기 기술 들어가 주신다. 이번엔 제대로.

"아아악! 항복, 항복!! 무조건 항복~!!"

그가 손으로 마룻바닥을 내려치자 그제야 유진이 빙그레 웃으며 자리에서 일어섰다.

오호호호, I WIN.

심판이 유진의 승리를 선언하며 그녀의 오른팔을 들어 올리자 우레와 같은 환호 소리가 태권도장을 가득 메웠다. 그동안 민규에게 당한 아이들과 그 엄마들의 울분이 한꺼번에 터져 나왔다.

유진이 일어나면서 녹색띠를 점검하고 수줍은 척 멋쩍은 척 인사를 하는 모습과 누워 일어날 줄 모르는 박 관장, 울음을 터 뜨릴 것 같은 민규 얼굴이 그들과 확연히 대조되고 있었다.

도유는 이날 새엄마 유진에게 홀딱 반하고 말았다.

물론 그녀를 엄마로 인정하겠다는 것은 아니다. 지도자이자 스승으로 인정한다는 말이었다.

"민도유, 잘 보았나? 열심히 하면 새엄마처럼 될 수 있다. 아침 수련 거르지 말고 열심히 하도록. 알겠나?"

"넷. 명심하겠습니다, 사부!"

유진은 훗날 도유가 군인이 되는 데 지대한 영향력을 행사하는 인물이 되었다.

세상의 고민 있는 자 모두 나에게 오라~

8.

　박 관장을 무릎 꿇린 일 이후 유진과 도유는 완전히 바늘과
실처럼 붙어 다니는 사이가 되었다.

　아침 운동 시간을 칼같이 지키는 도유는 식사 습관도 바뀌어
야채랑 과일을 곧잘 먹는 아이가 되었다.

　뭐든 열심인 민도유의 폭풍 성장에 도진과 민 씨는 놀라워하
고 있었다.

　여전히 두 사람은 티격태격하지만.

　오늘 주제는 싫어하는 여자에게도 친절해야 하는가였다. 저
번 태권도 시합을 유발한 유치원 로디반 현정이가 도마에 오르
내리고 있었다.

　"하여튼 여자가 문제예요."

"어머, 도유야. 그런 말이 어디 있니. 여자가 문제라니. 그런 발언은 가부장사회의 남자들이나 하는 말이란다. 남자가 똑바로 중심을 잡으면 일어나지 않는 문제야. 남자에게도 잘못이 있어."

"새엄마 말은 제가 문제라는 거예요?"

"물론이지. 넌 현정이란 아이에게 관심도 없다면서 그동안 그 아이에게 받아 챙긴 물건이 꽤 된다던데?"

"누가 그래요?"

"뽀로로반 선생님이. 선생님 말씀이 틀린 거니?"

"……."

"거봐. 너도 너만 생각하잖아. 싫다면서 주는 거 챙겼잖니. 그리고 솔직해져 봐. 그 아이 관심이 싫지 않았지?"

"주는 걸 어떻게 안 받아요?"

"호호, 물론 주는 건 받아야 예의이긴 하지. 하지만 받으면 한 번은 네 쪽에서 줄 줄도 알아야 하고, 지나치다 싶은 선물은 거절해야 옳다는 말을 하는 거야. 그리고 민규 그 아이 듣자니 의기소침해 있다더라. 네가 남자답게 다가가 함께 사이좋게 지내자고 손 먼저 내밀어 보지 않을래? 우위에 있는 사람이 먼저 손을 내미는 것을 관용, 겸손이라고 하는 거야. 나중에 큰일을 할 사람은 그래야 하는 법이야. 알겠니?"

즉 그녀의 말은 도유와 유진이 윗사람이고 나머진 아랫사람이니 관용을 베풀라는 말이었다. 묘한 어폐가 담긴 말이었기에 도진이 틀린 점을 지적하려고 막 입을 뗄 때였다.

마침 나온 도유의 대답이 참으로 가관이었다.

"잘 이해되진 않지만 제가 윗. 사. 람으로서 그럴게요."

"오호호, 그래야지. 그래야 민도유지."

주거니 받거니 하며 자화자찬하는 모자를 바라보는 민 씨와 도진은 서로의 얼굴만 쳐다보았다.

도유가 유치원엘 가고 도진이 유진에게 말했다.

"아이들의 일인데 너무 지나친 게 아닐까?"

도진이 우려를 표명하자 유진은 생긋 웃음을 짓는다.

"당신 말도 일리가 있어요. 저도 더 이상 유치원 일에 나서는 건 좋지 않다고 생각하고 있었어요. 자중하도록 할게요."

정말 할 말 없게 만드는 여자, 오유진이었다. 깨끗이 잘못을 인정하고 곧바로 뒤로 물러설 줄 아는 현명한 여자라는 생각이 들자 도진은 새록새록 그녀를 향한 애틋한 감정이 솟아나고 있었다.

"오늘 늦을지 몰라. 내일 올 수도 있고."

"네, 알겠어요. 그래도 들어오지 못할 땐 꼬옥 전화 주세요. 없어도 찾지 않는 건 슬픈 일이잖아요."

도진은 하트를 발사하며 애틋하고 당신을 믿는다는 듯 한없는 신뢰를 담뿍 담은 영롱한 유진의 눈동자를 바라보며 겨우겨우 목소리를 쥐어짜 제 마음을 내비쳤다.

"유진, 저기. 난 정말 결혼 잘한 거 같아."

겉만 번지르르한 검사라는 직업은 가정에 등한시할 수밖에 없는, 그런 직업이었다.

하지만 하루가 멀다 하고 외박에다 일에 치여 신혼인데도 잠만 자는 남편 도진에게 유진은 한 번도 불평하지 않았다.

도진은 그런 그녀, 유진이 고맙고 사랑스러웠다. 그리고 유진은 남편 도진이 얼마나 힘들게 고백한 것인지 알기에 행복했다.

"그걸 이제 알았어요? 그래도 되도록이면 밖에서 주무시지 마시고요. 자주 그러시면 저보고 검찰청으로 또 찾아오라는 소리로 알아도 되죠?"

도진은 벌건 대낮 두 사람이 광분하듯 상대방을 먹어 치웠던 모텔에서의 뜨거운 정사가 기억이 나자 얼굴이 벌게졌다.

"어서 출근하셔야죠."

야한 생각을 하던 도진이 서류 가방을 건네받고 막 몸을 돌리고 있었다.

"잠깐만요."

응? 왜?

도진은 뒤를 돌아보려다 허릴 감아 오는 부드러운 두 팔에 침실 한가운데 몸이 굳어 버린 듯 두 발이 붙어 버렸다. 그녀가 그의 등을 뒤에서 꼬옥 껴안은 것이다.

"오늘도 무사히, 그리고 즐겁게 보내세요."

달아오른 볼을 식히기도 전, 가슴으로 불길이 확 올라 열기를 주체하지 못하고 그가 몸을 돌려 아내를 으스러지게 껴안았다.

"어머~!!"

놀라 벌어진 유진의 입술에 입술을 겹치고 갈증에 허덕이는 사람처럼 미친 듯 그녀의 달콤한 오아시스를 한참 동안 받아 마신 도진이었다.

따르르 따르르.

아마 그때 도진의 핸드폰이 요란스럽게 울리지 않았다면 두 사람은 호텔에서의 대낮 정사보다 훨씬 수위가 높은 아침의 광란을 연출했을 것이다.

"알겠어, 곧 나가지."

"다녀오세요. 어머 잠깐만요. 여기 립스틱이 묻었어요."

그가 유진이 그의 입술을 닦는 엄지손가락을 살며시 떼어 내었다.

"내가. 할게. 더 이상 못 참을 거 같으니까."

"호호. 네."

처음 만남 이후 결혼까지 다소 성급한 면이 없지 않았지만 그들의 신혼 만족도는 100점 만점에 100점, 라이프 스타일, 즉 속궁합은 100점 만점에 가산점 100을 합하여 200점을 달리고 있었다.

◆

"넵. 알겠습니다."

유진이 드디어 결혼 후 새 임무를 맡게 되었다.

'아무래도 일주일은 걸릴 일인 것 같은데. 음.'

결혼 전 같으면 몸뚱이만 비행장으로 향하면 됐었지만 지금 그녀에겐 아이가 있고 남편이 있었다.

'도유에게는 잠시 친정에 다녀오겠다 말하면 되고, 남편에게는. 뭐 같은 말을 해야 하나?'

도유는 새엄마가 돌아올 때까지 아침 운동시간을 지키는 착한 어린이가 되겠다고 약속했다. 유진이 도진에게 전화를 걸었다.

"저예요. 바쁜가요?"

—아니야. 잠시라면 괜찮아.

"그럼 짧게 할게요. 저 일주일 정도 친정에 다녀올게요."

—친정?

도진은 그녀와의 결혼 조건을 상기했다. 종종 시간을 주기로 한 것.

"뭐 그렇다고 봐야죠. 오래 걸리진 않을 거예요. 한 일주일?"

—알겠어. 당신에게 약속했으니까. 하지만 늦지 말아요. 나도 도유도 기다린다는 거 잊지 말고.

"네. 그런데……."

그때였다. 여자가 재촉하는 목소리가 수화기에 흘러 들어왔다.

—어서요. 선배. 재판 시간 늦겠어요.

—그럼 내가 나가 봐야 해서.

"네, 가 보세요."

전화기가 꺼졌지만 유진의 민감한 촉수가 위험신호를 감지하고 있었다.

—삐뽀삐뽀! 경계경보 발령. 경계주의보로 진행 직전이니 주의를 요망합니다.

유진은 특별한 감각을 지녔고 정글에서 던져 놔도 살아남을 생활력을 가지고 있었다.

그녀가 가장 싫어하는 것이 제 것을 빼앗기는 것인데, 목소리만 들었지만 일부러 그를 재촉하는 듯한 여자의 뉘앙스를 캐치한 그녀였다.

방해한다 = 아내와 통화하는 기혼 남자를 재촉한다 = 그 남자에게 흑심이 있다.

'누구지? 선배라고? 그를 선배라고 불렀지? 그렇다면 검찰청 후배라는 소린데.'

유진은 잠시 머뭇대다 컴퓨터를 켰다. 노트북이지만 내장 하드가 장난 아닌 슈퍼컴퓨터였다. 이윽고 비밀경찰 비번으로 검찰청을 접속한 뒤 한참을 돌아다닌 그녀였다.

"흐음, 검찰청 근무하는 여자가 왜 이리 많은 거야. 자, 범위를 좁혀 보자. 나이 20대~30대 초반, 미혼, 그리고 그와 연관된 사람들, 그리고 같은 대학 출신."

타닥타닥.

Enter!

다섯 개 정도의 정보를 올리자 세 명의 미혼 여자 사진이 메인화면에 떴다.

"아까 뭐라 했었지? 재판 시간에 늦는다고 했었지? 그렇다면 오늘 재판이 있는 사람."

타닥타닥.

Enter!

여자의 신상명세서가 화면에 가득 채워지며 낱낱이 공개되었다.

고은비. 29세.

2010년 사법고시 패스.

H대 법학부 졸.

현 검찰청 검사 제2부 근무.

"낯짝은 봐줄 만하군. 뭐 그래 봤자 나보다야 못하지만, 내 촉수가 널 알아보았쓰~ 긴장해야 할 거야. 우선은 맡은 임무부터 수행하고 널 손봐 줄게."

임무를 맡았을 때보다 긴장한 표정이 역력했고 주먹은 꼭 쥐어 있었다. 유진은 떨어지지 않는 발걸음을 떼며 결혼 뒤 첫 임무지로 향한다.

◆

그녀의 집, 도진과 유진, 도유와 민 씨가 사는 집은 그대로인데 한 사람이 없다는 것만으로 집은 휑하기만 했다.

도유도 시간이 지나갈수록 생기가 없어지고 축축 늘어지기만 했다. 그나마 그녀와 약속한 게 있어서 아침 운동은 절대 빠지지 않았지만.

그것은 그리움이었다. 항상 과하게 치장하고 매니큐어를 화려하게 칠하고 곧 죽어도 힐을 신고 유치원 버스를 배웅하는 유진에게 어느새 중독이 되어 버린 모양이었다.

"쳇! 대체 어딜 간 거야? 가려면 나도 데려가든지."

도유는 툴툴대면서 오늘도 유치원 버스에 오르고 있었다.

◆

6일째. 임무를 성공리에 마친 유진이 한국으로 귀환했다. 유진은 귀국하자마자 검찰청으로 향했다.

불시 기습이었다. 그의 일정이야 이미 알아보았기에 유진은 정문 앞에서 기다리고 있었다.

그때 멀리서 그가 한 무리와 함께 모습을 드러냈다. 유진은 회심의 미소를 지으며 달려갔다.

"짠!"

유진이 그의 앞을 가로막았다.

"여보~"

슬로우 비디오를 보는 것 같은 착각.

갑작스런 유진의 등장에 패닉 상태에 빠져든 그들 일행 속엔 고은비도 끼어 있었다. 골치를 썩였던 사건, 오늘 3차 공판을 끝으로 마무리 지어졌기에 그들은 서류를 정리하고 술 한잔하러 갈 예정이었다.

고은비.

그녀는 도진을 남몰래 흠모하고 있었지만 망설이다 졸지에 다른 여자에게 선수를 빼앗겼다.

아이와 시아버지까지 모신다는 건 처녀인 자신에겐 부담이었기에 망설이던 중이었는데 큰맘 먹고 고백을 해 보자 결심하고 기회를 엿보던 찰나, 갑자기 그가 결혼 발표를 한 것이다.

그녀는 눈물을 삼키고 그의 동료로서 남아야 했었다.

하지만 연심은 숨길 수 없었다. 이루어지지 못한 사랑일수록 아쉽고 안타까웠다. 이런 말도 있지 않은가. 놓친 떡이 더 커 보인다는.

그녀는 도진의 결혼식에도 괜한 핑계를 대고 참석하지 않았다. 후일 듣자니 파격적인 의상을 입은 신부가 엄청 상큼했다나?

'여보라고? 그럼 아내란 사람이 저 여자야?'

잰걸음으로 달려와 그의 품에 답삭 안긴 고양이 눈매의 그녀, 유진이 제 앞에서 보라는 듯 그의 품에 당당히 안겨 들었다.

속에서 천불이 났다. 그런데,

싱긋.

살짝 얼굴을 비끼며 유진이 저를 향해 조소를 날린 것 같은, 착각인가?

"아니, 당신. 여긴 어쩐 일이야?"

은비는 그녀의 파격적인 행동보다 선배 민도진의 반응에 더 기가 찼다. 그녀를 당장 떼어놓아야 마땅했다. 그런데 그는 길 거리, 그야말로 남들 다 보는 곳인데도 당당히 그녀를 안고 있 는 게 아닌가.

"와우~ 뜨거운 신혼이십니다."

동료들이 휘파람을 불며 두 사람을 향해 부러움에 찬 소리를 했다.

"언제 왔어?"

"방금 공항 도착했어요. 짐도 그대로고요. 당신 놀래 주고 싶 어 달려왔어요. 내가 방해했어요?"

"별소릴. 환영해, 오유진."

은비는 수줍은 듯 눈을 내리까는 유진을 보며 창자가 꼬일 대로 꼬이는 것 같았다. 은비는 저 오유진이라는 여자를 쏘아보며 생각했다.

'저, 저, 이중인격자 좀 보라지. 한복판에서 냅다 안길 정도로 대담했으면서.'

은비는 속으로 이를 바드득 갈고 있었다. 고시 공부를 하며 쪽잠을 잘 때도 이렇게 이를 갈았던 적은 없던 것 같다.

"안녕하세요?"

주고받은 인사는 간단했지만 신혼인 두 사람을 그냥 보낼 그들이 아니었다.

"형수님 이대로 가시면 서운합니다. 자자, 함께 술 한잔 어떠세요?"

"여보~ 어떻게 하죠?"

"당신 괜찮겠어?"

끄덕.

은비는 유진을 보며 회심의 미소를 짓고 있었다. 자.

'어디 두고 보라지.'

다시 아래층에서 만난 두 여자가 서로를 향한 칼날을 숨긴 채 미소를 짓고 있었다.

"말씀 많이 들었어요. 아끼는 후배라고 하던데, 결혼 전이라고 누구 소개해 줄 사람 없느냐고 묻더라고요. 호호."

"선배가요?"

"네. 그이가 후. 배. 를 얼마나 아끼는지 아시잖아요. 우리 그이, 잘 보좌해 주세요~"

우리 그이.

후배.

소개.

잘 보좌.

은비는 유진의 말에 담긴 이중적인 암시를 알아채고 이를 으득 갈고 있었다.

이런 은비의 표정을 본 유진이 생각했다.

'후후, 검사라 그런지 눈치는 재빠르지만 의외로 단세포인 걸? 어디 어떻게 나오나 볼까? 고은비?'

양주가 놓인 고급 바의 룸 안이었다.

술잔이 오가고 자연스레 그들은 전문적인 이야기로 넘어갔다. 유진은 미소를 머금고 그들을 바라보고 있었다.

'죽겠지? 네가 뭘 알겠어? 부모 잘 만난 덕에 선배와 결혼한 주제에.'

은비는 의도적으로 화사한 미소를 띤 채 유진에게 말을 건넨다.

"어머, 우리만 대화를 해서 미안해요. 그런데 어쩌죠? 전문용어라서 이해 못 하실 텐데, 답답하시죠?"

자존심을 건드리는 교묘한 수법이었다.

"아뇨. 재미난데요?"

"네?"

"지금 말하고 있는 주제의 요지가 구속적부심사에 관해서인 것 같은데 아닌가요?"

"네? 아. 네."

"우와. 형수님도 아십니까? 역시."

"……어떻게 생각하시는데요?"

고은비, 감히 오유진을 자극하는 간덩이 부은 여자의 도발이었다.

유진은 보란 듯이 대꾸했다.

"체포·구속적부심사 제도는 헌법 제12조 제6항에서 규정. 피구속자 또는 관계인의 청구가 있으면 공개 법정에서 구속의 이유를 밝히도록 하고 구속의 이유가 부당하거나 적법한 것이 아닐 때 법관이 직권으로 피구속자를 석방하는 제도지요. 체포와 재구속의 논란 문제의 핵심은 공권력의 남용 문제와 관계가 깊다. 지금 화두에 오른 이유 아닌가요?"

그녀의 청산유수 같은 설명에 모두 입이 떡하니 벌어졌다.

"우와, 우리 형수님 진짜 최고시다."

의외의 상황에 은비는 당황스러워했고, 유진과 남자들은 열띤 토론에 들어갔다. 은비는 또다시 이를 으득 갈았다.

"자자, 2차는 분위기도 바꿀 겸 노래방 어떠십니까?"

자리를 옮긴 그들은 술이 적당히 취한 상태였다. 룸을 나와

넓고 화려한 사이키 조명이 완비된 요란한 대형 노래방으로 자리를 옮길 때였다. 남자들이 방을 잡고 계산을 하고 음료수를 사러 간 사이 소파에 기다리던 두 여자였다.

"침 흘리지 마라. 죽고 싶지 않으면."

은비는 순간 잘못 들었나 싶었다.

"네? 뭐라고요?"

"내 거에 말야, 침 흘리지 말라고."

생글생글 웃으며 말하는 선배의 와이프 오유진, 하지만 살벌한 미소 뒤에 무서운 그녀의 성정이 엿보였다.

고은비는 직업의 특성상 악질적인 범죄자들을 많이 만나 보았고 그들의 이중성을 너무나 잘 알고 있었다.

판사 앞에선 죄를 반성하는 것처럼 어깨를 축 늘어뜨렸다가도 공판이 끝나면 언제 그랬냐는 듯 번득거리는 눈빛을 감추지 않는 이중인격자들이 대부분이었다.

"짝사랑하는 건 좋은데 그 맘, 잘 감춰 두어야 할 거야. 민. 도. 진. 은 오유진 거고 이미 품절남이야. 새겨들어. 알겠어?"

"아……."

충격으로 버버거리는 은비였다.

그때 저쪽에서 방을 잡았는지 남자들이 몰려왔다.

"형수님, 이쪽입니다. 여기 시설이 좋습니다. 오세요."

"어머, 네~ 가요. 은비 씨, 어서 가요. 모두들 기다리잖아요."

얼어붙어 버린 은비의 팔을 잡은 유진의 손에 힘이 살짝 가해지자 욱신, 잡힌 팔이 묵직하게 아파 왔다.

'참…… 그래 그 사건, 덩치를 한 방에 날렸다던? 유도? 공수도?'

그제야 유진이 흉악범을 던져 버렸던 사건을 기억해 낸 은비였다.

오싹!

은비는 오뉴월 한기가 느껴져 온몸을 감싸고 부르르 떨고 있었다.

노래방에서 노래가 한 사람 한 사람 돌아가면서 불리자 술기운에 은비는 다시 한 번 무모한 도발을 감행하고 말았다.

제일 먼저 노래를 부른 유진의 실력이 별로였기 때문에 호승심이 일었는지도 모른다. 은비 그녀가 가장 자신 있는 게 두뇌와 노래 실력이었기 때문.

드디어 은비의 차례가 되자 차마 고백하지 못했던 벼르고 별러 온 저의 심정과 같은 절절한 가사의 발라드를 멋들어지게 불러 젖혔다.

하지만…….

휘익―

"우우우―"

대놓고 제 앞에서 염장 지르듯 도진과 유진이 부둥켜안고 블루스를 추는 게 아닌가.

"두 분, 아주 뜨겁습니다. 옆에만 있어도 델 것 같은데요."

평상시와는 다른 도진이었다. 술기운 탓도 있었지만 오랜만에 맡아 보는 유진의 향기와 체취, 그리고 나긋나긋 안겨 드는 여체의 부드러움에 저도 모르게 춤을 추는 동안 손이 저절로 그녀의 탱탱한 힙으로 내려가 제 것인 양 더듬어 대고 있었다.

은비는 울고 싶어졌다. 아니 노래를 부르며 가슴으로 울고 있었다.

'이게 뭐냐고~ 이게 아니잖아!'

유진은 끊길 듯 이어지는 은비의 슬픈 노랫가락을 들으며 남편 도진의 가슴으로 더더욱 밀착하며 파고들었다.

"아이⋯⋯."

"유진. 아."

아무래도 오늘 집에 들어가긴 틀린 것 같았다.

그녀의 등줄기를 내려와 엉덩이를 주물러 대는 남편의 뜨거운 손길로 보아 가까운 모텔에 방을 하나 잡아야 할 것 같았다.

9.

유진은 기분이 매우 좋았다. 다행히 은비라는 여자는 머리가
나쁘지 않아 말귀를 알아먹는 것 같아 보였다.

구슬픈 노래를 불러 제끼더니 제풀에 지쳐 도진과 유진이 다
정스레 구는 모습을 하염없이 바라보고만 있었다.

그 모습이 낑낑대는 강아지 같아 보여 안쓰럽기도 했지만 그렇
다고 제 남자에게 침을 흘리는 여자를 용서할 수는 없었다. 뭐든
지 초장에 버르장머리를 고쳐 놓아야 딴 맘을 먹지 않는 것이다.

3차를 가자고 했지만 만취한 은비를 모범택시에 태워 보내는
것도 불안해 기어이 한 사람을 기사로 딸려 보내고서야 두 사람
은 한숨을 돌렸다.

누가 먼저랄 것도 없이 팔짱을 낀 채 묵묵히 걷던 두 사람은

이내 체온에 체온이 더해지더니 몸이 후끈 달아올랐다. 일주일이나 떨어져 지내고 보니 새삼 서로를 향한 애정이 몽실몽실 피어올랐다. 몸의 대화를 나눌 시간이었다. 어른들의 시간.

"도진 씨, 나 보고 싶었어요?"

"……그걸 꼭 말로 해야 아나?"

"아뇨, 그렇진 않지만 가끔 이렇게라도 확인하고 싶어요. 여자니까요."

유진의 사탕을 문 것 같은 달달한 투정이 이어지자 갑자기 허릴 안아 품으로 당기는 도진이었다.

"도진 씨?"

"가만, 가만있어."

절박하게 느껴지는 그의 목소리엔 그녀가 기대한 모든 것이 담겨 있었다. 그녀를 걱정한 마음 그리고 다정함, 열망까지 고스란히 알 수 있었다.

두 사람의 키스가 깊어지고 있었다.

이러다간 길거리에서 일을 치를 것 같았다.

"유진아, 유진아."

연거푸 불러 대며 입술을 집어삼킬 듯이 겹쳐 오는 도진 때문에 온몸에 신열이 오르는 것처럼 체온이 급상승하고 눈빛이 흐려지는 유진이었다.

일주일 만에 떨어졌다 만난 그들은 마른 나무장작에 불을 피운 것처럼 맹렬하게 타오르고 있었다.

도진은 술기운도 술기운이지만 일주일 만에 만난 아내의 농염한 몸짓에 속절없이 빠져들고 있었다. 그녀는 자신을 미치게 하는 데 도가 튼 여자였다. 한없이 열망하게 하고 끝없이 탐하고 싶게 만들었다.

블루스를 출 때도 그녀의 손이 그의 등을 오르락내리락하자 자리가 어떤 자리인 줄 뻔히 알면서도 신혼이라는 핑계 아닌 핑계를 대며 그녀를 탐하는 손길을 멈추지 못한 그였다.

노래방이라는 특수한 장소가 어두운 탓도 있었지만 도진은 은근슬쩍 유진의 엉덩이를 만지면서 허벅지 안쪽을 지분대고 있었다.

세상 어느 남자가 제 여자가 섹시한 눈빛으로 날 잡아먹어 주세요, 하며 도발하는데 참을 수 있겠냐고. 거기다 고양이처럼 요염한 눈빛으로 바라보기까지.

그의 남성은 직립해 완전한 직각 90도를 만들고 있었다.

"유진아."

"지금 바로 집에 들어가야 해요? 집에선 돌아온 거 모를 텐데."

다음은 어딜 어떻게 들어간 건지 기억조차 나지 않는 두 사람이었다.

모텔로 입성한 두 사람은 입구에서부터 키도 꽂지 않고 서로를 들이마시며 일을 치렀다.

다급한 그와 그녀의 몸짓이 뒤엉켜 1차전을 화끈하게 치른 뒤 곧바로 넓은 물침대로 옮겨 2차전을 치렀다. 그리고 새벽녘 욕실에서 치른 3차전.

모텔비가 아깝지 않게 본전을 뽑은 두 사람이었다.

○○호텔에서 여주, 오유진과 남주, 민도진은 결국 야동 4편을 하룻밤에 완성했다.

제목은 환상의 속궁합.

그들만의 야한 영화는 8시간의 러닝타임을 기록했다.

도진과 유진이 아침에 나란히 집으로 들어왔다. 도진의 옷을 갈아입고 가기 위해서였다.

피곤하기보단 활력이 넘치는 그는 그동안 쌓였던 욕망도 풀고 자신의 여자를 만족시킨 데서 오는 도취감으로 온몸에 자신감이 흘러넘치고 있었다.

도유는 유치원을 이미 간 후였기에 시아버지 민 씨만 그들을 맞이했다. 민 씨는 아들과 며느리 유진의 얼굴 가득한 화사한 미소를 보고 대강의 사정을 눈치채고 눈을 게슴츠레 떴다.

흠칫!

도진이 부친의 눈을 슬쩍 피했지만 눈치 백단인 민 씨였다.

'저놈 보게? 아침에 나란히 들어온다? 같이 밤을 새웠단 거네. 안 그래도 도유 녀석 하나뿐이라 외로웠을 텐데 머지않아 동생이 태어날지도 모르겠구만. 허허, 이제 이 집도 북적북적해지려나?'

"도유야!"

도유는 유치원에서 돌아와 유진과 맞닥뜨렸다. 반가움이 하늘을 찌를 것 같았지만 특유의 시크한 표정으로 턱짓 한 번으로 인사할 뿐 곧바로 방으로 들어가려 했다. 하지만……

"도유야!"

"왜요, 저 바빠요."

"……신발은 벗고 들어가야지?"

"!"

"큭큭."

얼굴이 새빨개지고 말았다. 나름 아무렇지 않은 듯 가장했지만 신발을 신은 채 거실로 들어왔을 줄 어찌 알았겠냐고.

'아, 진짜 내가 못 살아.'

"도유야, 씻고 나오렴. 새엄마랑 백화점 다녀오자."

여자들이 가장 좋아하는 쇼핑, 그리고 다음으로 좋아하는 어린이들의 천국 백 가지를 훨씬 넘는 잡화가 있는 가게라는 뜻의 백화점이라는 말에 도유의 눈빛이 확 변했다.

다이노 포스 시리즈 중에 꼭 가지고 싶은 로봇이 생각났기 때문이다. 벌써부터 도유의 가슴은 두방망이질을 시작했다.

"네? 백화점요?"

담백하게 굴자던 생각은 어디론가 사라지고 눈을 초롱거리며 사슴처럼 갈구하는 눈망울을 굴리는 도유였다.

"그래. 호호! 새엄마가 오늘 한턱 쏠게."

"정말요? 나 정말 가지고 싶은 거 있는데. 그거 엄청 비싼데."

"우리 도유 새. 엄. 마. 없어도 아침 운동 거르지 않고 약속 잘 지킨 상이야."

"우와아."

시리즈 중 티라노 킹만 가지지 못한 도유였다.

가격이 어마어마했기도 하고 품귀현상이라 구하기도 어려운 탓에 유치원에서 딱 한 명만 가지고 있었다. 하필 그 녀석이 민규였지만.

유진은 이미 입국하기 전 도유의 선물로 티라노 킹을 구입해 가방에 고이 모셔 놓았다. 임무를 완수한 그녀가 이번 보너스로 요구한 것이 바로 티라노 킹이었다.

하지만 그런 사실을 전혀 내색하지 않고 아이가 신이 나 좋아하는 모습만 바라보고 있었다.

도유의 방에 고이 모셔 둔 다이노 포스 시리즈에 먼지라도 털려고 하면 어찌나 아끼는지 만지지도 못하게 해서 유진이 눈여겨보지 않을 수가 없었던 것이다.

◈

도유와 유진이 백화점에 도착했다.

지하 3층에 주차를 한 후 엘리베이터를 타고 상층으로 올라

가던 중 멈춘 지하 1층에서 아이 한 명과 어른 한 명이 엘리베이터에 올랐다.

아이는 한 대여섯 살 정도로 도유와 엇비슷한 나이였고 여자아이였다. 비슷한 또래를 보면 엄마로서 그저 눈길이 간달까.

여자아이는 부산스러웠고 성격도 급해 보였다. 층에서 사람들이 탈 때마다 어린아이답지 않게 중얼거리며 투덜대고 있었기 때문이었다.

땡!

6층 장난감매장에서 엘리베이터가 섰다.

유진이 도유를 앞세워 내리려 하자 여자아이가 두 사람을 밀치다시피 하고 뛰쳐나갔다. 순간 아이에게 뭐라 말하려 했지만 유진은 인내심을 발휘하기로 했다.

아이가 아닌가. 장난감을 사러 온 고작 다섯 살 정도의 아이.

어른인 제가 옹졸하게 나서서 기분을 상하게 할 필요는 없을 것 같아 그녀는 불쾌감을 눌러 참았다.

신바람이 나서 게임기를 포함해 그동안 못 보던 신기한 종류의 장난감을 살피던 중 매장의 여직원이 부산스럽던 아이를 타이르며 제재하는 모습이 시야에 잡혔다.

"뛰지 말고 조용히 걸어 다녀야지?"

아이는 불온한 눈빛으로 여직원을 쏘아보더니 곧바로 아빠를 데리고 나타났다.

남자는 덩치가 산만 한 게 격투기 선수 같아 보였다. 신장도

190센티는 족히 되어 보이는 참으로 거대한 체형이었다.

"내 딸에게 뭐라 한 거요?"

"네? 아니, 손님 그게."

"직원이면 직원답게 물건이나 팔고 안내나 잘 할 것이지 뭐하는 짓이야?"

"네? 손님 그게 아니고 아이가 뛰어다니는 바람에 다른 손님들에게 불편을 주어서……."

"네가 뭔데 내 딸에게 훈계야? 직원 주제에."

'주제' 라는 남을 비하하고 격하시키는 말에 여직원의 얼굴이 새하얘지고 눈썹이 파르르 떨리고 있었다.

한편 조금 떨어진 곳에서 광경을 목도하던 유진은 거보라는 듯 사악하게 웃는 여자아이의 잔인한 미소를 지켜보았다.

'저러니 우리나라 가정교육이 빵점이라는 거지. 제 자식 귀하면 남의 자식 귀함도 알아야 할 것 아냐. 아무리 아이가 우선이 된 세상이 되었어도.'

결국 책임자 나오라는 협박 아닌 협박과 고성, 남자의 진상 짓에 관계자가 나타났고 여직원은 눈물을 매단 채 어딘가로 사라졌다.

아마 오늘 시말서를 쓰든지 아니면 계약직에 불이익이 될 정도로 점수가 깎이든지 할 터였다.

갑과 을의 관계.

자신보다 훨씬 약하다 판단될 땐 언제나 위치가 바뀌어 버린

다. 내가 갑이었을 때 진상 짓은 하지 않는지 한 번쯤 생각해 보아야 한다.

갑질, 자신이 갑이 될 수 있는 건 아빠가 옆에 있을 때라는 걸 정확히 알고 있는 영악한 어린 여자아이가 못마땅한 유진이었다.

어릴 적부터의 교육은 참 중요하다. 도덕적인 아이, 정도를 충실히 지키는 아이가 커서 훌륭한 사람이 되지 않겠는가.

그런 차원에서 저 매머드같이 덩치만 커다란 저놈은 교육 점수 빵 점짜리 아빠가 분명했다.

착한 도유는 티라노 킹이 품절이라 실망했지만 기분 상해하지도 안달하지도 않고 겸허히 사실을 받아들였다.

각양 각색의 아이들, 개중엔 어떻게든 사 달라고 떼를 쓰고 우는 아이도 있었고, 참다못해 소릴 지르는 엄마도 있었다.

이런 일이 비일비재 일어나는 곳이 완구점이 있는 백화점 6층이었다.

"괜찮겠니?"

"네. 구할 수 없는 거잖아요."

"우리 도유, 착하다."

유진은 아들 도유의 머리를 쓸어 주었다. 기특하기도 하고 제 아들이라고 생각하니 기쁘기 그지없었다.

우연인지 필연인 건지 내려가는 엘리베이터에서 또 그 부녀를 만난 두 사람이었다. 가장 붐비는 시간대라 안은 타인과 몸을 거의 맞대고 있어야 하는 상황이었다. 그런데 여자아이와 맘모스 아빠만이 동그란 원을 형성하며 넓게 자릴 차지하고 있었다.

그들은 앞쪽으로 바싹 붙은 아가씨와 임산부로 보이는 여자가 서 있는 공간까지 압박하고 있었다. 그러나 어느 누구도 커다란 덩치와 딸에게 말조차 꺼내지 못하고 있었다.

─1층입니다.

띵!

문이 열리자마자 아이가 뛰쳐나가는 통에 문 앞 버튼 쪽에서 몸을 겨우겨우 지탱하며 서 있던 두 여자가 밀려 나가 비틀거렸다. 순식간에 벌어진 일이었다.

유진의 인내심은 여기까지였다. 모두 자신의 일인 것처럼 호리호리한 아가씨와 임산부를 부축하며 다친 곳이 없는지 살피는데 정작 당사자인 그들이 그대로 자릴 떠나려 하는 게 아닌가.

"이. 보. 세. 요. 미스터 맘."

"??"

유진이 팔짱을 낀 채 남자를 노려보자 어처구니없다는 듯 남자가 손가락으로 자신을 가리키며 물었다.

"날 말하는 거요?"

남자의 행동에 유진이 퉁명스럽게 말했다.

"맞아요. 댁 말이에요. 여기서 맘모스 같은 사람이 당신밖에 더 있어요?"

"뭐라고, 이 여자가!"

"저기, 저기 안 보이세요?"

유진이 가리키는 건 두 명의 여자가 몸을 바로 세우고 있는 모습이었다.

"댁 딸아이가 밀쳐 넘어질 뻔한 위험한 상황이었어요. 아이 보고 이리 와서 사과하라 하세요."

"당신이 뭔데……."

"이보세요!! 미스터 맘!!"

흠칫.

유진의 앙칼진 목소리가 울려 퍼졌다.

웅성웅성.

구경하러 몰려든 사람들과 용감하게 나선 그녀를 지켜본 사람들로 주위가 빙 둘러싸지기까지 얼마 걸리지도 않았다.

"사람을 밀치고 나갔잖아요. 잘못한 거잖아요. 거기다 한 분은 임산부예요. 댁의 소중한 따님이 밀치는 바람에 다칠 뻔했다 이 말입니다. 사과하셔야죠."

"……뭐…… 뭐요?"

미스터 맘, 그도 붉으락푸르락해진 얼굴이지만 유진의 말에 반박할 수 없었고 사람들의 시선 또한 곱지 않아 참고 있는 중이었다.

"댁의 자식 귀하면 남의 자식도 귀하다 그리 가르쳐야지요.

잘못하면 잘못했다 사과해라, 그렇게 교육하셔야죠. 그래야 진짜 부모 아닙니까. 잘못을 하고 감싸고돌기만 하면 안 됩니다. 나중에 범죄를 저질러도 그렇게 감싸주기만 할 겁니까? 네? 도덕성이란 인격의 잣대입니다. 어릴 적부터의 훈련은 습관이라고요. 안 그렇습니까."

—와아.
—네, 맞아요.
—브라보.

짝짝.

여기저기서 맞는 말이라며 맞장구를 쳤고 이어 입을 맞춘 듯 요구가 터져 나왔다.

—사과해. 사과해.

미스터 맘은 지고 싶지 않았지만 서슬 퍼런 여론의 뭇매질에 굴복하고 마지못해 사과를 해 왔다.

아이도 부친에게 등 떠밀리듯 두 여자에게 사과를 하고서야 소동은 가라앉았고 이로써 일단락된 거라 생각한 사람들이 뿔뿔이 흩어졌다.

하지만 미스터 맘은 때를 기다린 것이었다. 사람들이 흩어지자 그는 유진에게 접근했다.

"잠깐만."

"네. 뭐죠?"

남자는 뭔가를 계획하며 응큼한 수작을 부리려 하고 있었다.

"내가 잘못한 부분이 많았습니다. 한 수 가르쳐 주셔서 감사합니다."

악수를 원하듯 내민 손이 커다랗다 못해 투박하기까지 했지만 유진은 공손한 태도에 가려진 불량한 의도를 단번에 간파했다.

"어머, 느끼고 반성하셨다니 다행이네요. 호호."

유진은 내밀어진 손을 꽉 쥐었다. 아주아주 부드럽게 말이다.

"으. 으윽 이거 좀…… 윽."

"아빠?"

"어머, 악수하는 데 웬 식은땀을 그렇게 흘리세요? 나이가 있으신가 봐요. 나이는 못 속이는 법이죠. 그렇죠?"

잡은 손에 힘을 풀지 않는, 아니 오히려 잡은 손에 힘을 가하는 유진이었다.

"으. 이. 이것 좀. 놔. 부탁……."

"엄머엄머, 내가 아직까지 외간 남자 손을 잡고 있었네? 아임 쏘리, 마이 미스테이크."

헉!

남자는 손이 풀리자마자 마구마구 문지르기 시작했다. 시퍼

래진 손, 저려서 피가 통하지 않는 것 같았다.

"그럼 즐거운 시간 되세요. 미스터 맘. 도유야, 우리 맛있는 거 사 먹으러 갈까?"

"네."

유진과 도유가 멀리 사라질 때까지도 피가 제대로 돌지 않아 감각을 상실한 손을 주무르는 미스터 맘모스였다. 하마터면.

하지만…….

"흑흑."

외진 2층 여자화장실.

넘어질 뻔한 여자 중 한 명인 임산부가 거울을 보고 세상이 끝난 듯, 울 것 같은 얼굴을 하고 있었다.

"흐흑…… 이번에 진짜 살 뺄까?"

그녀는 임산부가 아니었다. 그저 조금 살이 붙어 풍만한 것일 뿐.

'산이 분명한데 많은 사람이 우기면 강이라 우기면 강이 된다. 모두에게 임산부라 오해받을 정도로 나, 뚱뚱한 거 맞지? <u>으흐흐흑</u>.'

그녀는 이날 다이어트를 하리라 독하게 결심했다. 그리고 쇼핑을 중단하고 한의원으로 향했다. 비만 전문 케어 한의원이었다.

오유진 때문에 새 인생을 살려 하는 두 사람이었다.

10

가깝고도 먼 사이.

그것이 바로 유진과 도유, 두 사람의 사이였다.

서로에게 조금은 다가갔지만 아직 바리케이드를 완전히 철거하지 않은 게 요 맹랑한 꼬마, 민도유였다.

유치원 방학이 일주일 주어졌다.

유진은 도유와 뭔가 색다른 체험을 하고 싶었다. 놀이공원에 가서 놀이기구도 타 보고 공룡 체험학습관에 가서 공룡 모형도 만져 보고 했지만 도유는 또래에 비해 조숙한 탓인지 별 흥미를 느끼지 못하는 것 같았다.

"전부 본 거예요."

"뭐. 나름 볼만하네요."

이런 식이다 보니 유진도 맥이 탁 풀려 버렸다.

게다가 밀가루 놀이, 농장에서 고구마 캐기 등등 현장 학습을 전부 가 보았단다.

거참……. 쩝.

"아, 심심하다."

유진은 도유가 방학을 맞이하고 3일째 되던 날, 더 이상 지루함을 견디지 못하고 간식을 챙겨 아이에게 다가갔다. 물론 거실에 있는 컴퓨터 책상 위로.

"도유야, 이제 그만하고 간식 먹어야지?"

"거기 두세요."

"……시작한 지 30분이나 지났어."

"오늘 실컷 해도 된다고 하셨잖아요."

"그건 그렇지만."

심했다. 아이가 좋아하는 걸 양껏 하는 날, 그날이 바로 오늘이었다. 동화책 읽고 학습지를 하고 학원을 다녀오고 난 뒤 자투리로 남은 오후 시간은 도유의 자유 시간이었다.

그렇지만 그 시간에 인터넷 게임만을 하는 저 버릇은 초장에 고쳐 놓아야 할 것 같았다. 자고로 남잔 밖으로 나돌아야 하고 아침에 나가면 저녁에 들어오는 습관을 어릴 적부터 키워 두어야 했다.

'게임이라…… 옳지, 그 방법이 좋겠구나. 남자는 모두 내기를 좋아하는 승부 근성이 있는 법이니까.'

유진은 빙그레 미소를 지으며 도유의 주변을 알짱거렸다.

"도유야, 40분이란다. 쉬는 시간이야."

"알았어요."

도유는 제한시간을 꼭꼭 지키는 착한 아들이었다. 그래서 더 예쁘다.

"도유야, 컴퓨터 오래 하면 몸에 안 좋아. 전자파 때문에."

"알아요. 하지만 제가 좋아하는걸요? 새엄마도 좋아하는 걸 하지 못하게 하면 어떠세요?"

"……물론 힘들지."

정말 할 말 없게 만드는 아이였다. 그래서 더 좋았다.

어디서 이렇게 똑똑하고 총명한 아들을 볼 수 있단 말인가.

남편 도진을 **빼닮아** 명석하고 누구보다 재치 있고 당돌하기도 하고 젠체하는 녀석이 호적상 제 아들이라니 너무 행복해 눈물이 날 지경이었다.

"새엄마가 생각해 보았는데 우리 재미난 내기할까?"

"내기요?"

"그래, 내~기."

우후후.

도유와 유진의 눈이 딱 마주치자 퍼런 섬광을 번쩍였다.

"아빠, 오셨어요?"

"도진 씨, 왔어요?"

"음, 별일 없었지?"

평소와는 다른 두 사람의 환대에 도진은 어리둥절했다. 금요일 밤이라 그런가?

아들 도유가 환하게 웃으며 자신을 맞이하는 날은 드물었다. 유진이 교육을 시킨 것인가 싶어 그녀에게 무한 고마운 그였다.

"아빠, 아빠. 오늘 있잖아요."

아들 도유가 날을 잡았는지 오늘따라 주저리주저리 말을 많이 하면서 그의 주위를 맴돌았다.

"잠시만 도유야, 아빠 옷은 벗어야 하지 않겠니?"

유진의 만류에 도진의 양복 소맷부리를 붙들고 있던 도유가 어쩔 수 없다는 듯 잡았던 옷을 놓았다.

"씻고 이야기하자. 도유가 할 말이 많은가 보구나."

"네, 아빠, 오늘 아빠와 목욕하고 싶어요. 괜찮죠?"

"응? 그럴래?"

낯을 가리는 도유였다. 자신이 졸라도 다 컸다며, 욕조가 좁다며 혼자 목욕하는 걸 좋아하는 아들이 오늘따라 왜 저리 곰살맞게 구는 건진 모르겠지만 도진은 기분이 무척 좋아졌다.

"어머, 욕조가 좁은데 굳이 함께 할 필요는 없잖아요. 안 그러니?"

"아빠 같이해도 되죠?"

새엄마의 말을 가볍게 무시해 주는 도유 되시겠다. 아이는 말똥말똥 제 아빠를 바라보며 거절할 수 없는 눈빛을 발사해

댔다.

"그으럼~ 좋고말고."

순간 도유의 눈빛이 확 달라지며 유진을 향해 득의만만한 표정을 지어 보였다.

스코어 1:0.

얼굴과 몸이 온통 새빨갛게 익어 버린 두 사람이 욕실에서 나온 건 들어간 지 30분이나 지난 참이었다. 그동안 유진은 전력을 재정비하고 전략을 짜고 있었다.

"이거 좀 드세요, 아~"

거실, 유진이 포크로 예쁘게 썰어 둔 사과를 찍어 입가에 가져다주자 도진은 당황하며 아들 눈치를 본다.

"내가 먹을게."

멋쩍어하면서 유진이 입가에 가져다 댄 포크를 살짝 밀쳐 내자 유진은 물러섰다가 다시 한 번 도전했다. 도유의 눈빛에 거 봐라라는 기고만장한 코웃음을 파악해 버려 오기가 생긴 탓이었다.

"아이 참, 뭐 어때요. 드셔 보세요."

"응?"

"아~ 하세요."

"애가 보고 있잖아. 유진아."

소곤소곤대는 남편 도진의 말에 유진의 안색이 변해 버렸다.

그때 도유가 제 아빠의 관심을 돌리기 위해 사과를 가리키며 먹여 달라고 했다.

"아빠, 사과 주세요."

"응? 자자. 여기."

아작아작 자식 입에 들어가는 걸 보는 부모 맘은 다 그렇듯 도진은 엄마 없이도 잘 자라준 아들을 보는 것만으로도 뿌듯하기 그지없었다.

하지만 유진은 이대로 당할 수만은 없다는 절박한 지경에 몰리자 강수를 두기로 결심했다.

탁.

포크가 테이블에 부딪치는 둔탁한 소리에 도진이 고개가 돌려지자 유진이 얼굴을 굳힌 채 눈물을 글썽거리며 사라지려는 모습이 시야에 잡혀 왔다.

"유진아, 왜."

"나, 많이 서운해요. 당신 눈에 난 보이지도 않는 거잖아요. 부모가 보이는 다정한 모습이 아이 교육상에도 좋은 건데, 내가 주는 거 받아먹는 게 그렇게 어려운 일이에요? 다정한 두. 사. 람. 이나 실컷 드세요. 불청객은 이만 사라져 드릴게요."

"유, 유진아…… 미안, 미안. 당신 기분은 생각하지 못했어. 먹을게."

"정……말요? 그럼 아~"

금세 밝아지는 아내의 얼굴에 거절한 게 그리 서운한 일이었나 의문이 생겼지만 입안에 사과가 가득 담겨 말도 못 하는 도진이었다.

스코어 1:1.

"아빠, 동화책 읽어 주세요."

원래 잠자리에서 유진의 몫인 동화책 읽기, 오늘은 도유가 도진에게 읽어 달라 보채고 있었다.

"도유야, 아빠가 좀 일이 있는데. 새엄마에게 읽어 달라고 할래?"

"도유야, 새엄마가 읽어 줄게. 네가 좋아하는 곰은 어디로 갔지? 그거 읽어 줄까?"

싸아—

"아빠, 미워!"

"도유야!!"

숨 막히는 침묵이 5초 정도 흐르더니 도유가 쿵쾅거리며 제 방으로 들어가 버렸다. 녀석의 달리기 실력은 100미터를 가장 빨리 달린다는 세계기록보유자 우사인 볼트보다 더 재빨라 보였다.

도진이 붙들 틈이 없을 정도로 반사적으로 펄쩍 뛰며 도유를 쫓아나갔다. 물론 얼마 지나지 않아 낭랑한 남편 도진의 글 읽는 소리가 들려왔다.

스코어 2:1.

"아빠 오늘 같이 자면 안 돼요?"

"응?"

"배가 좀 당기고 아파요. 지금도."

그러면서 도유는 제 배를 살살 쓸며 인상을 구기고 있었다. 유진은 깜찍한 도유의 연기에 감탄하다 정신을 번쩍 차린다.

'아니쥐. 이렇게 허망하게 지면 안 되쥐.'

"도유야, 아직도 배가 아프니? 그러게 아까 약 먹자고 했잖니. 사과도 먹으면 안 되는 건데 미안해, 새엄마가 말렸어야 했는데."

도유가 인상을 쓰며 유진을 흘깃댔다.

이대로만 갔으면 아빠 입에서 저와 잔다는 말이 나올 뻔했는데, 새엄마란 여자가 훼방을 놓고 있었다.

하지만 도유는 제 승리를 확신하고 있었다. 다른 것도 아니고 아프다고 하면 아빠 도진이 얼마나 지극정성인지 잘 알기 때문이었다. 전에도 열이 조금 날 뿐이었는데 새벽에 총알같이 달려 병원 응급실에 간 적이 있지 않은가.

하지만 도유는 알지 못했다. 그건 도유가 면역력이 약했던 어릴 때의 일이었고 지금은 7살이라는 걸 말이다.

"도유 아까부터 아팠던 건가?"

"네. 안 그래도 약을 먹이고 싶은데 저렇게 고집이네요. 당신이 먹일래요? 아이들 먹는 소화제는 시럽이라 먹기 좋아요."

유진이 걱정스럽다는 듯 도유를 바라보자 그의 안색이 확 변한다. 아픈 걸 참은 아들 때문에 걱정도 되었지만 약이 쓰다고 먹지 않고 버티다니 그런 미련한 짓을 왜 한단 말인가.

"이리 가져와요."

마치 준비했다는 듯 약을 가지고 들어오는 유진의 손엔 달다고 절대 말할 수 없는 백초라는 한방 시럽이 들려 있었다.

"아. 안 먹을래요. 아빠."

"도유야."

"아빠, 지금은 괜찮아요. 정말이에요."

"도유야, 아빠 화나려고 해. 안 돼, 병은 키우면 더 아프고 깊어지는 거야. 우리 아들이 언제부터 이렇게 겁쟁이였지?"

틀렸다. 아빠 민도진의 얼굴엔 약을 기필코 먹이겠다는 단호한 의지가 서려 있었다.

도유의 시선이 도진의 뒤에 서 있는 얄미운 새. 엄. 마. 유진에게로 향했다.

씨이이익.

저 웃음은 여러 번 본 적이 있던 그 미소였다. 태권도 관장 박 관장을 처리할 때도 보았었고 엘리베이터의 미스터 맘을 야단칠 때도 딱 저런 표정이었었다.

도유는 마지막 실낱같은 희망을 걸고 제 아빠를 애절하게 올려다보았다. 하지만.

"아빠⋯⋯."

"약이 좀 쓰지만 먹어야 낫는다."

스코어 2:2.

제 무덤을 제가 판 도유였다.

으드득.

쓰디쓴 한방 시럽 백초를 한 숟가락 받아 삼키고 도유는 분기를 가라앉혔다. 이대로 질 수 없다는 오기가 발동했다.

"아빠. 저, 잠들 때까지 있어 주실 거죠?"

힘이 없는 듯 제 아빠의 가슴에 기댄 도유는 빙긋 웃으며 몸을 틀어 유진을 향해 조소 어린 미소를 지었다. 도유의 의도를 간파한 유진은 비장의 무기를 꺼내기로 맘먹었다.

'누구 맘대로? 네 뜻대론 어림없지. 호호.'

침실로 사라졌나 싶던 유진이 잠시 후 나이트가운을 걸치고 입구에 등장하였다.

도진은 그때까지 도유의 머리맡을 지키며 아들의 부드러운 머리칼을 쓸어내리고 있었다.

인기척에 무심코 방문을 바라보았던 도진이 입을 쩍 벌린 채 다물지 못했다.

유진이 애매모호하고 몽롱하고 은근한 눈빛을 보내면서 가운 옷깃을 살짝 벌려 안에 장착된 최신형 망사 코르셋을 살짝 보여 주었다. 그리고 옵션으로 끈적이는 요염한 눈빛과 아랫입술을 핥아 올리는 그녀의 동작.

무엇을 의미하겠는가.

불타는 밤의 시작을 알리는 서곡이 도진의 머릿속을 온통 차지하며 울려 퍼지고 있었다.

"기다릴게요. 너무 늦지 마요."

헉.

도진은 곁에 있어 달라며 제 손을 붙드는 도유의 주먹 힘이 센 걸 보니 몸이 괜찮아진 거라며 확신하고 있었다. 아니 그렇게 믿기 시작했다.

발동이 걸려 버린 몸의 상태가 점점 뻣뻣해지고 시간이 흐를수록 유진이 잠들어 버릴지도 모른다는 걱정이 들자 조급증으로 앞이 캄캄해졌다.

'그. 코르셋…….'

꿀꺽.

목이 타는 듯 마르고 목울대가 마른침을 연신 삼키느라 울룩불룩해졌다.

도유는 이미 먼 나라로 떠나 버린 제 아빠의 이상한 상태를 바라보며 게임의 패배를 예감하고 있었다.

"아빠?"

"어어? 이제 괜찮지?"

"……."

아니라고 하면 식은땀까지 흘리시는 아빠의 얼굴이 하얗게 질릴 것만 같아 도유는 결국 고개를 끄덕일 수밖에 없었다.

도유에게 잘 자라는 굿나잇 키스를 남긴 도진은 뭐가 바쁜지

부리나케 방을 나가 문을 닫았다. 화장실이 무지 급한 듯 보이는 발걸음이었다.

달칵!

아내 유진은 침대에 옆으로 길게 누운 요염한 자세로 그를 기다리고 있었다.

탁!

방문을 잠그자 유진이 가운의 허리끈을 스르르 풀며 그를 초대했다.

그가 로망 하던 르네상스 시대 코르셋을 걸친 요염한 여자의 모습을 그대로 재현하면서 그에게 손가락을 까닥거렸다.

이리 오라는 의미가 확 와 닿는 만국 공통어 바디 랭귀지.

호호, 오호호홋.

오늘의 내기는 누가 민도진에게 yes라는 대답을 많이 얻어내느냐 하는 게임이었다.

유진이 이겼을 경우엔 도유가 일주일 게임을 끊고 나가 놀 것.

도유가 이겼을 경우엔 싫어하는 음식을 일 주간 주지 말고 최신 게임팩을 사줄 것.

그리고 그 승부에서 유진은 당당히 승리를 차지했다.

◈

"도유야, 나가 놀 시간이란다."

"……놀이터에 사람이 없어요."

"그래? 그럼 나랑 나가면 되겠구나. 가자."

얼굴이 핼쑥해진 도유였다.

어제도 나갔다가 놀이터에서 아주머니들이랑 수다를 떨던 유진을 기억해 냈기 때문이다.

그중 몇몇을 집에 초대해 딸려 온 옵션들(또래 아이들과 동생들)이 제 방을 들락날락거리고 제 물건을 마구마구 만지고 놀아서 여간 짜증나는 것이 아니었다.

"아니에요! 혼자 나갈게요!"

"어머. 호호호, 그럴래?"

"……."

"간식 맛난 거 해 놓을게. 핸드폰 가지고 가고. 짜장 떡볶이 좋지?"

좋다 싫다 대답 없이 나간 도유를 배웅하며 유진은 빙긋 웃고 있었다.

저래도 몰래 뒤따라가 보면 땀을 뻘뻘 흘리며 열심히 놀고 있는 것이 보였다. 햇볕을 보고 뛰논다는 것이 얼마나 중요한 건지 아이는 모를 것이다. 비타민D는 성장 발육에도 지대한 영향을 미친다.

아이를 낳아 보지 않아서 뭐가 옳은 건진 몰랐지만 아이를

위한답시고 아이 말만 들어주는 건 답이 아니라는 것쯤 알고 있
는 그녀였다.

"간만에 남편 중간 점검을 하러 나가 볼까나?"

유진은 콧노래를 부르며 옷장을 뒤적거렸다.

11

유진은 먹을 음식을 준비했다. 물론 미리 사 둔 음식도 더했다.

나가면 맛집투성이인데 준비한 음식이 차별화되는 방법이 뭐가 있을까.

한국인의 힘은 밥이다. 비린내가 나거나 데워야 하는 음식을 바쁘게 오가는 그곳에 가지고 가는 건 민폐였다. 간단하고 요기가 되며 맛있고 포만감이 그득한 음식, 그건 바로바로 충무김밥이 아니겠는가.

충무김밥 중 밥은 집에서 싸 가고 오징어와 무우 무침은 주문해 사 가지고 유진은 도진이 근무하는 검찰청을 찾아갔다.

오늘의 방문은 남편 중간 점검, 애정전선 이상 없는지 확인하는 목적이었다.

은비인지 실비인지 고 계집애가 아직도 꼬리를 치고 있다면 이번엔 아주 다리몽둥이를 분질러 버릴 테다.

하지만 그곳은 남편의 직장이니 되도록 조용하고 조신하게 머물렀다 돌아올 참이었다.

그렇게 그녀 오유진이 위풍당당하게 검찰청을 찾았다.

검찰청은 현재 긴장에 둘러싸여 있었다.

조직폭력배 중 중간책이 드디어 엮어 들어온 것이다. 오랜 잠복근무와 형사들의 피 나는 노력에 의해 검거할 수 있었다. 헌데 이놈이 입을 다문 채 진술 자체를 거부하고 있었다.

그 무엇이냐, 서당 개 삼 년이면 풍월을 읊는다더니 검찰청을 제집 드나들 듯 드나들더니 녀석은 주워들은 얄은 법 지식이 제법 많은 모양이었다.

거기다 그놈이 잡혀 와 있단 사실을 알고 협박까지 당하자 입을 다물고 만 것이었다.

"나도 증언을 거부할 권리 있습니다."

"웃기고 자빠졌네. 진술 거부권이겠지. 알고서 말해, 인마!"

"어어? 인격모독죄 아닙니까? 반말을 찍찍 하고 이러면 안 되지 않나요?"

탁.

"아으."

"이게 정말 사람 성질 건드리고 있네. 짜샤! 내 손에 죽어 볼래? 바른대로 안 불어?"

"할 말 없습니다."

벌써 이틀을 버티는 조직원 때문에 애를 먹고 있는 검찰청 직원들은 며칠 동안 비상근무체제로 들어서 집에도 들어가지 못하고 있었다.

그즈음 유진은 섹시한 콘셉트로 옷을 갖추어 입은 뒤 거울에 앞뒤를 돌아보며 뒤태를 꼼꼼히 체크하고 있었다.

"자고로 여자는 뒤태가 남달라야지 안 그래? 아…… 누구 다리인지 시원시원 88고속도로처럼 쭉쭉 뻗었네. 웃호호호. 이런 환상적인 바디를 감추고 있는 건 죄악이지. 아암. 가슴이 조금 더 파여야 맛인데 아쉽다. 쩝."

워낙 눈에 띄는 옷차림도 옷차림이지만 저번 사건을 기억하는 경찰이 입구에서 그녀를 단박에 알아보고 경례를 하자 기분이 더욱 좋아지는 유진이었다.

'아, 이 맛이 바로 권력의 맛, 미녀가 누리는 특권이구나. 좋아좋아, 오호홋.'

경례하는 경찰의 생각과는 다른 해석을 하는 유진은 시원스러운 인사와 함께 녹일 듯한 윙크를 날리며 주차장으로 차를 몰고 가고 있었다.

"수고하세요~!"

남편 도진의 사무실에 노크를 했지만 아무도 없어 들어간 유진은 서 있다 책상 위로 다가가 들고 온 음식을 내려놓았다.

　"다들 어디 간 거지? 식사를 벌써 하면 안 되는데. 더 빨리 올걸."

　문득 검사보 책상 위 여러 사건들의 보고서가 보였다. 직업이 직업인지라 저절로 눈이 가졌고 차근차근 읽어 내리는 유진이었다.

　"흐음. 느아쁜 놈 같으니라고. 이런 녀석은 기냥 콱."

　눈앞에 있으면 냅다 던져 버리면 속이 시원할 것 같아 팔을 들어 올리는 순간 문이 열리고 두 사람이 방으로 들어왔다.

　"어머. 안녕하세요? 반갑습니다, 검사보님, 호호."

　"언제 오셨어요, 사모님?"

　"방금이요. 참 제가 여러분 드시라고 간식과 과일 좀 준비해 왔어요. 그런데…… 그이는요?"

　"잘 먹겠습니다. 검사님은 곧 오실 겁니다."

　"그래요? 그이 항상 잘 도와주셔서 얼마나 든든한지 몰라요. 앞으로도 잘 부탁드려용~"

　그녀의 간드러진 목소리, 남자 애간장을 녹이는 눈웃음과 애교, 그리고 시원하게 아낌없이 속살을 내보이는 패션. 3종 세트에 그들은 순식간에 무장을 해제하고 헤벌쭉 웃고 있었다.

　"늦네요. 요 근래 일이 많나 봐요."

　유진은 그들을 슬쩍 떠보았다. 맛있는 음식에 넋이 나간 그들이 그녀가 싸 온 음식을 먹으며 건성으로 답을 했다.

"말도 마세요. 잡혀 온 놈이 어찌나 말귀를 못 알아먹는지 법 운운하며 입을 열지 않아 애를 먹고 있습니다."

"……그래요?"

유진은 조직폭력단에 대해 잘 알고 있었다. 그 폭력단의 한 인물과는 맞짱을 뜬 적이 있었으니까.

그놈은 여자인 저에게 지고 나서 큰 충격을 먹었는지 한동안 산에 들어가 나오질 않았었다. 그리고 세상은 돌고 도는 것인지 임무 수행 중 우연히 그놈을 다시 만나게 되었고 위험에 빠진 그놈을 본의 아니게 구해 주게 되었다. 세상 참.

그 뒤론 누님이라고 깍듯이 공대하는 그놈은 조직폭력배 중 에선 이름만 대면 알 만할 정도로 유명한 놈이었다.

누님, 동생 하며 부르는 묘한 관계는 이후로도 유지되었는데 악어와 악어새처럼, 소라게와 말미잘처럼 도움을 주고받고 정보 도 주고받을 때가 종종 있었다.

그가 바로 박두진이었다.

"어머, 우리 그이를 그리 괴롭히는 걸 보니 끈기는 있나 보지 요?"

"끈기는 무슨. 요새 신흥세력인 흑룡파라고 들어 보신 적, 없 으시죠?"

유진은 흑룡파라는 대목에서 눈을 반짝 빛냈다.

'오호~ 흑룡이라.'

"들어 본 적 있는 것도 같고 아닌 것도 같고, 그런데 왜요?"

"흑룡파 중간책을 어렵게 잡았는데 이놈이 오리발이에요."

"그래요? 이름이 뭔데요?"

"소한민이라고 무식하게 생기고 얼굴엔 칼자국투성이에다 성격이 더러운 놈입니다."

"옴머옴머."

"그만해. 커피 드릴까요?"

"아니에요. 그이가 늦을 것 같아요. 먼저들 드세요 전 잠시만."

"네? 아아, 다녀오십시오."

"야, 박두진. 아직 살아 있냐."

―그러는 넌? 명도 질기다.

"나야 너보다 세고 에너자이저이니까 오래 살쥐."

―또, 또, 그 이겼단 소리.

"호호호, 아직도 쪽팔리나 보네?"

―이. 마녀, 왜 전화했냐?

"설마 네가 보고 싶어 전화했겠냐? 뭐 좀 물어볼까 해서 말이지. 흑룡파에 부상하는 신흥세력 말이야. 흑룡파 소한민이라는 놈에 대해 가르쳐 줘."

―너! 내가 네 부하냐?

"새삼 팅기기는. 얌마, 내 따까리도 감지덕지해라. 아무나 하는 줄 아냐? 가문의 영광인 줄 알아."

—뭐야!

박두진은 얼굴이 험악하고 체구는 보통이었지만 근력이 남달랐다. 하지만 성정은 두부같이 말랑말랑한 이상한 놈이었다. 그 사실을 아는 이는 유진뿐이지만 말이다. 여하튼 이놈과 알게 모르게 공생관계를 유지하고 있었다.

잠시 후 두진에게 소한민에 관한 정보를 알아낸 유진은 4층으로 올라갔다. 취조실이 4층에 있었으니까.

취조실 앞엔 다행히 지키고 있는 사람이 없었다.

'예상대로군.'

달칵!

"헉."

남편 민도진이 피곤하고 지친 얼굴로 그곳을 나오는 모습에 저도 모르게 다가가려던 유진이 발걸음을 멈췄다.

"좋아, 그렇게만 해. 어디 누가 먼저 지치나 해보자고."

'엄머엄머, 우리 남편이 저런 말을 할 정도면 대체 얼마나 힘들게 한 것이야? 네 이놈~'

사사삭.

스슥.

몸을 바짝 붙여 취조실 문을 열고 들어가려 했지만 잠겨 있었다. 하지만 열쇠를 따는 건 비밀경찰에겐 누워서 떡 먹기가 아닌가.

유진은 시계줄 뒤에 숨겨진 가느다란 침을 고리에 넣어 몇 초 만에 문을 따고 들어가는 데 성공했다.

"어라? 넌 뭐야?"

얼굴에 칼자국이 난 그놈이 유진을 위아래로 훑어보더니 곧바로 희롱질이다. 그놈은 의자에 수갑이 채워진 상태였다.

"이야~ 이제 대한민국 검찰도 많이 섹시해졌네? 몇 살이야?"

그녀가 빙긋 웃으며 정말 외모와는 어울리지 않는 말을 내뱉기 시작했다.

"눈은 그냥 달고 다닌 게 아닌가 보구나? 보는 눈은 있어 가지고."

"뭐야? 이게~ 죽을라고."

"너, 미스터 깡."

"뭐?"

"어머. 실수! 미스터 조 아님 미스터 졸이라 불러 줄까?"

"……."

"어머! 오호호. 무슨 뜻인지 모르나 보구나? 미스터 조는 조폭의 약자고, 미스터 졸은 졸라 재수 없는 놈의 약자란다~"

"이년이~!"

"어머어머, 무셔라. 무셔 죽겠네."

하~!

"미스터 조. 너 흑룡파라며."

저년이 간덩이가 부었나.

감히 흑룡파를 입에 담고 저를 멸시하듯 깔보는 고양이 같은 눈매라니. 기도 안 찼다.

그런데 이어지는 유진의 막말에 정신을 차릴 수 없는 한민이었다.

"흑룡파 두목이 대파인지 쪽파인지를 나와 만든 조직이라던데, 맞냐?"

"뭐라는 거야, 감히 흑룡파를 대파나 쪽파에 비교해? 죽으려고 환장한 거 아냐?"

라이터, 소한민이 수갑이 채워진 손목을 심하게 비틀자 책상이 달그락거렸다.

"너 말이야 감히 우리 그이를 애먹인다던데 대충 해라."

"뭐? 우리 그이?"

"그래, 우리 그. 이. 너 때문에 피곤해하거든?"

"너 경찰 끄나풀이냐?"

"어허, 사모님이라고 불러. 넌 위아래도 없냐?"

"이게 정말."

탁.

급기야 그나마 자유로운 두 발로 일어나 덤비려는 자세에 겁을 집어먹지 않고 다가서는 유진의 얼굴엔 악마의 미소가 깃들어져 있었다.

"엄머엄머. 몸도 불편한데 여기까지 오지 마. 내가 갈게."

"……?"

그리고 이윽고 그의 비명 소리가 취조실 안을 가득 메웠다.

"아악…… 으아아악."

"아포? 넘넘 아포? 이렇게 비틀면?"

"으악."

유진이 히죽거리며 빙글거리고 있었다. 임무수행하면서 친해진 러시아 경찰에게서 배운 고문기술이었다. 손목의 삐쭉 나온 뼈 부분을 엄지와 검지로 빙글 돌려 주며 꾸욱 눌러 주는 방법은 고통을 증대시키고 동시에 공포를 극대화시키는 효과가 있었다.

고문당하는 중간책 얼굴이 하얗게 질려갈 수록 유진의 얼굴은 도홧빛으로 물들고 있었다.

"아…… 이거 놔."

그의 호소에도 그녀는 들은 척도 안 했다.

"……누가…… 으윽. 놔주세요. 사모님."

"싫은데?"

"……놔……주세요…… 제발. 할게요. 하면 될 거 아녜요."

그제야 유진이 라이터의 손목을 놓아주었다.

"너 좋은 말로 할 때 이쯤에서 불어라. 안 그러면."

히죽 웃으며 이번엔 그의 중요 부위를 쳐다보는 게 아닌가.

"이건 특급 비밀인데 말야. 나 거기 평생 못 쓰게 만드는 법도 알고 있다? 가르쳐 줄까? 아니 알고 싶지 않냐?"

"헉."

중간책은 저도 모르게 벌린 다리를 얼른 오므렸다.

"알고 싶으면 앞으로 처신 똑바로 해라 알겠지?"

"너. 너……."

유진은 누군가 다가오는 듯 쿵쿵 바닥이 울리는 느낌이 들자 곧바로 취조실을 나왔다.

슬며시 1층으로 돌아가던 그녀는 계단에서 올라오는 도진과 눈이 딱 마주쳤다. 그녀를 찾고 있었던 중이었나 보다. 유진은 얼른 선제공격을 감행했다.

"도진 씨, 여기 너무 넓어요~ 길을 잃었지 뭐예요."

"여긴 4층인데?"

"아잉, 혹시 당신을 만나지 않을까 해서 올라와 본 거죠. 역시 우린 인연인가 봐요. 약속하지 않아도 딱 만나잖아요."

"하하! 당신 운명론자였나?"

도진은 피곤하던 하루가 그녀로 인해 유쾌해짐을 느꼈다.

이렇게 자신의 삶에 활력을 주는 사람이 바로 오유진이라는 존재였다. 이상적인 아내, 일 때문에 며칠이나 집에 들어가지 않아도 뭐라 하지 않고 편하게 해 주는 그녀.

그리고 아들 도유도 그녀와 많이 친해진 듯 보였다. 그는 행운아임이 틀림없었다.

"자, 가지."

"네, 여보."

유진은 환한 미소를 되돌리다 뒤를 흘끔 바라보았다.

'취조실의 그놈이 잘 알아먹었겠지? 이 정도야, 뭐. 아우, 까칠해진 얼굴 좀 봐. 내가 맘이 아프네. 여보가 바빠서 나를 안아 줄 시간이 없는 건 죄다 네놈 탓이거든? 알아서 기어. 안 그러면 반 죽여 뿐다.'

"유진아?"

같이 있으면 참 재미난 여자였다. 시시각각 변하는 그녀의 표정을 흥미롭게 바라보다 도진이 부르자 순식간에 표정을 바꾸는 카멜레온 같은 그녀였다.

"네. 왜요?"

"아니, 아니야. 당신을 만나니 좋군."

"저도……요."

유진은 그의 넓은 가슴에 얼굴을 묻었다. 마치 수줍어하는 새색시처럼.

아마 지금 그녀의 이런 모습을 취조실의 그놈이 보았다면 이런 말을 하지 않았을까?

붸엑~!!

12.

유진과 도진이 사무실로 돌아오자 어두웠던 분위기가 그나마 화기애애해졌다. 하지만 일에 대한 걱정을 내려놓지 못한 도진은 음식을 먹으면서도 연신 얼굴을 찌푸렸다.

"여보, 걱정 마세요. 잘 해결될 거예요."

"그러면 좋을 텐데……."

"지금 맡은 일만 해결되면 쉴 수 있겠네요?"

"그렇긴 하지만 폭력배들끼리 의리라는 말을 지껄이면서 뭐라더라? 뭉쳐야 산다? 기가 막혀서."

웬만하면 넋두리를 하지 않는 도진이었다. 그런데 그의 얼굴에 짙게 드리워진 다크서클을 보니 그녀의 가슴이 더욱 아파 왔다.

유진의 맘 같아선 그놈이 항복할 때까지 오뉴월 개 패듯 패서 정신 번쩍 들게 만들어 주고 싶었지만 그녀는 남편을 생각해서 꾹 눌러 참았다.

잘못해서 폭력 검사라는 딱지를 달면 어쩌란 말인가. 안 그래도 검사와 범죄자와의 유착관계니 뭐니 연일 뉴스에서 떠들어 대는데 말이다.

잘난 울 남편님은 곧고 올바른 만큼 미워하고 배타시하는 적도 많을 것이라 예상하는 그녀였다.

"여러분도 고생이 많으세요. 더운 여름날 휴가도 못 가시고."

"하하. 이렇게 사모님이 이해해 주시고 말이라도 해 주시니 위로가 됩니다."

"참, 이번 일 해결되면 가족들과 함께 야외로 캠핑, 어떠세요?"

"네? 그거 좋은 생각이신데요."

검사보들의 강력한 동의에 유진의 머릿속은 벌써부터 풍광좋고 여행하기 좋은 곳을 메모리칩에서 꺼내 펼치고 있었다.

내조가 별건가. 남편에게 평화를 주고 주위 인맥을 넓혀 그를 편하게 해 주는 것이 바로 내조 아니겠는가.

자신은 잘나가는 검사 부인으로서 그들을 다듬고 품어 줄 역사적 사명을 부여받았다 생각하니 어깨가 절로 들썩였다.

"일이 해결되면 시원한 데 가서 맥주 한 잔씩 해요. 제가 낼게요."

"네."

시원시원하고 밝은 그녀 모습에 사무실 안은 훈훈한 기가 감돌았다. 지금 이 순간만은 빌어먹을 좆만 한 녀석이 골탕 먹이고 있다는 열 받는 상황도 잊어버린 채 유진이 주는 긍정 바이러스에 전염되어 가고 있었다.

도진은 아내인 유진이 그의 사람들과 잘 지내는 것이 뿌듯했다.

다른 관계자들의 부인들은 보통 얼굴 보기 힘들다며 바가지를 긁든가, 아니면 일이냐 가정이냐 선택하라는 통보를 하기도 했다.

하지만 그들과 달리 사람 존중할 줄 알고, 적당히 애교 있고, 나올 데 들어갈 데 확실하고, 맺고 끊는 것이 단호한 여자가 바로 그의 아내, 오유진이다.

요새 급격히 드는 생각이지만 그는 운 좋은 놈, 행운아인 듯 싶었다.

"검사님, 사모님 얼굴 닳겠습니다."

"응?"

도진이 그녀 얼굴을 말끄러미 바라보며 넋을 놓고 있었나 보다. 직원들의 지적질에 그는 알게 모르게 얼굴에 홍조가 깃들어 있었다.

"검사님이 사모님을 많이 아끼시나 봅니다. 보기 좋은데요? 신혼, 부럽습니다."

"어머어머."

어쩔 줄 모르겠다는 듯 몸을 꽈배기처럼 비틀며 수줍은 척 도진의 어깨에 얼굴을 기댄 유진은 누가 보더라도 수줍어하는 새색시, 그 자체였다.

"잠깐 다녀올게."

웃고 이야기를 나누는데 도진이 총장 방으로 호출되었다. 그 작자가 아직도 불지 않았냐며 문책할 것이 분명했다.

도진의 어깨에 진 짐이 무거워 보여 유진은 눈시울이 뜨듯해졌다. 급 냉각된 방 안 분위기에 유진은 앞에 앉은 검사보에게 부탁을 했다.

"저, 부탁이 있는데."

"네?"

"취조실이 어떤 모습인지, 무슨 일을 하는지 한번 보고 싶어요. 남편이 어떤 환경에서 어떤 사람들을 상대하는지 잠시라도 보고 싶은 맘인데. 안 되겠죠?"

망설이던 검사보가 잠시 고민을 하더니 결정을 내린 듯 유진에게 일어서라고 눈짓을 했다.

"사모님, 이건 절대 비밀입니다. 대신 들어가시면 아무 말도 하시면 안 됩니다."

"그럼요~ 당연하죠."

그녀는 검사보를 따라 4층으로 올라가 취조실에 들어갔다.

소한민.

그는 몸을 부르르 떨며 취조실에서 한숨을 고르고 있었다. 아까 나간 똘아이 계집이 오기 전에 검사나 형사가 이곳에 오기를 바라는 마음뿐이었다. 그런데.

"응?"

문을 열고 들어오는 남자는 몇 번 본 적 있는 순둥이 검사보였다. 적잖이 맘이 놓인 그는 여유로움을 가장하며 귓구멍을 파고 귓밥 묻은 손가락을 훅 하고 불었다.

그때 빼꼼히 모습을 드러내는 검은 인영에 기겁했다. 유진을 발견했던 것이다.

"헉."

벌떡 일어나는 미스터 조는 수갑이 채워진 손목을 휘두르며 손사래를 연신 쳐댄다.

"저, 저……저리 가!"

양손에 수갑이 채워진 채 유진을 향해 삿대질하는 것이 고작인 그는 그녀가 빙긋 웃음 지으며 음습한 미소를 짓자 몸을 부르르 떨었다.

흑룡파 형님 김무지(무지막지)가 저런 표정을 지을 때면 초긴장 상태로 돌입했던 게 기억났다.

"야, 너 나 놀리냐?"

"아닙니다. 형님."

"그런데 왜 실실 쪼개?"

"오해십니다."

"난 말이다. 날 보고 웃으면 비웃는 것같이 느껴져 기분 더 럽거든?"

"형, 형님, 저번엔 왜 웃지 않느냐며 짓밟으셨는데."

"그건 그때고! 이 자식이 내 말에 토를 달아?"

그날도 죽기 일보 직전까지 구둣발에 채였던 똘마니들이었다. 그중에 그도 속해 있었다.

그런데 바로 그 형님의 눈썹을 치켜올리며 죽도록 패기 일보 직전에 지었던 미소가 딱 저 여자가 짓는 표정과 일치했다.

"으으……."

"인마, 자꾸 딴청 부릴래? 아직도 버티기냐? 어서 안 불어?"

검사보는 화가 치미는지 살짝 소한민 머리를 책자로 툭툭 쳐댔다.

'쯧쯧. 저런 놈을 인격적으로 대하다니 아직 멀었어. 저런 놈은 확실하게 손을 봐줘야 하는데.'

유진은 살짝 검사보 뒤에서 나와 미스터 조를 바라보았다. 그녀의 눈이 수갑 찬 손목을 지나 아래로 더 아래로 향해 갔다.

오싹!

그녀의 눈이 어디를 맴돌고 있는지 알아챈 미스터 조는 두 손을 내려 소중한 그곳을 슬며시 감쌌다.

자신에게 돈이 있는가, 아니면 배짱이 있는가. 오로지 온전하게 자기 소유로 가진 것이라곤 호두 두 쪽뿐 아닌가!

거기는 소중한 것이라며 몸을 사리는 한민을 보며 유진이 사악한 미소를 지었다.

허걱!

"으아악."

"야, 너 왜 그래? 미쳤어? 야!"

"엄머엄머, 저 사람 왜 저러죠? 더위 먹었나 봐. 아우— 생긴 것부터 무셔라."

"이런, 이만 나가시죠. 사모님."

무서워 죽겠다는 표정으로 몸을 달달 떨며 검사보에게 매달리듯 취조실을 나서는 유진이었다.

하지만 문이 닫히기 전 그녀가 미스터 조를 뒤돌아보았다. 유진은 약속대로 말 한 마디 하지 않았다. 그녀가 한 거라곤 주먹을 쥐어 눈앞에 대면서 입술로 무슨 말인지 금방 알아듣게 무언의 중얼거림을 날렸을 뿐이었다.

—콱!

미스터 조는 엽기에다 능청맞기까지 한 그녀의 연기에 입을 딱 벌리고 만다.

"방금 나간 여자 누굽니까?"

"네가 그걸 알아서 뭐해! 이 자식, 웃기는 놈이네. 이 와중에 여자 밝히냐? 에라, 이 썩을 놈아~"

"그게 아니란 말입니다, 그게!"

환장할 노릇이었다. 뭐라고 해야 한단 말인가. 저 여자가 자신의 손목을 비틀고 거기를 못 쓰게 만든다고 협박했다고? 누구 말을 믿겠는가.

부르르.

아까 그녀의 표정은 분명 장난이 아니었다.

의리를 지키려다 고자가 되면 가문의 대가 끊기게 되는 것이다. 아직 충분히 써먹지도 못했단 말이다.

이럴 줄 알았으면 좋다고 허릴 붙들고 들러붙던 술집 백 양도 안아 보고 40대 풍만한 몸을 들이밀며 취한 척 비비적거리던 돈 많고 시간 많은 구 마담도 안아 볼 것을. 미스터 조는 후회막급했다.

그리고 얼마 후, 미스터 조는 결국 배신을 때리고 말았다. 조폭 의리보다 제 그곳의 안전이 우선이란 생각에 선택한 것이다. 아무래도 이번 기회에 낙향해 참한 시골 처자와 조용히 살아야 할까 보다.

"전부 불게요."

"뭐? 정말?"

"네. 하지만 조건이 있어요. 아무도 이 방에 못 들어오게 밖에 사람 배치해 주세요."

"자식, 겁나 무섭긴 한가 보군. 좋아! 안 그래도 더운데 너 참 생각 잘했다!!"

"네……."

취조하는 형사는 미스터 조가 무서워하는 게 조폭들의 보복이라 착각하고 있었다. 그러나 숨겨진 진실은 미스터 조와 유진만이 알고 있었다.

갑작스런 소한민의 태도 변화에 도진은 깜짝 놀랐다.

"네? 자백하기로 했다고요? 맘을 바꾸었다고? 어떻게?"

일주일 이상 애를 먹인 놈이었다. 형사가 취조해 보겠다고 했지만 별 기대하지 않았다. 그런데 불었다는 소리가 나온 걸 보니 역시 형사는 아무나 하는 게 아닌가 보다.

와아~

검사보들도 기뻐했다. 집에 들어가는 게 얼마 만인가.

환호하는 검사보와 기뻐하는 도진의 모습을 흐뭇하게 바라보며 유진은 조용히 미소를 띠고 있었다.

"호호. 정말 잘되었네요. 모두 댁으로 들어가실 거죠?"

"하하. 이게 다 사모님이 오셔서인 것 같습니다. 행운의 여신이십니다."

"어머. 별말씀을."

유진은 귀가가 결정되었다는데도 얼굴이 침울한 검사보가 신경 쓰였다.

막 40대로 접어든 중년 남자, 유기태.

남편 도진이 입에 침이 마르도록 칭찬하던 검사보 중 한 명으로 듬직하고 입이 무거운, 믿음이 가는 사람이라 평했던 사람이었다.

유진은 고개를 갸웃했다.

우주 대공간 우주전함 스페이스호 선장, 오유진의 레이더망에 심상치 않은 것이 포착됐다.

"레이더망에 이상한 전파가 포착되었습니다. 선장님."

뚜뚜 뚜뚜.

"추적해."

"넷. 지구 행복 나라에 불행 바이러스가 감지됩니다."

"그래? 제어판에서 날려."

"워낙 강력한 자기 보호막을 가지고 있어 쉽지 않을 듯합니다."

"해킹해."

"정보가 없는데요."

"그럼 도킹(도둑 해킹)해. 바이러스 유포자, 유기태 부부를 잡아와!!"

"옛썰!"

레이더망에 잡힌 불행 그림자 바이러스에 감염된 유기태

부부.

오유진은 역사적 사명을 띠고 남편만을 성실히 내조하려던 마음을 바꿔 바운드를 넓히며 주위 사람들도 행복 오오라로 뒤덮일 수 있도록 앞장서기로 했다.

오유진의 신조는 이랬다.

불행은 나누면 반이 되고 행복은 나누면 배가 된다.

13.

부부의 정의.

등 돌리면 남, 님이라는 글자에 점 하나만 찍으면 남이 되어 버리는 사람, 무촌(좋은 말로 한 몸 나쁜 말로 도로 남).

서로 다른 인격체가 만나 부부의 연을 맺고 지지고 볶으며 산다. 처음엔 깨소금이 쌓이는 듯하다 장점을 보기보다 단점을 발견해 가며 실망도 하고 체념도 한다.

유기태.
검사보 6년 차.
나이 41세.
아들 한 명.

학창시절 캠퍼스 커플로 연애 결혼.

현재 부부 사이 아무 문제가 없어 보였다. 표면적으론.

모두들 이렇게 살아가는 거라고 자위하며 부부 문제를 등한 시하고 매일매일 더럽게 재미없고 무미건조하게 살고 있었다.

"자, 위하여!!"

검사보 둘과 유진, 그리고 도진까지 합해서 네 명이 뭉쳐 호 프집에서 한잔하는 중이었다.

골치 아픈 일이 해결되자 가볍게 한잔하자며 자신이 내겠다 고 나선 쿨한 유진의 제의에 모두 콜을 외쳐 댔다.

"커, 좋은데요."

"일하고 나서 먹는 맥주 맛은 더 일품이지요, 호호."

간단하게 한 잔만 하고 집에 들여보내야 했다. 그들도 집에 들어가고 싶어 할 테니까. 그러나 검사보 중 유기태는 벌써 두 잔을 연거푸 들이마시고 있었다.

"참, 고은비 씨는 잘 지내나요?"

"아…… 잘 지냅니다. 그날 두 분 다정한 모습을 보고 자극 을 받았나 봅니다. 맞선을 본다더라고요."

"호호, 그래요? 잘하면 청첩장 받겠는데요?"

유진은 유독 맥주 맛이 시원하다고 생각하며 원샷을 하고 있 었다.

"참, 친목도 다질 겸 아까 말했던 캠핑, 어떻게 생각하세요? 캠핑카로."

"와, 그거 신선한데요? 전 무조건 찬성입니다."

조운기 검사보가 적극적으로 호응하며 설레발을 쳤지만 유 검사보만은 묵묵부답일 뿐 가타부타 말이 없었다.

"유 검사보님은 시간 안 되세요?"

"아. 그게 아니라 아내가 그런 자리를 좋아하지 않는 편이고 또 아이 때문에 가려고 할지 어떨지."

"아이가 몇 살인데요?"

"중학교 1학년입니다."

캠퍼스의 열렬한 커플로 결혼까지 간 흔치 않는 케이스였다. 그런데 무슨 문제일까?

아내의 이야기를 하는 그의 얼굴은 밝지 않았다.

"오늘 부인도 괜찮으시다면 오라고 한번 전화해 보세요."

"고맙지만 아마 오지 않을 겁니다."

"어머, 왜요?"

"중학생 된 아이가 지금 외국 유학 준비하느라 정신없거든요."

그의 말엔 가정에서 소외돼 버린 데 대한 숨길 수 없는 서운함이 배어 있었다.

아하~

대충 무슨 사정인지 알 수 있었다.

남자는 어른이나 아이나 모두 애다, 애. 유기태의 부인은 뭐가 先이고 뭐가 後인지 잘 모르는 타입이구나. 자식에게 신경쓰느라 저 남자 외로워하는 건 보이지 않나 보다.

그러다 바람이라도 나면 어쩌려고. 츳~

객관적으로 보아도 유 검사보님은 잘생겼다기보다 분위기를 가진 남자였다. 저러다 외롭다고 나쁜 맘이라도 먹는다면.

유진은 아무래도 자신이 저 불행 바이러스 인자를 소멸시켜야겠다는 생각을 했다.

행복 바이러스가 충만해도 부족할 판에 저런 어두침침한 불행 바이러스를 퍼뜨리고 다니다니.

"저기 부인 연락처 좀 주실래요? 제가 잘 말해 볼게요."

"네? 사모님요?"

"네! 제가 연락해 볼게요."

"아. 그럼 저. 여기."

검사보는 자신의 명함을 지갑에서 꺼내 뒷면에 전화번호를 적어 주었다.

유진은 빛의 속도로 그의 지갑에서 빛바랜 사진 한 장을 발견했다. 가족사진이 아니었다. 그건. 아마 두 사람이 다정했었던 때의 사진인 듯싶었다.

싱긋, 유진은 기태의 본심을 짐작했다.

남자는 관심을 받고 싶은 거였다. 어쩌면 남자 나이 불혹에 당연한 것일지도 모른다. 매체의 말을 빌리자면 사회적 지위와

경제적으로 안정된 40대의 남자들이 가장 많이 바람을 피운다고 하지 않던가.

그렇다. 그는 외로워하고 있었다.

유진과 도진이 배웅을 받으며 먼저 차를 타고 출발하자 다정한 부부의 모습에 기태의 마음은 어지럽기만 했다.

잘 어울리는 부부 같았다. 민도진이 선을 봐서 결혼한다고 하자 선입견에 걱정부터 했던 그였다. 그는 죽고 못 살던 아내와 결혼했어도 결혼생활이 힘들어 죽겠는데 선을 봐서 결혼한 도진은 앞으로 얼마나 힘이 들까 하는 생각을 했었다.

하지만 그건 기우였다. 아니 오히려 도진이 봉 잡은 게 틀림없었다. 화끈하고 애교 많고 바가지 안 긁고 직업의 특성을 이해해 주고. 거기다 제대로 된 내조까지 한다.

부러웠다. 진심으로.

아내와 단둘이 되어 본 적이 언제 적인지 기억도 가물거렸다. 다정한 한때를 보낸 것은 또 언제였는지 모르겠다.

부인 임희수를 대학 시절 만나서 열렬히 사랑해 결혼까지 골인했다. 그리고 귀한 아들도 낳았다. 하지만 그녀는 자신보다 아들을 우선시했고 그는 언제부터인가 열외가 되어 있었다.

난 돈만 벌어오는 기계인 건가?

아직 40대 초반의 나이. 어디 나가도 빠지지 않았다.

하지만 그런 쪽으로 눈을 돌린 적은 한 번도 없었다. 물론 아내를 대하는 것이 결혼 전처럼 열렬하진 않았다. 희미해지긴 했지만 여전히 그는 그녀를 사랑했다.

언제부터였을까? 우리 둘 사이가 멀어지고 있다는 막연한 느낌이 들었던 것은?

일찍 혼자 되신 어머님이 그녀에게 알게 모르게 시집살이 시킨다는 걸 알면서도 외면했을 때부터였을까? 아니면 젊을 적 사업을 한다며 생활고에 시달렸던 그 당시였을까?

결과는 참패.

사업은 집 한 채를 고스란히 날려 버리고 말았다.

아내는 점점 저를 향한 존경과 애정과 희망과 기대감을 거두어 가기 시작했었다. 그리고 아들에게 집착했다. 도가 지나칠 정도로.

어디서부터 고쳐야 할까?

이제는 여행을 가자 해도 싫다고 한다. 학원은 어떻게 하느냐고 한다. 아이 밥은 어쩌느냐고 한다. 그러면서 밤늦게 들어오는 자신에게 밥은 먹었냐 묻지도 않는다.

검사님의 아내 유진처럼 한 번쯤 찾아와 주기를 바라는 남자의 마음을 너무도 몰라준다.

'후우. 희수야. 나 힘들다. 어디서부터 어떻게 풀어 나가야 할까? 자식도 중요하지만 네 곁을 지키고 네 옆에서 늙어 죽을 사람이 바로 나인데. 너 그거 아니? 나도 아내가 필요해. 쉴 곳이 필요해. 네가 필요하다고!'

그의 속마음은 이렇게 입안에만 맴돌고 있었다.

삐리릭.

"나, 왔어."

"어서 오세요."

"선민이는?"

"학원이요. 곧 올 때 되었어요."

"여보, 나 당신에게 오늘 할 말……."

삐릭.

하지만 기태의 말이 채 끝나기도 전 현관 비밀번호를 누르는 소리가 들리자마자 튀듯 방에서 내달리는 아내의 뒷모습을 오도카니 서서 바라보는 그의 얼굴엔 쓴웃음이 지어졌다.

오랜만에 집에 돌아온 남편은 소 닭 보듯 하던 그녀가 날마다 지겹도록 보는 자식에겐 저리 반응했다.

유치한 질투였다. 제 아들을 상대로 말이다.

그는 못난 제 자격지심을 부끄러워하며 그녀가 침실로 들어오는 것을 기다리다 깜박 잠이 들고 말았다. 피곤한 한 주였기에.

희수는 아들의 뒤치다꺼리를 끝내고 침실로 들어와 남편이 잠든 모습을 보며 한숨을 내쉬었다.

오랜만에 집에 들어온 남편.

피곤하다는 것은 알지만 돌아와 잠만 자는 무신경함에 가슴엔 찬바람만 불었다. 별 기대를 하지 않게 된 지 오래였다.

혹시나 하던 맘이 역시나로 바뀔 적마다 가슴에 돌덩이가 하나둘 쌓여 가는 것 같았다.

"그렇지, 뭐. 당신이 언제 나 기다렸다 잠든 적 있나."

희수는 침대 스탠드를 껐다. 남편에게서 등을 지고 누워 잠을 청했다. 내일은 4시에 일어나 아들을 깨워야 했다.

기태와 희수는 한집에서 부부가 아닌 남처럼 되어 가고 있었다.

◆

"흐음."

"아……."

광란의 시간이 끝나고 나른한 고양이 새끼처럼 그에게 안겨 있는 유진이었다.

도진은 오랜만에 욕심껏 그녀를 안았고 그녀도 뜨겁게 반응하며 함께 쾌락의 정상에 올랐다. 그의 가슴에 안겨 가슴을 더듬더듬하던 그녀는 생각 중이던 기태에 대한 질문을 쏟아 냈다.

"도진 씨."

"음?"

"유 검사보님 어떤 분이세요?"

"일전에 말했듯이 점잖고 예의 바르고 일에 무척 열정적이지."

"그래요? 그럼 가정생활은 어떤 거 같아요?"

"……딱히 관심을 두지 않아서 잘……. 왜?"

"외로워 보였어요. 도와줘야 할 것 같은 느낌이 들었달까?"

"그러고 보니 찾는 전화도 한 번 없던 것 같고, 요새 지방 갈 일이 생기면 유 검사보님이 전부 도맡아 했었나?"

"그래요?"

유진은 그녀 생각이 들어맞음을 새삼 확인했다. 쯧쯧.

어느새 그녀 생각이 그대로 드러났는지 도진은 유진의 골몰하는 얼굴을 보고 빙그레 웃음 지었다.

"당신에게 묘안이 있는 거 같은데?"

"어머, 제가 그런 게 어디 있어요."

"어쩐지 당신은 모든 일을 잘 해결할 것 같은 믿음이 가. 내가 너무 당신을 믿는 건가?"

"아이~ 당신이 그렇게 말하니까 몸 둘 바를 모르겠어요. 몰라몰라."

"큭큭. 도유가 요새 공부도 열심히 한다던데? 어떤 방법을 쓴 거지?"

"제가 한 게 뭐 있겠어요? 공부는 자발적인 게 최고지요. 전 동기부여만 했어요. 목표가 생기면 말려도 하지 않겠어요?"

"하하, 그래. 동기부여는 뭘로 한 거지? 뭘 사 준다고 한 거요?"

"그런 하수는 안 써요. 그 방법은 자주 써먹으면 효과가 없거 들랑요. 대신 롱런하는 방법을 썼죠."

"롱런?"

"네. 도유가 공군비행사가 되고 싶다더라고요. 그래서 공군비 행사는 머리가 우수하다는 걸 입증해야 하기 때문에 전교 석차 가 5% 이내, 교외 특별활동 점수, 교장 추천이 들어가야 한다 는 사실들을 상세히 알려 준 것뿐이에요."

"하하. 그래서 그 말을 듣고 저렇게 눈꼬리 치켜뜨고 공부한 다 이건가?"

"네."

"아이 건강 상하지 않게 잘 살펴봐요. 부탁해."

"당신도 참, 도유가 남이에요? 우리 아들인걸요. 당연하잖아 요."

아내의 대답에 그는 그녀가 깨물어주고 싶을 만큼 어여뻐 그 오밀조밀한 입술을 함빡 머금었다. 안은 팔에 힘이 가해지고 몸 을 숨 막히도록 죄어드는 그의 열기를 느끼며 유진은 품 안에서 다시 한 번 요염을 떨었다.

"유진."

"아아. 여보."

급상승한 체온, 두방망이질 치는 심장 소리가 하나로 합쳐지 며, 함께 멀리멀리 환희의 세계로 날아오른 두 사람이었다.

'유기태, 임희수. 당신들 복 받은 줄 알아. 내가 행복 전도사가 되어 너희를 확실히 교회시켜 주마. 자, 어서 오너라. 나의 품 안으로. 사랑과 행복이 가득한 곳, 아니지 오유진의 행복 나라로. 오호호.'

유진은 우선 자연스러운 만남을 한번 갖는 게 좋겠다고 생각했다. 그녀 또한 개선할 마음이 있는지 확인해 보아야만 했다.

지피지기면 백전백승이라는 말이 있지 않은가.

여하튼 그 집에 가면 해답이 나올 것이다.

"여보~ 우리 그동안 주위 사람들에게 무심한 듯싶은데 당신만 괜찮다면 검사보님들 집 방문해 보는 게 어때요?"

"응? 우리 집으로 초대하는 게 아니고?"

"집으로 초대하면 사는 모습을 볼 수 없잖아요. 우선 집 방문을 하고 우리 집에서 친목을 다지고 마지막으로 캠핑을 가는 순서로 어때요?"

"……."

"왜요?"

유진은 남편 도진이 그녀를 말끄러미 바라보자 고개를 갸웃거리며 그를 바라보았다.

"유진아, 내가 말한 적 있는지 모르겠지만 난 당신이 참 좋아."

덜컥 가슴이 내려앉은 유진이었다. 저런 얼굴로 고백과도 같은 그런 말을 대수롭지 않은 듯 말하면 저보고 어쩌란 말인가.

"아이~ 몰라요. 아, 더워."

도진은 뭔가 멋진 말을 보태고 싶었지만 적당한 단어가 떠오르지 않았다. 하지만 그의 그런 마음을 알았는지 아내는 슬며시 몸을 붙여 오면서 그가 하고 싶었던 말을 고대로 재현해 주었다. 듣고 싶었던 말이었다.

"전 당신을 이만큼, 아니 말로는 표현 못 할 만큼 엄청 좋아해요."

그가 후끈 달아올라 안은 팔에 힘을 주자 유진은 몸짓으로 그에게 즉각 호응했다. 고개를 뒤로 젖히며 입술을 축이는 그녀의 모습에 도진은 남았던 이성을 안드로메다로 날려 버렸다.

마음과 몸이 함께 묶인 부부가 향한 곳은 침실이었다.

'아~ 난 전생에 나라를 구한 게 틀림없어. 올레.'

기태의 집에서 맨 처음 만남을 가지기로 했다. 부담이 클 게 분명한 희수에게 도와준다는 그럴듯한 구실로 유진이 전화를 걸어왔고, 상사의 부인이라 거절할 수도 없던 그녀는 승낙을 하고 말았다.

갑작스러운 집 방문과 남편이 모시는 상사 도진의 와이프가 온다는 소식은 희수를 당황스럽게 했다.

그녀가 이런 일을 꺼린다는 걸 알기에 남편 기태는 웬만하면 사람을 집으로 초대하지 않았다. 그런데 상황이 이렇게 되자 그는 더 뭐라 할 말이 없는지 안절부절못하고만 있었다. 하지만 제 마음 가는 대로 싫다고 거절한다면 그의 입지가 난처해질 게 분명했다.

"집에서…… 그냥 나가서 먹으면 안 되나요?"

"그렇게 되었어. 매도 먼저 맞는 게 좋을 것 같아서 우리 집부터 시작하려고. 괜찮아?"

제 눈치를 보며 자신 없어 하고 미안해하는 남편 모습을 보며 차마 거절의 말을 꺼낼 순 없었다. 거기다 아들 선민이 중간고사를 치른 이후였기에 딱히 구실을 찾을 수도 없었다.

"미안해. 정 싫다면 내가."

"아니에요. 집이 엉망이라 그렇죠. 이불도 빨아야 하고 커튼도."

"있는 그대로를 보러 오는 거니까 천천히 해요."

"그런데 누가 제안한 거예요? 민 검사님이 제안한 것 같진 않은데요."

"응. 검사님 사모님이 제안하신 거야, 결혼식에서 본 적 있지?"

희수는 도진의 결혼식을 기억했다.

부드럽고 편안해 보이는 웃음을 짓던 새 신부 오유진의 모습은 사랑받고 자라온 사람이라는 느낌을 물씬 풍기는 이였다.

그녀의 모습을 바라보며 희수는 자신도 저런 때가 있었나, 잠시나마 추억에 잠겼었다.

캠퍼스 커플로 누구보다 열정적으로 서로를 사랑한 두 사람은 세상의 때가 묻고 녹록지 않던 시어머니의 모진 시집살이 덕분에 희미하게 바래져 갔다.

시어머니가 돌아가실 때 비통하게 울어 젖힌 저를 보고 효부라니 어쩌니 하였지만 그녀의 맘은 억울함과 가슴에 쌓인 한이 너무나 커서 그래서 통곡했던 것뿐이었다.

사랑이 밥 먹여 주는 게 아니라는 말을 몸으로 뼈저리게 배우고 체득한 그녀였다.

결혼, 두 번의 사업 실패 때도 시어머니는 그녀가 재수 없어서 아들 앞길을 막는 거라며 힘들게 했었고 아이가 생기지 않자 칠거지악 중 으뜸이 자손을 낳지 못하는 것이라며 노려보고 무시하고 함부로 대했다.

하루에도 열두 번 결혼이고 뭐고 때려치우고 나가 버릴까 수없이 고민했지만 때마침 선민을 임신했고, 당시 남편이 재기하기 위해 노력하고 있었기에 당당할 수 있게 되면 나가리라 결심하며 버틴 시간을 뒤로할 수밖에 없었다.

남편 기태는 모르고 있었지만 첫아이를 유산했던 그녀였다.

극도의 스트레스로 아이를 흘려 버렸다. 임신한 줄 까맣게 몰랐었다. 가 버린 아이를 추억하기조차 미안한 자신에게 시어머니란 분은 지나가는 말처럼 들으라는 듯 비아냥 섞인 말을 하며 그녀의 가슴을 아프게 후벼 팠었다.

"츳츳. 모자란 것, 남들 다 한 번쯤 경험한 일일 텐데 뭘 그리 유세를 떠는 것이야?"

아마 그때부터였는지도 모른다. 체념 비슷한 걸 해 버린 것은.

시어머니에게 잘하면 언젠가는 알아주시겠지 하던 맘도, 남편이 한 번쯤은 제 말에 귀를 기울여 주겠지 하던 생각도, 우리모두 행복하게 살기 위해 내가 참고 견디면 좋은 시절이 있을거라 고대하던 맘까지 하나둘 어딘가에 흘려보내기 시작했다.

희수의 스트레스의 원흉이었던 시어머니의 갑작스러운 죽음은 그녀에게 충격과 동시에 미워할 대상이 없어져 버렸음을 확인시켰다.

목표가 사라져 버렸기에 그녀의 세상은 이리저리 흔들리고있었다. 만약 아들 선민이 없었다면 아들에게 집중하지 않았다면 좌표를 잃은 배처럼 그저 숨만 쉬고 살아갔을지도 몰랐다.

그런데 요즈음, 아들은 그녀를 점차 부담스러워하며 피하고있었다. 사춘기라 그런 거라며 맘을 다잡으며 도사린 불안과 초조함을 하소연할 곳 없이 그렇게 허망하게 보냈다.

하루하루가 길고 긴 요즘이었다.

◈

유진은 희수에 대해 나름 조사라는 걸 하고 접근하기로 했다.

임희수.

혈액형 O형.

생일 8월 20일, 별자리 천칭좌.

주위와 교류가 별로 없고 친구 모임은 물론 동창회에 참석하지 않음.

SNS 가입하지 않음.

알아보면 알아볼수록 폐쇄적인 사람이었다.

유진은 혀를 차며 기태가 적어 준 희수의 전화번호를 띄우곤 통화버튼을 눌렀다.

따라라라.

—여보세요.

유진은 희수의 고목나무에 진액이 모조리 빠진 듯한 메마른 목소리가 영 맘에 안 들었다.

사람의 목소리에도 색깔이 있다는 것을 모르나? 거기다 핸드폰 컬러링도 귀신이 나올 거 같은 지지리 궁상맞은 이별곡이었다.

'아주 나 불행해 죽겠소 광고를 하고 다니지.'

통통 튀는 만화가 주제나 행진곡을 컬러링으로 하라는 게 아니다. 조금은 밝은 언더그라운드 가수의 노래도 얼마든지 있지 않은가. 당장 컬러링부터 선물해 줘야겠어.

"안녕하세요? 민도진 검사의 와이프 오유진에요."

—아…… 안녕하세요?

"호호. 반가워요."

—그런데 무슨 일?

"갑자기 방문하기로 해서 바쁘실 거로 생각되네요. 제가 시간이 남아돌고 그이도 시간이 나면 도와주라고 해서요."

—어머, 아니에요.

"호호. 사양하지 마세요, 괜찮으시면 이번 주 토요일이 모임이니 목요일 가서 도와 드리고 싶은데 번거로우신가요?"

—그게.

전화를 걸어온 상대가 남편이 모시는 상사의 부인이니 거절할 수 없겠지.

—네, 그럼 부탁할게요.

"호호, 우리 시장도 함께 가고 그곳에서 점심도 해결해요 커피도 한잔하고요."

—네.

드디어 희수에게 yes라는 답을 얻어 낸 유진은 전화를 끊었다.

유진은 입가에 호선을 그리며 팔짱을 낀다.

'내일 만나 애정도, 친밀도, 관심도를 체크한 뒤 수위를 조절해야겠지? 나 이런 거 정말 좋아. 적성인가 봐. 오호호호.'

자극하는 데 도사, 사람 환장하게 하는 데 대사, 평생 숨죽이며 못 한 소리 지르게끔 하는 데 최고인 내가 아닌가.

자, 임희수. 쌓아 둔 울분을 모조리 터뜨릴 준비되었나? 준비

됐나요~

네네! 네네네!!

◆

약속한 날은 목요일. 유진은 가벼운(?) 옷차림으로 희수 집을 방문했다.

"안녕하세요."

"아, 네. 안녕하세요."

결혼식 후 다시 본 유진의 모습엔 자신감과 남편의 사랑을 흠뻑 받아 만개한 꽃 같은 아름다움이 있었다. 그녀도 한땐.

갑자기 드는 자괴감에 희수는 눈빛이 흐려졌다. 지금의 제 모습이 맘에 들지 않았다.

날카로운 턱 선과 불안스레 흔들리는 눈동자, 비쩍 마른 몸매.

그 어느 것도 내세울 게 없고, 볼품없이 나이만 잔뜩 먹은 30대의 여자일 뿐이었다.

"들어가도 될까요?"

"아, 내 정신 좀 봐. 들어오세요."

상념에 젖어 있던 희수는 몸을 비끼며 유진을 안으로 들였다.

유진은 그녀에게 살짝 고개를 숙이며 집 안으로 들어섰다. 사실 인테리어는 볼 줄도 꾸밀 줄도 모르는 그녀였기에 대충 집

안을 훑어본 유진은 차를 가지러 주방으로 향하는 희수 뒷모습에 시선을 꽂았다.

'어이구, 미쳐미쳐. 몸매도 좋고 늘씬한데 붕대로 칭칭 감았네, 감았어. 컬러링 다음으로 할 일이 홀딱 벗기는 일이겠네.'

희수의 잘록한 허리에 위로 올라붙은 히프 라인은 30대임에도 균형이 잡혀 있었다.

'요가를 한다더니 수영복을 한번 입히면 끝장이겠는데? 호호. 유 검사보님 복도 많으셔~ 물론 가장 복 받은 사람은 울 정력 짱 도진 씨지만. 오호호홋.'

유 검사보님이 잘못한 건 사실일 것이다. 하나 그건 삶에 치여 사느라, 방법을 몰라서 선택한 외면이었으리라. 둘 다 지나간 시간을 꺼내 상처를 드러내고 곁가지를 잘라 낸다면 좋은 방향으로 흘러갈 수 있을 것이 분명했다.

유 검사보가 지갑 속 연애시절 찍은 다정한 두 사람의 사진을 소중히 지닌다는 것을 알았을 때 옛날로 돌아가고 싶어 하는 그의 희구를 알아챘다. 그걸 저 임희수에게 알려 줄 역사적 사명을 띠고 유진이 지금 이 자리에 온 것이었다.

'아암, 이 오유진이 맘먹고 하면 안 되는 게 무엇이겠는가, 음햐햐햐.'

목요일, 희수 집을 방문하기 전 유진은 유기태 검사보와 통화를 했었다. 그녀의 반응을 이끌어내기 위해선 변화를 시도하는 게 필수였다. 변화는 그녀가 아니라 유기태 그가 먼저 나서서 용기를 내야 했던 일이었다.

"아시겠죠?"

기태는 유진이 뜬금없이 염색과 양복을 사 입으라는 말에 어리둥절하기만 했지만 유진의 다음 말이 피부에 와 닿았다.

"유 검사보님, 항상 먹는 된장찌개도 날마다 먹으면 질리죠?"

"네? 아, 네. 그렇지요."

"그럴 땐 된장찌개를 먹지 않으면 된다고 생각하세요?"

"그건 아닙니다. 한국 음식에 된장찌개는 필수이니까요."

"제 말이 그 말이에요. 누가 끓이냐에 따라 맛이 달라지고 어떤 그릇에 담기느냐에 따라 구미가 당기고 안 당기는 게 결정되는 법이죠. 된장이라는 주 메뉴를 바꾸지 않고라도 얼마든지 색다른 느낌을 줄 수 있다는 말이에요. 제 말뜻, 이해하셨어요?"

"네? 아!"

"염색과 옷차림 바꾸실 거죠?"

"하하. 네. 알아들었습니다."

"호호. 전 목요일 약속 잡았어요. 그때 넌지시 검사보님 어떠시냐고 물어봐 드릴게요."

기태는 오랜만에 자신을 위해 시간을 투자했다.

염색도 하고 일관된 검은 양복에 회색 넥타이를 벗어 던지고 푸른빛이 도는 와이셔츠에 요새 유행한다며 점원이 적극 추천하는 얼룩덜룩한 기하학무늬의 넥타이도 둘렀다.

여자들만 옷이 날개가 아닌가 보다. 그도 이렇게 꾸미고 나니 꽤…… 괜찮은 중년이었다.

똑똑.

"여보, 여기 속옷 두었어요."

욕실에 들어간 지 한참 된 거 같은데 안에서 아무 기척이 없었다. 희수는 망설이며 욕실 안으로 들어갔다.

그는 욕조 안에서 잠이 들어 있었다. 많이 피곤해 보였다.

희수는 안쓰러운 맘에 내려다보다 나가려던 발을 멈춰 잠에 빠진 그를 자세히 바라보았다.

염색만 했는데 사람이 확 달라 보였다. 젊고 생기 넘쳐 보였다. 나이를 먹을수록 남자는 더 멋져진다고 했나? 원래 체형이 좋은 탓에 탄탄한 어깨와 상반신이 노출되어 있었다.

객관적으로 본다면 아직…… 괜찮은 남편이었다.

자신도 모르게 얼굴을 붉힌 희수는 그의 어깨를 살짝 두드렸다.

"여보. 여기서 잠들면 감기 들어요."

"으음…… 조금만 더."

안 되겠다 싶어 희수가 몸을 일으키려는데 그녀의 팔을 붙잡는 남편의 손이 데일 듯 뜨겁게 느껴지는 건 왜일까?

"잠시만, 여기 있어. 희수야."

눈을 반쯤 뜨고 그녀를 올려다보는 기태로 인해 희수는 그 자리에 그대로 얼음이 되어 있었다. 묘한 떨림이 가슴에 파동을 만들었다.

열기를 담은 남편의 눈길에 사로잡혀 희수는 옴짝달싹할 수 없었다.

그때였다.

"엄마, 저 왔어요."

선민이 돌아왔나 보다. 꽈악 잡은 팔에 힘을 주어 보았지만 이미 신경이 밖으로 향해 버린 희수의 상태를 모르지 않았기에 기태는 아쉽지만 아내를 잡은 팔의 힘을 경감시켰다.

"여보."

"후우. 가 봐요."

뒤통수가 따가웠지만 그대로 밖으로 나가 그녀는 선민을 맞이했다.

간식을 준비하고 뒤치다꺼리를 하는 희수였지만 온 신경은 욕실에 남아 있을 남편 기태에게 쏠려 있었다.

기태는 찬물 샤워를 하고 있었다. 맘 같아선 만리장성을 쌓아 버리고 싶지만 물러설 때를 잘 알아야 했다.

아직, 아직이었다. 서서히 다가가서 마음을 얻은 후 육체관계를 해도 늦지 않다고 생각하는 기태였다. 무엇보다 서로가 원해서 관계를 갖고 싶은 맘이 컸지 이렇게 안아 버리고 싶지 않았다.

동그랗게 눈을 뜨고 저를 바라보던 희수 때문에 몸이 확 달아올라 버렸지만, 삭일 길이 없어 찬물 샤워를 하는 수밖에 없었다.

유진은 변화가 있길 진정 바라고 있었다. 그들 부부 사이에 작은 불씨라도 남아 있기를 바랐다. 미움이라는 것. 누군가의 진심 한 방에 무너질 수도 있다는 것을 잘 알고 있었다.

영원히 용서할 수 없을 것 같던 일도 상대의 진심 어린 사과에 미움을 내려 두지 않는가.

가식이 아닌, 그 사람의 진정성이 보이는 뉘우침을 우린 목말라하는 것이다.

임희수와 유기태는 서로를 향한 뜨거움이 잔불처럼 남아 있었다. 조그만 불씨가 활활 타오를 수 있도록 기원하는 유진이었다.

그들이 진정 잘되기를 바라고 있던 유진의 귓가에 도유의 목소리가 들려왔다.

"새엄마."

"응?"

"동화책 읽어 주세요."

"오늘은 잠자는 숲 속의 미녀 이야기 읽어 줄게. 괜찮지?"

"미녀, 공주 이야기는 여자들이나 읽는 거잖아요."

"우리 도유, 어릴 때부터 편식은 안 좋은 거 알지? 남자는 여자를 지켜 줘야 해. 그러려면 여자의 맘을 알고 이해해 줘야 한단다. 그러니까 남자일수록 인어 공주, 백설공주, 잠자는 숲 속의 미녀, 이런 동화책을 읽어야 하는 거야. 알겠니?"

"그렇구나."

"자, 읽어 볼까?"

도유는 고개를 끄덕였다. 유진이 동화책을 펼쳐 들고 읽기 시작했다.

"……."

"공주는 눈을 감은 채 누워 있었습니다. 까만 눈썹 아래 하얀 피부가 눈이 부실 지경이었습니다. 왕자는 가시덤불을 헤치고 여기까지 온 모든 고생이 일순 사라지는 걸 느꼈습니다. 공주. 그의 목소리에 눈을 뜬 공주의 눈동자는 칠흑같이 빛……."

새근새근.

잠이 든 도유의 이마에 입을 맞추고 유진이 조용히 일어났다. 어느새 왔는지 도진이 문 앞에 서서 그녀를 지켜보고 있었다.

"언제 오셨어요?"

"방금 전에. 억울한데? 난 공주 이야기 읽어 주는 사람이 없었거든. 그래서 말주변이 없었나?"

"호호, 당신에게도 읽어 달라는 말로 들리는데요?"

"가능해?"

결국 유진은 샤워 후 침대에 누워 도진에게 동화책의 뒷부분을 읽어 주었다. 그녀 가슴에 머릴 기댄 도진은 나지막한 그녀의 목소리를 들으며 잠 속으로 빠져들고 있었다.

쿨~

색색거리며 규칙적으로 내뱉는 숨소리에 그녀는 책을 살며시 덮고 이마에 키스를 했다. 잠자는 숲 속의 미녀 마지막 구절을 읊조리고 있었다.

"네, 왕자님. 저 또한 당신을 오래도록 기다리고 있었답니다."

15.

언제나 처음이 어려운 법. 그 과정을 거치고 나면 두 번째는 쉬웠다.

안면을 트자마자 유진은 다음 날도 희수를 찾아왔다. 물론 집 앞이라며 거절할 수 없는 상황을 만든 것은 물론이었다. 즉 가도 되냐 안 되느냐는 선택의 문답형이 아니었다.

희수의 남편 유 검사보가 외모를 바꾸고 태도를 바꾼 만큼 마누라도 맞장구를 쳐줘야 일이 진척되지 않겠는가. 절대 먼저 나설 사람으로 보이지 않는 희수이기에 약간의 양념을 쳐 주기로 한 유진이었다.

"남편에게 들었는데, 유 검사보님이 염색도 하시고 확 변하셨다더라고요. 어땠어요?"

"······."

"가슴 떨리지 않으셨어요? 전 여자만이 아니라 남자들도 관리를 해야 한다고 생각해요. 보진 않았지만 유 검사보님 은근히 인기 많으시잖아요."

"그이가 인기가 많아요?"

"어머, 모르셨구나. 호호. 잘생겼다 이런 거 말고 뭐랄까, 분위기가 있달까? 그런 거 있잖아요. 눈길이 향하는 스타일이세요. 유 검사보님은요."

희수의 얼굴이 살짝 긴장으로 굳어지는 것을 힐끗 본 유진이었다.

반응이 있는 걸 보니 희수의 맘이 아주 떠난 것은 아닌 듯했다. 제 남자가 인기가 많다는 데 어느 여자가 환영하겠는가. 연예인도 아니고.

자극하고 자극받기를 원하기에 희수를 떠보고 있었다.

"어제 어떠셨어요?"

희수의 얼굴에 희미한 홍조가 떠올랐다.

욕실에서 남편을 깨웠던 일. 그리고 손목을 붙잡혔던 순간, 오랜만에 손을 내밀며 그녀를 원하던 뜨거운 눈동자가 기억이 났다. 아직도 그이에게 제가 여자였던가 싶어 부끄럽기도 했고 조금은 달라진 그의 외모 덕인지······ 싫지 않았다.

그때 아들 선민이 부르지 않았더라면······.

유진은 생각에 잠긴 희수의 얼굴을 보며 빙그레 웃음 짓고 있었다.

그나마 변화가 있던 듯싶었다. 아무리 견고하고 단단한 옹벽일지라도 작고 미세한 균열이 생기기 시작하면 결국 무너지기 마련.

부부 사이에 높이 쌓았던 불신과 오해의 벽도 이러하지 않을까.

"자자, 시장도 보고 미용실도 가요."

"네? 미용실엔 왜?"

"내일 모임이잖아요. 예쁘게 보여야죠. 유 검사보님과 어울리는 아름다운 모습으로 확 변신하는 거예요. 멋지겠지요?"

"하지만."

"나도 머리 손질해야 해요. 얼른 서둘러요. 바쁜 하루가 될거 같은데. Go Go."

어느 순간 희수는 이미 유진이 모는 승용차의 조수석에 앉아 있었다. 유진이 싱긋 웃으며 시동을 걸었다. 이윽고 엔진 소리가 나며 차가 부드럽게 출발했다.

부웅—

"그이가 짧은 머리를 좋아하지 않아요."

"어머, 우리 그이도 그랬는데 지금은 더 좋아해요. 호호호."

머리 스타일을 바꾼 적은 몇 번 있었다. 하지만 기태는 알아채지 못했다. 그런 일이 반복되자 의미 없는 몸부림을 더 이상할 필요가 없어졌다.

"희수 씨라 불러도 되지요?"

"네."

"우리 자기만족을 위해 한번 바꿔 봐요. 누군가를 위한 것이 아니고 나를 위해 투자하는 것도 필요하다고 생각해요."

"하지만 선민이가…… 오후에 돌아오면 간식을 줘야 하는데."

"중학교 1학년이라면서요. 자기 일도 스스로 못할까 봐 그래요? 혼자 학원도 못 가요?"

"네? 그건 아니에요."

요새 급격히 외로움과 상실감을 느끼는 중이었다. 사춘기라는 것을 알면서도 아들의 귀찮다는 식의 말대꾸와 신경질은 그녀를 움츠리게 하고 기분을 축 처지게 하곤 했었다.

"제게도 아들이 하나 있어요. 제가 낳지는 않았지만요."

"네."

"전 100점짜리 엄마, 이런 타이틀이 중요하다 생각하지 않지만 모두가 행복해지고 하고 싶은 일을 찾을 때까지 도와주고 싶어요. 결국 인생은 스스로 선택하고 만들어 가는 것이니까요. 희수 씨도 아들을 훌륭하게 키웠고 유 검사보님과 평화로운 가정을 운영한 거잖아요. 그런 면에서 제가 배울 점이 많을 것 같아요. 초보 주부라 궁금한 거 투성이니까 많이 가르쳐 주세요."

"아……."

희수는 순간 눈물이 나려는 걸 꾹 참았다. 가시방석 같았던 시집살이.

아들을 낳고 시어머니는 더욱 자신을 압박했다. 아이가 아비보다 자신을 더 닮았다고 보는 앞에서 면박을 주는 그 안에서 희수, 본인은 없었다. 철저히 누구누구의 아내이자 엄마 며느리로 살아야 했다. 성격을 죽이고 절제하고 현모양처럼 저를 낮추고 감춰야 했다.

그렇게 살다 보니 본래의 명랑하고 낙천적인 그녀는 온데간데없이 사라져 버렸다.

이제 조금이나마 내려 두고 살아도 될까. 내 인생을 즐긴다고 해도 누가 뭐라 하지 않을까.

희수는 창가로 눈을 돌렸다. 결혼 후 살았던 세월이 영화필름처럼 스쳐 지나갔다.

지나고 나니 기억해 보았자 이렇게 몇 분을 넘기지 못한 순간이었는데 왜 그리 사네 못 사네, 울고 웃고 하였을까.

누군가 그녀에게 수고했다, 애썼다고 말해 주자 아플 때 주사를 맞았던 때보다 빨리 약효가 돌았다. 마음에 쌓아 둔 억울함과 갈증이 조금씩 해소되고 있었다.

생색을 내려는 것도, 나만 억울하다고 하소연하고 싶은 것도 아니었다. 모든 여인들이 겪고 자신을 내려 두며 사는 거니까.

사각.

잘려나가는 머리칼이 수북이 발치에 쌓였다. 검은 머리칼이 잘릴 때마다 희수는 묘한 쾌감을 느꼈다. 전처럼 세상은 착한 사람들만 사는 거라고 믿던 순진하고 맑은 여자로 돌아가는 것 같았다.

"어때요?"

"……이게 정말 나예요?"

"맘에 들어요?"

무척.

짧은 길이로 자른 언밸런스한 커트는 갸름한 희수 얼굴을 더욱 갸름하게 보여 주었다. 감수성이 예민했던 그때 보았던 로마의 휴일 주인공 오드리 햅번 같았다.

그렇게 유진과 외출한 본 목적을 잊어버리고 그녀가 이끄는 대로 옷도 사 입고 커피도 마시며 시간을 보냈다. 장보기는 맨 마지막 집 앞 슈퍼에서 배달시키기로 했다.

"유 검사보님 긴장하셔야겠는데요?"

"유진 씨도 참."

부끄럽고 민망스럽기도 했지만 그녀가 해 주는 칭찬이 싫지 않았다. 자신이 보기에도 예쁘다고 생각되었기 때문이다.

마트에서 장보기를 하면서도 문득문득 눈을 들면 거울에 자신의 근사한 모습이 비쳐 자신감이 커져 갔다.

나도 아직 꾸미면 괜찮구나, 다행이다라는 생각도 들었다.

유진은 그녀보고 사모님이라는 호칭은 싫다고 했다. 이름으로 불러 달라고. 결혼하고 아이를 낳고 나서 누구누구의 아내,

누구의 엄마로만 불리던 그녀는 유진의 말에 십분 공감했다.

불리는 건 분명 제 이름인데 처음엔 낯설기만 했다.

희수 씨, 임희수, 희수야.

이름을 불린다는 게 이렇게 가슴 설렌다는 것을 왜 몰랐었을까……

그날 저녁 귀가한 남편의 반응은 뜨거웠다. 놀라면서 얼굴을 이모저모 뜯어보는 기태 때문에 희수는 당황해 버렸다.

"당신, 너무 잘 어울려."

"고마워요."

변한 아내 모습이 맘에 쏙 드는지 그가 그녀에게 다가서자 희수는 얼른 뒤로 몸을 빼며 도망치기 급급했다.

남편의 저런 얼굴, 감당이 되지 않았다. 젊을 적 서로에게 미쳤던 그때처럼 뜨겁고 진한 눈빛으로 바라보는 그가 낯설었다.

"씻어요. 저녁 차릴게요."

"희수야."

흠칫!

이름이 불리자 그녀가 방문 앞에서 멈칫하며 몸을 굳혔다. 곧 기태가 뒤에서 그녀를 그대로 안아 왔다.

"왜. 왜 이래요?"

"예뻐서, 너무 예쁘다. 내 아내."

가슴이 철렁하고 내려앉은 희수였다. 신혼 때에도 이렇게 살갑게 마음을 내비치지 않았던 그였다. 일찍 홀로 된 시어머니

앞에서 조심해야 한다며 극도로 몸을 사리던 그였었다.

시어머니라는 이름이 뇌리에 파고들자 다시 몸이 굳어진 희수가 기태의 팔을 다소 과격하게 뿌리쳤다.

"국 올려두고 왔어요."

기태는 딱딱해진 아내의 몸과 흘러나온 차가운 말투에 나가려던 손을 붙잡았다.

'희수야⋯⋯.'

그녀가 어머니에게 그토록 시달리고 있다는 것을 몰랐다. 아니 눈치는 챘지만 자신의 앞가림하기도 벅찼다.

두 번의 사업 실패로 한강에 투신이라도 할까, 아파트 옥상에서 떨어져 죽어 버릴까 고민한 적이 두 번 있었지만 차마 감행하지 못하고 돌아섰던 그였다.

어린 아들과 아내가 눈에 밟혀서 도저히 떠날 수가 없었다.

◈

유진은 집에 돌아와 정리를 하며 다음 계획을 착실히 준비하고 있었다. 물론 오늘 바뀐 아내의 외모를 칭찬하고 관심 가져주라고 기태에게 넌지시 언질을 해 둔 차였다.

그러나 오랜 시간 동안 쌓아 둔 희수의 방어벽이 견고한 만큼 쉽게 무너지지 않을 것을 아는 유진은 그 벽을 깨뜨릴 만한 자극제가 필요하다고 생각했다.

'만고의 진리, 화악 타오르는 가장 빠른 방법은 질투 작전 아니겠어? 물론 부작용이 있을 수 있지만.'

유진은 누군가에게 전화를 걸었다. 사무실의 미스 리였다. 아직 어린 아가씨였지만 당차고 총명한 눈동자를 가진 이지송.

"내 말 알겠지요?"

—네, 사모님. 뒷일은 사모님이 책임지시기로 한 거 잊으심 안 돼요~

"호호. 두말하면 잔소리죠."

토요일 오후, 단합으로 위장한 만남을 통해 두 사람의 관계를 회복시킬 극비 작전을 세웠다.

작전명, 부부관계 회복 김장 대작전!

투입 요원은 김 검사보, 이지송. 오유진, 민도진.

김 검사보는 다소 눈치 없고 입이 가벼운 편이라 부추기는 역할 담당(부추).

이지송은 질투 유발 담당(고춧가루).

오유진은 진두지휘 팀장(배추).

민도진은 맛깔스러운 조연(생굴).

그녀는 회심의 미소를 지으며 간드러지게 웃었다. 오호호홋!

◈

토요일 오후.

정신없이 인사하고 앉아서 담화하고 있는 동안에도 유진의 눈동자는 부부에게서 떨어질 줄 몰랐다. 자신이 보기에 진도가 나간 듯 보였지만 부딪치면서 서로를 외면하기 바쁜 그들 모습에 결정적인 한 방을 날려 줄 때가 지금이 적기라는 감이 왔다.

작전 중에도 판단을 잘해야 할 때가 많았다. 위험한 상황이 닥치면 임기응변 실력과 민첩한 대응이 절실히 필요할 때가 있었다.

바로 지금처럼.

비밀경찰이 천직이라 느끼는 건 그녀가 힘이 장사이기 때문만은 아니었다. 힘 다음으로 타고난 능력이 상황 판단이 재빠르다는 점이었다.

'자~ 그럼 시작해 볼까?'

식사 뒤 술자리가 이어졌다. 애교덩어리 유진이 오늘따라 더더욱 남편 도진에게 찰싹 달라붙어 애정을 과시했다.

"당신 과음하심 안 돼요~ 피곤한데 과음까지 하시면 몸에 무리라는 것 아시죠?"

"알아. 고마워."

유진과 도진의 행동은 자연스러워 보였다. 그녀는 스스럼없고 자연스레 스킨십을 했고 도진은 그런 그녀를 사랑스럽다는 듯 바라보며 응수해 주고 있었다.

희수는 유진과 도진의 애정행각에 부러움을 느끼면서도 술만 마셨다. 자신을 소 닭 보듯 하는 기태 때문에 배알이 꼴리고 있었다.

지금까진 외면하며 신경 쓰지 않던 것을 더 편해했으면서. 순간 희수의 눈이 세모꼴로 접혔다.

미스 리인지, 지송인지, 뭐인지가 아까부터 남편에게 딱 붙어서 눈웃음을 치고 있었다. 술을 따라 주며 주거니 받거니까지. 지가 기생인가 말이다. 자존심도 없지. 어딜 남자에게 함부로 술을 따르는가 말이다.

속이 부글거린 희수가 결국 자리에서 벌떡 일어나고 말았다.

"어머, 희수 씨, 어디 가요? 같이 갈까요?"

"아니에요. 저 혼자 다녀올게요. 과일이 떨어져서……."

말꼬리를 흐리며 주방으로 향하는 그녀의 무거운 발걸음엔 숨길 수 없는 질투가 담겨 있었다.

'오호. 그럼 그럼 그리 나와야죠, 젊고 예쁜 여자가 남편 옆을 알짱거리는데 아무것도 못 느끼면 그게 목석이지, 안 그래요? 나 같으면 당장 목줄을 잡아 패대기를. 오호호. 안 되겠구낭. 그러면 당장 9시 뉴스에 나오잖아.'

유진이 지송에게 찡긋 윙크를 했다. 수위를 높여 2단계를 진행하라는 신호였다.

그 신호를 받은 미스 리가 고개를 끄덕이더니 희수가 과일을 가지고 되돌아오던 때에 맞춰 술을 엎질렀다. 바로 기태의 허벅지에 말이다.

"어머!! 어떡해, 어떡해!! 나 몰라~ 어디 좀 봐요. 검사보님."

"하하. 괜찮아. 닦으면 되지."

"아니에요. 이리 좀 대 보세요."

허둥지둥 백에서 손수건을 꺼낸 미스 리의 하얀 손이 검사보의 허벅지로 향하자 희수의 눈에서 불꽃이 번쩍 튀었다.

'감히! 내 남자에게서 손 떼!!'

하지만 말로 내뱉지 못한 그녀였다. 헌데 남편 기태가 만지지 말라고 손을 쳐내야 하거늘 허허하며 사람 좋게 웃고 있지 않은가.

'저 망할 놈, 빌어먹을 놈, 썩을 놈.'

처음으로 알고 있는 욕지거리가 전부 튀어나올 것 같았다. 그리고,

5.

4.

3.

2.

1.

땡!! 빙고!

"여보, 나 좀 볼래요?"

"응?"

기태는 심각한 표정의 아내 희수를 보더니 눈을 휘둥그레 떴다. 희수가 자신을 거짓말 하나도 안 보태고 찢어 죽일 듯이 쏘아보고 있었던 것이다.

"당신 바지 갈아 입어야 하잖아요. 들어오세요. 지. 금. 당. 장."

홱! 몸을 돌려 안방으로 가는 싸늘한 뒤태에 멍하니 정신줄을 놓았던 기태가 꽁지에 불이 붙은마냥 쪼르르 안방으로 달려갔다.

그 모습에 유진이 싱긋 웃었다.

희수, 그녀는 모르겠지만 파르르 떨며 화를 참는 솔직한 태도는 그 옛날 대학시절 명랑하고 직선적이던 그녀의 성격이 여실히 드러나 있었다.

탁.

"자자, 뭣들 하세요? 술잔 돌려요. 이번엔 제가 제조한 오십 세주 어떠세요?"

"오오옷! 사모님이 제조하실 줄 아세요? 안 그래도 맥주가 밋밋하던 참인데 좋습니다!"

"주세요."

두 번 술잔이 돌았을 즈음 자리로 돌아온 기태와 희수였다.

유 검사보는 당혹스러워하는 듯 보였고 희수는 당연한 듯 기태와 미스 리 사이에 자리를 차지하고 앉아 있었다.

"한 잔 줄까?"

"네. 주세요."

그냥 해본 말이었는데 아내가 술을 마시겠단다. 따라 달라며 술잔을 내밀자 기태는 맥주를 한 잔 따라 주었다.

"잠깐만요~"

그때 유진이 말했다.

"에이, 이렇게 밍숭맹숭하게 마시면 재미없죠. 러브샷 어때요?"

오히려 남자들이 얼굴이 붉어지는데 여자들은 아무렇지 않아 하는 이상한 시추에이션은 대체 뭐란 말인가.

"유진아, 그건 좀."

"안 돼요? 당신 싫어요?"

유진이 성적 매력을 물씬 풍기며 게슴츠레 눈을 뜨고 자신을 바라보자 그는 온몸이 두부처럼 녹아내리는 것 같았다.

"험험……."

"우리나라도 외국처럼 스킨십과 사랑한다는 말, 자주 해 줘야 해요. 그래야 나중에 황혼이혼 이런 거 안 생겨요. 자, 거국적으로 우리 러브샷 해요. 김 검사보님과 미스 리도 잔 채우고 다 마시면 머리 위 술 털기예요."

김 검사보, 미스 리. 한 쌍의 바퀴벌레 부부가 술잔을 채웠다.

부끄러운 듯 러브샷을 한 두 사람은 취기가 올라가고 분위기가 고조되어 가자 애정표현이 점점 더 적극적이고 농도가 짙어져 갔다. 술의 효능을 실감하는 그들이었다.

흘깃.

유진이 밤 12시가 돼 갈 무렵 희수와 기태를 바라보며 미소를 띠고 있었다. 처음과는 다르게 팔을 교차해 러브샷을 했던 부부는 이젠 희수 입가에 거품이 묻자 자연스럽게 기태가 닦아 주고 있었고, 마치 둘만의 공간에 있는 것처럼 서로를 가만히 바라보며 살폈다.

"많이 마시지 마. 갑자기 안 마시다 마시면 내일 머리 아파."

"네. 그럴게요."

희수는 자신을 걱정하며 살뜰히 챙기는 그가 싫지 않았다. 연애시절에도 덤벙대고 천방지축인 그녀를 챙겨 주었던 사람이었다. 그 따스함과 자상함을 사랑했다.

'그는 변하지 않았는데…… 내가 변한 건가?'

희수는 새삼스러운 눈으로 그를 바라보았다.

"왜?"

희수는 묻고 싶었던 말을 차마 꺼내지 못하고 삼킨다. 혹 나와 결혼해 후회한 적 있느냐고, 내가…… 나와 결혼하지 않았으면 하는 생각해 본 적 있느냐고 한 번쯤 허심탄회하게 묻고 싶었다.

"그런 적 없어."

엥?

"네가 생각하는 거 그런 적 없다고, 희수야."

희수는 남편의 선방에 입을 다물지 못했다.

어떻게 그녀가 하고 싶은 말을 아는 것일까?

유기태, 그의 직업이 무엇인가? 사건 정황을 조사하고 그들의 정황을 살피는 일이었다. 그 방면으로는 도가 튼 그였다. 거짓말 안 보태고 그들의 말투 그리고 눈빛을 대하다 보면 이 사람이 진실된 말을 하는지 거짓을 말하는지 알 수 있었다.

하물며 십 년 이상을 같이 산 아내의 일이 아닌가. 언젠가부터 애정보단 원망과 그리고 미움이 쌓여 가는 아내의 눈빛을 대할 때마다 자신은 바쁘단 핑계로, 부딪치고 싶지 않다는 현실적 도피로 그녀의 처지를 다 알면서도 외면해 왔었다.

어머니.

자신에게는 소중한 분이었건만 며느리에겐 맵찬 분이었다.

어느 쪽도 편들 수 없었기에 밖의 일에 더욱 매진하였다. 아내 희수의 가슴에 화가 쌓여 가는 것도 모르고. 변명 같지만 어느 편도 들 수 없었던 무능한 자신이었다.

"당신과 나눌 이야기가 많아. 오늘 밤 시간 좀 내줄래?"

"여보……."

더 늦기 전에 두 사람은 부부관계를 회복해야 했다. 지금이 바로 그때였다. 서로가 솔직해져야 할 때였다.

타인처럼 살아왔던 세월보다 살아갈 세월이 더 길고 길기에 유진은 두 사람의 그런 모습에 엄마 미소를 담뿍 짓고 있었다. 워낙 술을 잘 마시는 체질이라 하나도 취하지 않은 그녀였다. 여차하면 취한 남편도 진도 업고 집에 돌아갈 수 있었다.

오지랖이 넘치고 참견쟁이인 마누라 오유진을 바라보는 도진의 눈에도 하트가 발사되고 있었다. 그의 눈빛에 더없는 다정함과 애정이 물씬 담겨 있었다. 아무래도 오늘 밤은 더욱 예뻐해 줘야겠다는 생각이 들었다.

슬며시 상 밑으로 그가 손을 내려 유진의 손을 잡자 맞잡아 오는 그녀의 악력이 장난이 아니었다. 그는 즉각적인 아내의 반응에 유쾌해졌다. 뒤이어 속삭여 오는 그녀의 귓속말.

"오늘 밤 술 먹고 덤벼드는 짐승남? 기대 만발~"

"아하하, 아하하."

도진은 솔직하고 여우 같은 유진의 유머에 웃음을 터뜨렸다. 모두들 그런 밝고 경쾌한 웃음을 터뜨리는 도진을 처음 보는 터라 무슨 영문인지 얼굴만 쳐다볼 뿐이었지만 서로에게 몰입한 기대와 희수는 그조차 알지 못하는 듯 서로만 두 눈에 담고 있었다.

두 부부의 애정행각이 어떤지 술고래가 되어 버린 김 검사보와 모태솔로인 미스 리는 잔을 연신 부딪치며 남은 술들을 마셔 없애자는 구호를 외쳐 대고 있었다.

다음 날 일요일 아침.

처음으로 선민은 아버지가 차려 주는 아침상을 받고 학원으로 향했다.

보충이 있는 날이었다. 희수가 일어나지 못했던 것이다. 처음 있는 일이었다. 죽을 것처럼 아파도 기어이 일어나시던 분이었다.

무슨 일이 있었나 궁금했지만 밥상을 차려 주는 기태 때문에 그런 의문은 금세 사라져 버렸다. 낯선 아빠의 모습에.

"엄마, 피곤했을 거다. 손님 치르느라 또…… 험험. 알람을 꺼두어서 못 일어날 거야. 서운하지 않지?"

"그럼요. 제가 몇 살인데요. 걱정 마세요, 아빠."

기태가 차린 밥상이라야 참치 캔과 계란 정도였고, 어제 남은 밥과 국을 데워 준 것뿐이었다. 하지만 선민은 맛있게 먹고 일어났다.

아들 선민이 나가고 커피를 내린 기태가 쟁반에 받쳐 침실로 가져갔다.

어젯밤은 환상적이었다.

두 사람이 함께 밤을 지낸 중에 최고였다. 덕분에 온몸에 기운이 펄펄 나는 것 같았다.

달칵.

침실 문을 여니 아직도 잠을 자고 있는 아내 희수가 보였다. 시트가 흘러내려 벗은 어깨가 햇살에 비쳐 눈이 부셨다. 참지 못하고 드러난 어깨에 입을 맞춘 기태였다.

촉.

"음…… 몇…… 어머! 선민이 오늘 보충 간다고 했는데."

벌떡 몸을 일으킨 희수는 남편 손에 의해 그대로 가만히 눕혀졌다.

"걱정 마. 내가 먹여 보냈어."

희수는 얼굴이 빨개져 몸을 시트로 가렸다.

"잘 잤어?"

"저. 저기 옷 좀."

"아직 안 입어도 돼."

"네?"

무슨 말인지 몰라 휘둥그레진 그녀 입술에 가볍게 입술을 맞춘 기태가 농담처럼 그녀에게 속삭이고 있었다.

"당신 커피 마시고 나면 다시 벗길 거니까."

"!!"

시트를 쥐어짜듯 잡고 있는 그녀의 손에 제 손을 얽으며 기태는 두 눈을 마주했다.

"당신만 괜찮다면 부족한 잠을 보충하고 싶은데 어부인, 다시 잠자면 안 되겠습니까? 아직 8시인데."

"여, 여보."

향긋한 커피 향기가 침실을 진동하며 흐릿하게 희석되자 잠시 미뤄 둔 두 사람의 사랑이 다시 불꽃을 점화했다.

이번엔 어젯밤보다 더 길고 진하게!

나중의 일이지만 두 사람은 늦둥이 딸을 보게 되었다. 선민과 무려 13살 차이가 났다. 선민이 중학교 2학년이 되었을 때였다.

◈

가족단합 캠핑을 가기로 약속한 일에 차질이 빚어졌다. 시아버지의 불참 선언 때문이었다.

시아버지의 변명은 월, 화, 수, 목, 금요일 모두 약속이 있다는 것이다. 주말이니 상관없지 않느냐고 물었더니 답이 가관이었다. 주말엔 맘에 드는 사람과 보내는 특별한 날이란다.

정말이지 본인이 황제라도 되는 것처럼 여유를 부리신다. 덕분에 모든 사람이 오해 아닌 오해를 하고 있었다. 민 씨가 재혼을 하지 않는 건 일찍 돌아가신 도진의 어머니를 깊이 사랑했기 때문이었다고.

사랑은 개뿔~!! 소문은 소문일 뿐! 우리 모두 오해하지 말자!!

그도 그럴 것이, 로맨스 그레이로 이름을 날리는 민 씨는 나름 공사다망한 하루하루를 보내고 있었기 때문이다.

'나 같은 사람이 한 여자에게 정착하는 건 모든 사람에게 손해인 거지, 아암…… 사랑은 골고루 나눠 줘야 하는 거 아니겠어? 가만있자, 오늘은 월요일이니 한 여사인가? 내일은 화요일사 여사이고.'

"저기 아버님, 차 여사님하고 사귀시는 거 아니셨어요?"

"무신! 난 박애주의자다. 위대한 마하트마 간디, 새아가 너두 알지?"

"네? 알죠."

"내 이상형이다. 비폭력 불복종. 곧 비대상, 부결혼."

"그게 무슨 뜻인지……."

"일정 대상을 두지 않는다. 결혼하지 않는디는 뜻이지 뭐긴 뭐냐. 나갔다 오마."

"에엑?"

그리고 마하트마 간디를 사칭한 카사노바 민 씨의 최후변론.

"모든 외로운 사람들이여, 나에게 오라. 내가 너희의 구원이 될 것이니."

16.

"새엄마, 일어나세요."

약 먹은 닭처럼 온몸의 기가 빠진 유진이었다. 남편 도진이
지방으로 일주일이나 출장을 가니 힘이 하나도 없었다. 기운도
없고 입맛도 없었다.

그런 유진을 하루 이틀 참아 내던 도유가 더 이상 참지 못하
고 유진을 달달 볶기 시작한 것이다.

"왜에?"

"왜는요? 다른 엄마들은 가방도 사 주고 신발도 사 주고 한
다는데 너무 심한 거 아니에요?"

"뭐어?"

아직 1월이었다. 3월이 되기까진 두 달이나 남았다고 생각했

는데 아이는 항상 앞서 가는 존재인가 보다.

"가지고 싶은 게 있니?"

"많아요."

"인터넷으로 사면 안 될까? 요새 소셜커머스 엄청 잘돼 있더라." ·

"새엄마!"

도끼눈을 하고 팔짱까지 낀 도유의 얼굴엔 불평불만이 그득그득했다.

'이렇게 오래 떨어져 있을 줄 알았더라면 미친 척하고 따라붙을 것을, 아, 후회막급이어라~'

첫날은 그럭저럭 보냈지만 사흘이 되니 금단증세가 나타나기 시작했다. 담배를 끊으면 피웠던 시간을 보충하고자 몸이 허해진다더니 내가 딱 그 짝이 아닌가.

남편 도진의 저돌적이고 야생마 같은 야밤 괴롭힘에서 벗어나 편안한 수면을 보장받은 며칠. 그런데 그 며칠이 지나자 이제는 잠도 오지 않고 급기야 무기력해지고 있었다.

"나갈 거예요? 말 거예요?"

"……불러 주면."

"뭐예요?"

"엄마라고 불러 주면 나가 쥐~"

"그런 게 어디 있어요!"

"안 불러 주면 안 나갈 꼬야."

도유는 기가 막혔다. 새엄마라는 여자는 불여우임에 틀림없었다. 아빠가 계실 적엔 지나치게 활동적이고 의욕이 넘치더니 며칠 집을 비웠다고 화장도 하지 않고 잠만 늘어지게 자고 축축 늘어진 갈대처럼 도통 맥을 못 추고 있었다.

덕분에 한창 혈기왕성한 도유마저 기분이 다운되고 있었다.

"그런 걸 시킨다고 하는 사람이 어디 있어요?"

"안 들려, 안 들려. 안 불러 주면 안 나갈 꼬야."

귀를 두 손으로 탁탁 치며 원하는 것을 재차 말하는 철딱서니 없는 여자가 바로 새엄마라는 여자였다. 어후~ 성질나!

"……마. ……ㅁ마."

"응? 뭐라고?"

"엄마라고 불렀잖아요!"

"언제? 안 들렸어. 무효야."

이를 바득바득 가는 도유였다.

"아, 대체 몇 번을 부르라는 거예요?"

"크게 아주 크게 한 번."

"엄! 마!"

"오호호홋! 그래, 아들~"

"이제 됐죠?"

"호호호! 그래, 됐어. 참참! 오늘 필요한 물건 하나씩 사 줄 때마다 엄마라고 부르기 하자. 어때?"

"뭐라고요? 안 해요."

"뭐 굳이 말하지 않아도 되긴 해. 원하는 물건이 없을 수도 있잖아?"

"……."

하지만 쇼핑이 무엇인가.

shopping = shop(숍에서) ping(눈이 핑 도는) ing(상황 진행 중인 상태) 아닌가.

즉 견물생심 진행 중 상태로 돌입하게 되는 지름길이 쇼핑이었다.

보지 않았으면 몰랐겠지만 갖고 싶은 게 이토록 많을 줄 몰랐던 도유는 학용품부터 시작해 필통도 고르며 신이 나 어쩔 줄 몰라 했다.

덕분에 유진이 엄마라는 소릴 실컷 들을 수 있던 날이기도 했다. 공책 한 권에 엄마 한 번, 신발주머니 하나에 엄마 두 번, 실내화 한 켤레에 엄마 세 번이었다. 도유가 자연스레 엄마라고 부르며 손짓하고 있었다.

"엄마, 빨리 오세요. 빨리요."

"훗훗! 알았어. 아들~"

누가 보더라도 흐뭇한 모자관계의 성립이었다. 비록 딜로 시작된 일이었지만 유진은 대만족이었다. 이 맛에 돈을 버는구나 싶기도 했다. 남편 도진의 빈자리를 아들 도유가 채워 주고 있었다.

유진은 눈을 초롱 빛내며 고르기 여념 없는 아들 도유의 기뻐하는 모습에서 행복을 느끼고 있었다. 남에게 베푼다는 행복, 나눈다는 기쁨을 알게 해 준 기특한 녀석이었다.

'저렇게 쏙 빼닮은 아들이 있으니 딸 하나 있으면 얼마나 예쁠까? 어머! 나 좀 봐? 무슨 생각을.'

몸을 배배 꼬며 상상의 나래를 펼치는 유진은 떡 줄 사람은 생각도 안 하는데 딸을 낳는다는 귀동냥으로 주워들은 비법(부부관계가 잦아야 한다. 여자가 육식을 하고 잘 먹는다 등등)을 떠올리며 배시시 웃음 짓고 있었다.

그녀의 그런 모습을 한두 번 본 게 아닌 도윤는 혀를 끌끌 차기 시작했다.

'또 꽈배기처럼 몸을 배배 배꼬는 걸 보니 엄마가 이상한 상상을 하는 게 틀림없어. 못 말려, 정말.'

오늘 도윤가 유진을 엄마라고 부른 횟수는…… 잘 기억이 나질 않았다. 10번까지는 센 것도 같은데 11번이 넘으면서 세는 걸 포기해 버린 탓이다.

그가 내 이름을 불러 주었을 때 나는 그의 꽃이 되었다. 누군가의 유명 시처럼 이름을 부르는 효과는 지대하다. 의미가 된다. 그 사람의 이름을 부름으로써 단 하나의 존재로 자리 잡는 무서운 효과가 있다는 것을 아직 어린 도윤가 알 리 만무했다.

"안녕히 주무세요. 엄마."

"그래, 잘 자. 아들."

이마에 입을 맞추고 불을 끄자 포만감 그득한 미소를 띠며 도유가 이불을 끌어당겨 꿈나라로 향했다.

방 가득 쌓인 물건들. 가지고 싶었던 것도 있고 오늘 처음 본 신기한 물건들도 있었다.

그중 가장 맘에 들었던 것은 파워레인저 인형인데 크기가 제법 크고 가운데를 누르면 색깔이 다른 빛과 파워레인저의 말소리도 흘러나왔다. 신선한 문화적 충격을 느낀 도유였다.

정말 맘으로 유진에게 고마워했고 오늘만큼은 엄마라고 불러도 하나도 손해라고 생각지 않을 정도였다. 하나도 아니고 다섯 개나 세트로 사 줄 줄 몰랐다. 까짓 엄마라는 말, 백 번도 더 해 줄 테다!!

한편 유진은 도유의 엄마 소리에 축 처졌던 기분이 어딘가로 깡그리 사라져 버렸다.

'아…… 정말 난 전생에 나라를 구한 게 틀림없어, 오호호홋.'

도진이 일주일을 채우지 못하고 5일째 되는 날 집에 돌아왔을 땐 많은 것이 달라져 보였다. 아들 도유는 한층 더 성장한 듯 보였고 무엇보다 유진을 엄마라고 부르며 따르고 있었다.

"아빠 엄마, 안녕히 주무세요."

"아들도 잘 자."

정말 신통방통한 여자였다. 오유진 그녀와 결혼한 뒤로 정신이 없긴 했지만 대만족인 도진이었다. 아들 때문에 서두른 결혼이긴 했지만 성적으로도 환상궁합을 이루었고 아들도 친자식처럼 보듬어 주었으며 내조도 남다른 그녀에게 고마운 마음이 물결처럼 일렁이는 그였다.

"고마워. 어찌 된 영문인지 모르겠지만. 기쁘다."

"당신도 참. 당연한걸요."

살며시 품에 안기는 그녀의 살 내음이 그를 자극하기 시작했다.

사랑스러운 그녀, 오늘은 아주 찐하게 사랑해 주고 싶었다. 하드하게.

유진은 바싹 달아오른 남편 도진을 더욱 부추기고 있었다. 정력에 좋다는 반찬으로 오늘 식사를 준비했고 밑반찬도 꽃게장과 삼을 넣은 장조림 등 원기를 보완하는 재료를 쓴 그녀였다.

자고로 밤 생활은 남자가 힘이 좋아야 하지 않은가. 이젠 조금 색다른 체위와 분위기를 즐길 때라 판단한 그녀였다.

그녀는 사 두었던 빅토리아 시크릿 제품 중 유명한 먹는 속옷을 드려 입었다. 체리핑크 색깔은 조명을 받으면 더욱 묘한 빛을 발하는 속옷이었다.

"헉."

"부끄러워요. 그렇게 보면."

"너무 예쁘다, 유진아."

"당신 저녁 많이 먹어서 배가 부를 텐데."

"배가 터지더라도 다 먹을 거야…… 전부 다."

부부의 밤이 깊어 갔다. 신혼 중기로 돌입한 유진과 도진은 하드 플레이로 비디오를 촬영하고 있었다. 소프트한 플레이도 좋았지만 하드한 플레이도 나름 즐거운 그들이었다.

'아…… 이거 너무 좋잖아? 다음엔 남자용 먹는 속옷으로 살까?'

욕실에서 진한 정사를 치른 그녀는 도진과 함께 샤워를 하며 머리를 굴리고 있었다.

"어머, 모임요?"

"응, 1년 한 번인 행사인데 부부동반이야. 당신 소개하라고도 하고."

검찰의 날.

1년 중 한 번인 모임이란다. 유진은 즐거워 비명이라도 지르고 싶었다. 너무나 잘나신 대 검찰청 호랑이 검사 민도진의 와이프로 공식석상에 모습을 드러내는 첫 행사 아닌가.

'오호호, 나 이런 거 너무 좋아.'

그러나…… 그곳에서 앙숙인 그놈과 재회할 줄이야.

"오호, 오유진의 실체를 남편도 아나?"

"입 다물어."

"워워, 뭘 모르나 본데 내가 아직도 네 밥인 줄 알면 착각이야."

핑글, 핑그르르.

드레스 자락이 핑그르르 도는 게 아니라 유진이 핑글핑글 돌고 있었다.

"이 자식아, 어지럽잖아."

"어지러우라고 돌리는 거야."

"이게."

앙숙인 두 사람은 탱고를 추고 있었다, 멋들어지게. 하지만 그건 보이는 광경일 뿐. 사실 그들이 나누는 대화는 아름다운 춤사위와는 다르게 살벌하기만 했다.

비밀경찰 1인자, 오유진과 비밀경찰 만년 2인자, 박초보의 만남이었다.

17

검찰의 날.

유진은 때 빼고 광내고 전날엔 안 하던 피부 마사지까지 하며 공을 들였다.

다른 날도 아니고 남편 도진의 위신을 세워 줄 역사적인 날이 아닌가. 더불어 그의 아내로서 공식적인 자리에 나가는 첫 행사이기 때문에 엄청 신경을 쓴 그녀였다.

맘 같아선 쭉 뻗은 각선미를 드러낼 수 있는 옆으로 쫘악 찢어진 차이나식 공단 드레스를 입고 싶었지만, 도진을 봐서 참고 참은 그녀였다.

이번 파티의 콘셉트는 우아, 원숙, 그리고 교양미니까.

"어떠니? 도유야."

유진은 자리에서 뱅그르르 돌며 도유에게 앞태 뒤태를 보고 감상평을 말해 달라고 조르고 있었다.

"엄마 같지 않아요."

"무슨 뜻이니?"

"엄마 같지 않고 뭐랄까? 너무."

일곱 살인 도유가 어휘가 잘 생각나지 않는지 말끝을 흐렸다.

"오호호홋! 네가 무슨 말을 하는지 알겠다. 너무 얌전하다 이 거지?"

짝!

손뼉을 치며 바로 그거다라며 눈을 빛내는 도유였다.

"맞아요, 그거예요."

"네가 몰라서 그래. 엄마는 남들에게 예쁘게 보이고 싶은데 너무 예쁘면 아빠가 불안해하셔."

이건 또 무슨 귀신 씻나락 까먹는 말인가? 라는 표정으로 그 녀를 바라보는 도유를 보고 큰 소리로 웃음 짓는 그녀였다.

"이해가 안 되는가 보구나? 예를 들어 네가 좋아하는 여자애 가 다른 남자애들에게도 친절하다면 넌 기분이 어떨 것 같니?"

"그건 안 돼죠!"

"왜에?"

"그거야 뭐…… 저에게만 잘하면 좋겠어요. 저에게만 예쁘게 보이면 되는 거잖아요."

"오호호! 바로 그거야. 네 아빠도 소유욕이 장난이 아니란다."

도유는 고개를 갸웃거리고 있었다. 알 듯 모를 듯한 유진의 말이 아리송했다. 이해 못 할 단어들도 많이 있었다. 소유욕은 뭐지?

아무래도 국어공부를 좀 더 해야 할 것 같았다.

"오늘은 늦을 것 같은데 동화책 할아버지에게 읽어 달라고 할래?"

"어쩔 수 없죠, 뭐."

도유는 상황이 상황인지라 이번은 제가 양보하기로 맘먹었다. 사실 새어머니의 각색 동화는 재미가 쏠쏠해서 이젠 하루라도 듣지 않으면 입에 가시가 돋을 지경이었다.

유진의 각색 동화 시리즈는 이러했다.

인어 공주(왕자가 인어 공주를 사랑하지만 현실에 눈뜬 인어 공주는 예쁜 다리를 얻어 더 큰 강대국의 왕자와 결혼하는 이야기), 엄지공주(엄지공주가 여러 유형의 사람들을 만나 겪어 보고 나서 신중하게 고른 소인국의 왕자와 결혼하는 이야기), 콩쥐팥쥐(새엄마와 이복 언니를 지혜로 이겨 먹고 급기야 부임하는 사또에게 슬쩍 신발을 흘려 사랑을 쟁취하는 이야기) 등등.

무궁무진한 이야기의 세계에 덩달아 도유의 상상력도 풍부해지고 있었다. 물론 이야기 한 번씩 해 줄 때마다 엄마라고 부르기는 계속되고 있었다.

"다녀올게. 아들~"

"네, 다녀오세요! 엄마."

도유는 알지 못했지만 이젠 자연스럽다 못해 일상이 된 호칭, 그건 바로 엄마라는 호칭이었다.

◆

호텔 연회장을 통째로 빌린 검찰의 날 행사는 꽤 큰 행사였다. 유진은 오늘의 콘셉트를 머릿속에 다시 한 번 되새겼다.

우아, 원숙, 교양미.

다행히 그녀의 완벽한 여자 행세는 빛을 발하는 것 같았다.

그 빌어 처먹을 새끼 박초보가 등장하기 전까진 말이다.

도진의 팔짱을 끼고 인사를 나눈 유진이 잠시 남편과 떨어져 칵테일을 홀짝이고 있을 때였다. 따가운 시선이 온몸으로 느껴져 고개를 무심코 쳐든 그녀는 뚫어질 듯이 응시하는 검은 눈동자와 허공에서 눈이 마주쳤다.

파바바바박.

파팟.

놀라 눈이 동그래진 놈은 그녀의 숙적이자 앙숙 박초보 그놈이었다.

'이런 제길!'

불안한 예감은 적중하여 그놈 박초보와 4자 대면을 하게 된 오유진이었다.

"호랑이 검사 와이프인가 보군."

"네. 총감님."

유진은 얼른 고개를 숙여 총감에게 인사를 했다.

"인사 드려요. 오유진입니다."

"반가워요. 내가 결혼식에는 사정이 있어 참석 못 했습니다."

"네."

유진의 촉각 시각 청각은 치안 총감이 아닌 느물거리는 미소를 띠고 저를 바라보는 박초보에게 가 있었다.

"너도 인사해야지? 호랑이라 불리는 민도진 검사다."

"네, 안녕하십니까. 전 이번 임명된 경무관 박초보라고 합니다."

"경무관이시라고요? 나이가?"

"하하, 제가 운이 좋아 일찍 승진을 하게 되었습니다. 총감님이 제 당숙 되십니다."

즉 박초조와 총감은 친인척이 된다는 뜻이었다. 주워들은 정보로 유진은 대충 상황을 파악하고 있었다.

"그러십니까. 자주 보게 되겠습니다."

"잘 부탁합니다."

훤칠한 남자 둘이 악수를 하며 덕담을 나누는 동안에도 유진은 발톱을 감추고 있느라 힘이 들었다. 하필…….

그때 연회에 초빙된 가수와 악단들이 연주곡을 바꾸고 있었다. 일명 댄스타임이었다.

"여보, 우리 춤춰요."

유진이 자연스레 그들과 멀어지기 위해 도진을 이끌었지만 도진이 대답을 하기 전 박 총감이 도진에게 할 말이 있는 것처럼 양해를 구하고 있었다.

"실례가 안 된다면 두 분 이야기 나누실 때 부인과 한 곡 추어도 되겠습니까?"

"네? 아…… 네."

유진은 열심히 고개를 저어 보았지만 그녀의 손목이 붙들려 플로어로 질질 끌려가고 있었다. 물론 엎어치기 한 판이면 나가떨어질 종잇장 같은 작자였지만 이 자리는 그런 자리가 아니지 않은가.

뭔가를 부탁하고 돌아온 초보가 유진의 허릴 감으며 부드러운 미소를 남발했다.

"손을 주시겠습니까, 레이디."

우욱.

욱.

레이디란다. 레이디. 이 쳐 죽일…… 하지만…….

"네, 기꺼이."

그녀의 손이 그의 손에 살포시 올려지자 모든 사람의 시선이 그들에게 집중되고 있었다. 탱고 음악에서도 유명한 곡 알파치노 주연 여인의 향기 삽입곡 Por Una Cabeza이었다.

오오.

와.

그들의 춤은 자연스레 떨어졌다 다가가는 절제된 동작으로 보아 한두 번 해 본 솜씨가 아닌 프로였다. 물론 그들은 비밀경찰이었기에 이 정도 춤이야 누워 떡 먹기라는 걸 아무도 모르고 있었다.

"반가운데? 오유진?"

"난 아냐."

"결혼을 했어? 비밀경찰이라는 건 밝힌 건가?"

"엄수 수칙도 모르냐, 인마?"

"아하! 그렇지, 그렇지 참. 그나저나 처음엔 잘못 본 줄 알았지 뭐야? 오유진이 내가 아는 오유진이 아닌 것 같더라고."

"빈정대지 마."

"아냐아냐, 칭찬이야. 이건."

"경무관이라니, 든든한 백그라운드가 있어 좋겠네."

"뭐 나쁠 건 없지, 큭큭."

"집중해."

"뭘 이 정도쯤이야, 내가 널 바닥에 내팽개쳐버릴 것 같아서 그래?"

"너 이 자식. 그러기만 해 봐. 나가서 뼈도 못 추리게 만들어줄 거니까."

"워워~ 참아야지. 이제 폭력에 대한 제재가 강화된 거 모르고 있나? 3주만 나와도 구속이야."

"……"

딱 죽을 맛이었다. 억지로 웃는 얼굴로 몸을 뱅그르르 돌리자니 안면근육에 마비가 올 것 같았다. 방법이 없기에 유진은 눈빛만 형형히 그를 쏘아볼 뿐이었다.

"자주 보게 될 것 같아, 오유진."

"꺼져."

라스트로 허리를 홱 꺾어 뒤로 한껏 젖히며 강하게 휘감는 동작으로 마무리하자 우뢰 같은 박수가 울려 퍼졌다.

부웅.

자동차 안에는 묘한 정적이 흐르고 있었다. 유진은 생각에 빠져 있었고 도진은 눈빛이 살벌하기 그지없었다.

'아, 그놈을 다시 만나다니.'

마지막으로 두 사람이 만났던 게 3년 전 싱가포르에서였는데. 재수 더럽게 없는 날이었다. 유진은 한숨을 길게 내쉬다 그제야 뭔가 이상함을 감지했다. 도진의 온몸이 경직되어 있었고 운전하는 모양새가 난폭하기 그지없었다.

"도진 씨?"

저도 모르게 휘청거린 몸을 곧추세우고 유진은 도진을 소리쳐 불러 보았다.

"천천히 달려요. 차체가. 어? 어엇?"

가속페달을 밟고 더욱 속도를 내는 도진 때문에 유진은 머리 위의 손잡이를 죽어라 붙들며 불안한 눈동자를 굴리고 있었다.

'왜 저러는 거지?'

도진은 기분이 나쁘다 못해 가슴 깊숙한 곳에서 천불이 화르르륵 타오르는 것 같았다.

기생오라비같이 생긴 저 자식이 유진과 탱고인지 망고인지를 추는데 여자들이 침을 질질 흘리며 구경하고 있었다.

거기다 보란 듯이 그녀의 허리며 엉덩이를 주물거리는 게 아닌가. 것도 괜찮다. 참을 만했다.

하지만 유진이 즐기듯 황홀한 듯 그놈을 바라보며 뭔가 열심히 속삭이고 있었다. 처음 만난 사이일 텐데 무슨 할 말이 그리도 많은가 말이다.

그리고…… 잘못 본 건지도 모르지만 그녀의 눈이 상대를 향해 묘한 불을 내뿜고 있었다. 자신에게는 한 번도 보여 주지 않는 야릇한 미소까지 그놈을 향해 남발하고 있었다.

'젠장! 된장! 막장!'

"여……여보!!"

기록적인 속도로 집을 향해 내달리는 도진으로 인해 유진은 목숨이 경각에 달했다는 경험을 하게 되었다.

'내가 탱고를 꼬옥 배우고야 말 테다. 그놈보다 더 멋지게 출 수 있다고! 이거 왜 이래?'

도진은 이를 악물고 단 한 가지 생각만 하고 있었다.

18.

박초보, 그와의 악연은 그녀가 중학교 시절, 그때부터 시작됐고 재회한 것은 전국체전이었다.

제77회 전국체전.

전국체육대회(大韓民國 全國體育大會)는 대한민국에서 매년 개최되는 종합 스포츠 경기 대회다. 줄여서 전국체전(全國體典)으로도 불린다.

대한민국 17개 광역자치단체와 재외 동포를 대표하는 20,000여 명의 선수들이 참여하며, 일반적으로 매년 10월에 시작하여 일주일 동안 진행된다. 개최지는 17개 광역자치단체를 순환하며 선정하고 경기 종목은 44개이다.

제77회 전국체육대회 때는 체전 사상 처음으로 '달곰이'라는 마스코트가 선을 보였고, 울산광역시가 새로운 시도지부로 참가하여 16개 시도가 우승을 다투었다.

성공적인 서울 올림픽 개최 10주년을 기념하는 대회로, 이만여 명의 국내 및 해외동포 선수들이 참가하여 일대 성황을 이루었다.

당시 잠시 울산으로 내려가 살았던 유진이었다.

그놈의 힘을 잘못 써 가지고 살던 데서 쫓겨와 울산으로 내려간 거였다. 이유는 힘 조절을 하지 못하고 비리비리한 놈, 박초보를 날려 버린 사건 덕분이었다.

날려 버린 건 잘 처리될 수도 있는 문제였는데, 그놈의 아비란 작자가 교육청 고위 관계자인 탓에 유진에게 전학을 강요하고 있었다. 그러게 왜 매점에서 줄을 새치기하냔 말이다. 다른 건 다 양보해도 먹는 걸 기다리는 줄에서는 양보할 수 없는 생존의 문제가 되었다.

강한 중학교 매점엔 그녀가 밥 다음으로 좋아하는 샐러드 빵을 팔고 있었다. 유진은 2교시에 도시락을 까먹고 4교시 땡 치자마자 곧장 매점으로 내달리는 게 습관이었다.

물론 그때까지 그녀의 가공할 괴력을 아는 사람은 아무도 없었다. 그런데 어디 북어대가리마냥 마른 데다 얼굴도 생기다 만 오징어 뒷다리 같은 놈이 당연하다는 듯 새치기를 하지 않은가.

다른 놈들이 입을 삐죽거리면서 머뭇머뭇 자리를 양보했지만 그녀만은 그럴 수 없었다.

"야."

넌 짖어라, 난 듣지 않는다. 뭐 이런 태도로 일관한 유진의 시선은 오로지 앞을 향해 고정되어 있었다.

"야!"

"나 말이야?"

"그래, 너 말고 여기 누가 있냐?"

"왜?"

"좋은 말 할 때 비켜라."

좋은 말? 웃기시네. 그건 협박이었다. 유진은 기분이 상해 눈이 세모꼴로 접혔지만 오로지 신경은 하나하나 없어져 가는 샐러드 빵에 꽂혀 있었다.

"너, 사람 말이 말 같지 않냐?"

뭐한 놈이 목소리만 큰 법이다. 유진은 어느 개가 짖든지 말든지 상관하지 않겠다는 듯 빵을 향해 구애하는 하트만 발사하고 있었다.

타악.

"계집애가 재수 없게 어딜 가로막고 자빠졌어? 저리 비켜!"

유진의 어깨를 확 잡아 뒤로 밀치려 한 놈은 의외로 유진이 버티고 서 있자 짜증이 솟구쳤다.

초보는 안 그래도 중간고사 성적이 거지같이 나와 집에 가면 한소리 들을 게 뻔했던 탓에 심기가 좋지 않았다. 과목당 과외 선생을 붙인 부모님이 저번보다 더 떨어진 성적을 보면 혀를 찰 게 분명했기에 기분이 착잡한 상태였다.

"줄 서, 공중도덕은 지키라고 있는 거야."

"하! 네가 지금 날 가르치려 드는 거냐? 이젠 이런 것들도 날 개 무시하네."

무시하려고 했지만 꽈배기 과자를 처먹은 새끼가 말마다 쌍욕이고 언제 봤는지 하대를 일삼는 탓에 결국 빵에서 눈을 떼고 뒤로 돌아서 하고 싶은 말을 뱉어 낸 유진이었다.

"개 무시하는 게 아냐, 질서를 지키라는 거지. 질서. 한자인데 쓸 줄 알아?"

"뭐…… 뭐? 그거 하나 모를까 봐 이게 사람 무시하고 있어. 그…… 뭣이냐 하면 그러니까. 질. 서. 지."

쿡.

큭큭.

여기저기 터지는 비웃음 소리에 얼굴이 빨개진 졸라맨(졸라 재수 없는 맨)이었다.

"秩序. 차례 질, 차례 서. 차례를 지켜라는 한자어야."

얼굴이 붉으락푸르락돼 버린 졸라맨이 흥분하며 고성을 질러 대기 시작했다.

"그딴 거는 모르겠고 안 비켜? 안 비키면 내가 무슨 짓을 할지 모른다. 경고했어."

"잠깐……만 조금 이따 이야기하자."

"이게 감히 누구 말을 끊어?"

"잠깐만 샐러드 빵이 어…… 어어?"

유진의 눈이 휘둥그레졌다. 바로 앞에서 샐러드 빵이 품절되고 것이다. 4교시가 끝나자마자 눈썹 휘날리며 달려왔건만! 30개만 공수되는 제한 품량이 코앞에서 떨어지고 만 것이었다.

"우……."

"야! 비켜!"

"내…… 빵이."

"뭐?"

"빵이 떨어졌다잖아! 이거 어떻게 할 거야! 어떻게 물어낼 거야? 앙!"

적반하장도 유분수. 아니 이런 걸 보고 기가 막히고 코가 막힌다고 하나?

졸라맨의 분기가 하늘을 찔러 대고 있었다. 압력밥솥의 추가 딸랑딸랑 8분의6 박자로 흔들거리며 스팀을 분사하기 직전까지 치달았다.

"뭐. 뭐 이딴 게 다 있어? 너 지금 누구를 보고 눈알을 부라려? 내가 누군지 몰라? 눈 안 깔아?"

유진도 화가 나 미쳐 버리기 직전이었다. 학교를 다니는 가장 큰 낙이 저 씹어 먹어도 시원찮을 시키 때문에 없어지지 않았는가.

말이야 바른말이지 사람이 배가 고프면 신경질이 늘고 화가 치밀며 혈압이 급상승한다. 더불어 채워지지 않는 위장의 빈자리로 인해 위산의 속 쓰림이 활화산 같은 화염으로 분출되기 직전이었다.

"네가 누군데? 몰라. 알고 싶지도 않고. 대통령이 누군지 몰라도 공중도덕은 잘 지켜. 너. 보. 단."

"뭐…… 뭐라고?"

유진의 눈에 그놈은 인생 최대의 적이자 쳐죽일 놈일 뿐이었다.

콱.

순식간에 유진 앞으로 와 뭘 어떻게 한 건지 주변의 아이들이 깍깍거리며 소리를 질러 댔다. 그제야 유진은 자신의 목을 잡고 비틀려는 졸라맨의 오른손이 주는 압력을 체감하고 있었다.

"어떻게 해 줄까? 지금이라도 잘못했다고 하고 내 발아래 엎드려서 빌어. 그럼 살려 준다."

"내……."

"뭐?"

"빵을 너 때문에 못 먹게 돼 버렸잖아. 이 자식아!"

"으악."

콰당탕!

매점 안이 찬물을 끼얹은 듯 조용해졌다. 무협극에서 자주 나오는 그 장면이 눈앞에 벌어진 것이다.

몸은 가느다래도 장신에다 남자인 몸을 엿가락 주무르듯 공중으로 던져 날려 버린 것이다. 오유진이.

탁탁.

손바닥을 마주쳐 손을 털며 유진은 작은 목소리로 중얼거렸다.

"별것도 아닌 멸치 대가리 같은 게 어디서 본 것은 많아 가지고 개폼 잡고 있네. 하여튼 그놈의 영화가 사람 버려 놓는단 말이지. 지가 무슨 영화에 등장하는 예비 양아치라도 되는 줄 착각하나 보지? 쯧나."

유진은 졸라맨을 던져 놓고 입맛을 다시며 매점을 나서려 하고 있었다.

"어?"

눈이 반짝 빛난 유진이었다. 바닥에 떨어진 샐러드 빵이 보였던 탓이었다. 아마도 그녀의 한 방 날리기에 놀란 누군가가 떨어뜨린 모양이었다.

그녀의 시선이 떨어진 빵과 빵 주인으로 보이는 허여멀건 밀대(밀가루 포대)에 가 닿았다.

"너…… 그거 먹을 거니?"

"어?"

"저거 저 빵 말이야. 땅에 떨어졌으니까 혹 버릴 거면 내가 먹어도 돼?"

유진의 눈동자에 please, 제발이라는 단어가 써 있었다. 간절하게.

"하지만 비닥에. 아냐아냐!! 먹어! 먹어도 돼!"

"정말?"

"당근이지!"

지금 막 저 덩치가 공중 부양하여 날아가는 것을 생방송으로 보았었다. 그런데 빵 하나에 목숨을 걸 수는 없던 밀대였다.

"야아~ 너, 참 좋은 놈이구나?"

좋은 놈 = 먹을 것 양보하는 밀대 = 착한 놈이라는 피터클래스(피 터지는 클래스) 공식을 성립한 유진은 단박에 기분이 좋아져 포장지를 벗긴 샐러드 빵을 냠냠거리며 교실 쪽으로 사라져 가고 있었다.

구석에 처박혀 해롱거리는 졸라맨은 이미 그녀의 관심 사정거리 밖으로 퇴출당한 지 오래였다.

그나마 다행이라면 다행이었달까.

졸라맨이 태도 불량한 놈이라는 점, 그리고 매점에 설치된 CCTV가 낮은 화소, 화질 저질에 무늬만 CCTV라는 점, 증언들이 일관적이지 못하다는 점, 여자가 남자를 날려 버린 말도 안 되는 증언. 즉 신빙성이 없다는 점이 정상참작 되었고, 물적 증거를 확보하지 못해 퇴학이 아닌 전학 처리로 종결되었다.

뒤끝 많고 털 많은 졸라맨의 아비란 썩을 놈의 작자가 서울 교육청 윗대가리인 탓에 울산까지 내려와야 했지만 유진은 불만이 크게 없었다.

오늘의 교훈은 이랬다.

그 밤에 그 나물(비슷한 속담으로는 초록은 동색. 콩 심은 데 콩 나고 팥 심은 데 팥 난다).

"이런들 어떠하리 저런들 어떠하리, 만수산 드렁칡이 얽혀진들 어떠하리. 이곳인들 어떠하고 저곳인들 어떠하리, 맛있는 것만 잔뜩 있다면 어디 간들 어떠하리."

유진의 단순 명료한 생각이었다. 그리고 그곳에서 그녀는 인생이 뒤바뀌게 되었다.

그 후 전국체전에 땜방으로 나가게 되었는데 정부 관계자 눈에 뜨이게 되었으며 그녀의 괴력을 실력으로 입증하는 처음 무대였던 것이다.

그리고 그녀와 그곳에서 악연이자 앙숙인 박초보를 다시 만나게 되었다.

전국체전 투포환 여자부 울산 대표 오유진, 전국체전 투포환 남자부 서울 대표 박초보로.

19

"너."

박초보였다. 유진을 울산까지 내려가게 만든 원흉. 하지만 유진은 박초보에게 감사하고 있었다.

서울에서는 공부에 취미가 없던 탓에 예습 자습 시간 동안 무의미하게 앉아 허송세월 보내는 게 곤욕이었다. 그런데 울산은 그 정도는 아니었던 것이다.

mp3로 좋아하는 노래를 다운로드해 흥얼거리며 야구부 연습 중인 운동장을 지나고 있었다. 그때,

휙!

유진은 날아오는 야구공에 머리를 맞을 뻔했다.

야구공이 무엇인가. 야구 경기를 할 때에 사용하는 공으로 로

크, 고무 또는 이것과 비슷한 재료로 만들며. 겉 부분은 흰 말가죽 또는 쇠가죽을 사용한다. 수십 개의 조각을 붙여서 만드는 축구공과는 달리 야구공은 단 두 조각으로 만든다.

저 긴말의 핵심은 야구공은 위험한 것. 더구나 던지는 사람의 힘이 알파로 작용하면 가속도가 장난이 아닌 흉기가 되는 것이다.

킥.

큭큭.

유진이 귀에 꽂았던 이어폰을 떼고 공이 날아온 방향을 쳐다보자 야구부원들끼리 킥킥대며 즐거워하고 있었다.

"저런 쌍시옷 같은 놈들을 그냥."

다쳤냐 괜찮으냐 물어보지는 못할망정 보고 비웃고 즐기고 있는 게 아닌가.

"야아, 거기 공 좀 주워 던져라."

덩치가 산만 한 놈은 유진을 향해 뻔뻔스럽게 명령까지 하고 있었다.

"킥킥. 여기까지 던질 수나 있겠어?"

"그러게, 지금도 다리가 후들거릴 텐데."

다 들린다. 다 들린다고, 이 자식들아! 유진은 오늘의 운세를 보고 나왔었다.

[동남쪽에서 귀인이 찾아온다]였었나?

귀인은 개뿔!

야구공이 날아왔다고~ 나 죽을 뻔했다고~ 연애 한 번 못 해 보고 처녀귀신이 될 뻔했다고~ 나만을 오매불망 기다릴 미래의 남편을 총각귀신 만들 뻔했다고!

"야! 야구공 좀 던지 달란 말 안 들리냐?"

유진의 눈알이 확 돌아 버렸다. 공을 쥔 세 개의 손가락에 힘이 가해지나 싶더니 오른팔이 360도 공회전을 했다.

휘이잉.

쌔애앵—

"야. 거기…… 으악!"

아슬아슬하게 얼굴을 비껴 운동장을 두르는 철망에 꽂힌 야구공의 엄청난 속도에 입을 다물지 못하는 살인미수범의 얼굴이 흙빛으로 변해 버렸다.

"……억."

"저거, 저거 좀 봐."

"에엑."

그들은 눈을 의심하고 있었다. 날아온 야구공이 철망에 꽂혀 있는데. 철망은 이미 찢어져 있었고 야구공에 선명한 세 개의 손가락이 찍혀 있었다.

"설마."

100미터는 아니지만 60미터는 족히 넘는 거리였다. 시속은 스피드건으로 재 보진 않았지만 프로야구 평균 속도가 140인데 그에 맞먹는 듯했다.

거기다…… 얼마나 힘이 세면 철망이 찢어졌단 말인가.

유진은 그놈들이 뭐라고 말하든지 말든지 상관 않고 다시 이어폰을 꽂고 노래를 들으며 귀가하고 있었다.

"아줌마."

"오, 유진이 왔구나."

"네. 저 항상 먹는 대로 주세요."

"또?"

"네."

"오늘 급식 별로였니?"

"아뇨. 봄 다가온다고 나물이 나왔어요. 비빔밥인데 맛있던데요."

"……그러고도 배가 고파?"

"네."

"자, 여기 떡볶이 2인분, 순대 1인분, 어묵 2인분."

"삶은 계란 넣으셨죠?"

"그럼."

학교 앞 포장마차에서 떡볶이 장사를 하는 하 씨는 유진을 보며 입을 다물지 못했다.

어느 날 갑자기 찾아와 맛을 보더니 단골처럼 드나드는 아이였다. 처음엔 포장을 해서 가는 건 줄 알았지만 눈앞에서 게 눈 감추듯 모조리 접시를 비우는 게 아닌가.

살다 살다 이렇게 잘 먹는 여자아이는 처음이었다. 아무리 성장기라 해도 말이다. 여자애가······.

"떡볶이 1인분 더 주세요."

"어? 오늘 무슨 일 있었어?"

"네. 안 써도 되는 힘을 썼지 뭐예요."

"······?"

"그런 게 있어요. 무식한 자식들이 글러브에 꽂을 공을 제 머리에 던지잖아요. 만약 내 어딘가가 다쳤거나 내 소중한 mp3를 고장 냈다면. 으득."

"고장 냈다면?"

"그놈들은 오늘 집에 다 갔다고 봐야죠."

하 씨는 유진의 농담이 농담 같지 않게 들렸다. 저번 위험하던 순간을 기억하기 때문이었다.

그날은 단속이 나온다는 정보에 리어카를 비스듬히 세워 두고 언제든 거둬 도망갈 만반의 준비를 하고 있었다. 하루 벌어 하루 사는 장사인데 범칙금을 납부하고 나면 정말이지 남는 게 없었다.

<u>호르르.</u>

<u>호르르륵.</u>

"아줌마! 거기 서요! 세워요!"

단속 경찰이 떴다. 서둘러 괴어 둔 돌을 치우고 냅다 리어카를 몰고 도망치기 시작했다. 그런데 누군가 뒤를 미는 것같이 이상하게 수월했다.

가끔은 앞에서 끄는 제가 허공에 붕 떠다닌다는 느낌도 들었다. 내리막길이라 그렇겠지 싶은 하 씨는 한참 동안 달리고 달려 소리가 멀어질 때쯤이 되자 겨우 달려가던 속도를 늦추었다.

헉.

헉헉.

"여기요."

"!"

"힘드시죠?"

불쑥 튀어나온 목소리에 하 씨는 뒤를 돌아보았다.

"유진 학생?"

씩.

그러고 보니 유진이 떡볶이를 먹고 있었다. 그런데 왜 지금…….

"설마 유진 학생이 뒤를 밀어 준 거야?"

"네."

"그냥 가지 힘들게 왜 그랬어."

"헤헤. 어떻게 그래요. 그리고 저는 힘이 남아도는 학생이니까 걱정 마세요."

하 씨는 고마워 눈물이 났다. 아파서 병상에 몸져누운 남편 병원비는 만만치 않았다. 본래 이 포장마차는 남편이 하던 것이었다. 밤길에 포장마차를 정리하고 돌아오던 중 **뺑소니**를 당해 병상에 눕게 된 남편 대신 생활전선에 뛰어들 수밖에 없던 하 씨였다.

얼굴빛이 안 좋은 하 씨를 보던 유진이 기함할 말을 내뱉었다.

"걱정 마세요, 제가 전부 챙겨 왔어요. 그릇도, 가스통도요."

"뭐어?"

그릇은 모르겠지만 가스통까지 가지고 오다니. 무슨 말도…… 어어?

유진의 오른손에 가스통이 들려 있었다. 그렇다는 건 가스통을 들고 달려왔다는 건가?

그런 말도 안 되는!

정말이지 말도 안 되는 생각에 하 씨가 고개를 절레절레 저었다. 가스비는 얼마 안 되지만 가스통은 다시 구입하려면 7만 원이나 든다. 없는 살림에 그 비용이 부담되는 게 현실이었다.

"제가 챙겨 왔어요. 다른 건 몰라도 이거 구하시려면 돈 엄청 드시잖아요."

"어떻게?"

"제가 남보다 힘이 좀 세요. 자랑할 건 못 되지만 이런 때 쓰라고 주신 힘이 아닐까요?"

그날 이후 출근도장을 찍는 유진 때문에 일이 훨씬 수월해진 하 씨였다. 병원에 있는 남편도 점차 회복되어 가는 중이었다.

"천천히 먹어. 이건 보너스."

"감사합니다."

하 씨는 남편이 퇴원하면 아이를 가지자고 할 참이었다.

둘이서만 알콩달콩 살면서 늙어 가면 된다고 생각했다. 그렇지만 그들에게도 삶의 낙이 필요하다는 생각이 어느 순간 들었다. 그리고 꼭 유진 같은 딸을 낳았으면 좋겠다는 구체적인 생각으로 바뀌었다. 그 생각을 하며 하 씨는 분식이 듬뿍 담긴 접시를 내밀었다.

야구 연습실.

기합을 받고 있는 세 사람은 한동훈, 구영웅, 김훈이었다.

찢어진 철망 때문에 누가 그런 것이냐는 야구 코치의 질책과 질문에 성실히 대답했건만 믿지 않는 눈치였다. 아니, 오히려 자신을 놀리는 거냐며 화를 내셨다.

"정말이라고요! 믿어 주세요."

"코치님, 저희가 그런 게 아니라니까요."

"하늘에 걸고 맹세합니다."

야구 코치 신하인은 팔짱을 끼고 서서 세 녀석의 횡설수설하는 말을 믿지 않았다.

"이것들이 서프라이즈 찍는 줄 알아? 어디서 구라야?"

"정말이라고요!"

그때 야구 코치와 절친인 투포환 체육 담당 선생님이 들어오지 않았다면 세 놈은 야구장을 100바퀴 돌아야 했을 것이다.

"뭐야?"

"마침 잘 왔다, 이놈들이 하는 말 좀 들어봐라. 허참, 나."

투포환 담당 체육과 선생님 국태민은 고개를 끄덕이더니 철망이 찢긴 참사 현장으로 가 보자고 제안했다.

날카로운 눈으로 찢긴 곳을 살피던 그의 눈빛이 순식간에 달라졌다.

"……거리가 얼마 정도였다고?"

"네? 그러니까 60미터 정도요?"

"……그물이 찢길 정도면 가속도를 감안해서 160은 된다는 소리인데."

"여자예요."

"뭐어?"

"여학생이라고요."

이런 상황이 되고서야 그들은 공을 던진 학생이 여학생임을 밝혔다.

창피함을 무릅쓰고.

"좋아, 이렇게 하자. 너희들이 내일부터 일주일 안에 그 여학생을 찾아 내 앞에 대령한다. 그렇게 한다면 모든 일을 없던 일로 해 주마. 그리고 너희가 그토록 부르짖던 고기도 배 터지게 먹여 주마."

"네? 정말요?"

그 명령을 받잡은 동훈, 영웅, 훈은 머리를 굴려 조직적으로 유진을 찾기 시작했다.

그리고 이틀을 넘겨서야 그녀를 찾을 수 있었다.

여태 그녀를 찾지 못했던 건 급식시간이면 빛의 속도로 밥을 먹고 나가 버려서 볼 수 없었고, 등교 땐 늦잠을 자서 개구멍으로 몰래 들어와 마주치지 않았던 것이었다. 하교할 땐 1등, 아니면 2등으로 나갔기 때문이다. 물론 그 시간에 그녀는 떡볶이를 흡수하고 있었다.

유진은 그들의 온갖 회유에도 끄떡도 하지 않다가 포장마차에서 파는 떡볶이 전량을 사 준다는 조건을 내걸고서야 유진을 투포환 담당 체육 선생님, 국태민 앞에 끌고 갈 수 있었다.

"오유진, 너 체전에 한번 나가 볼래?"

"싫은데요."

"뭐어?"

"귀찮아요."

"혜택이 많다. 혹시라도 메달을 따면 고등학교 진학에 가산점이 붙고, 또 일주일 동안 학교에 나가지 않아도 돼."

"에에? 정말요?"

"그래."

'올레. 학교를 안 나와도 된단다. 이런 횡재가! 오오옷.'

그렇게 투포환 후보 선수로 등록된 오유진이었다.

박초보, 그가 투포환 경기에 참가한 이유는 특수 목적고를 가야 하는데 배점에서 부족한 상황이었다. 그래서 점수를 따기 위해 참가한 것이었다.

그런데 여기서 저 원수를 다시 만나다니⋯⋯.

학년이 올라갔어도 그가 여자에게 내던져져 나뒹굴었던 일화는 꼬리표처럼 따라붙었다. 제 인생의 오점마냥.

"아⋯⋯ 쓰벌."

초보는 유진이 내뱉은 소리를 듣고 기분이 확 상했다. 저 재수 없는 계집애가!

"네가 여긴 왜 온 거냐?"

"놀러 왔다."

"뭐야!"

'생긴 것부터가 맘에 안 드는 제비 뒷다리 같은 족제비 새끼.'

여자애들이 좋아하는 타입인지 모르겠지만 유진은 저렇게 개기름이 줄줄 흐르는 낯짝은 좋아하지 않았다.

"내가 말을 말자."

홱 몸을 돌리는데 초보의 운동복 뒤에 투포환이라는 글이 쓰여 있었다.

"어? 참가한 종목이 투포환이야?"

"그렇다. 왜?"

"나도 투포환인데?"

"뭐야? 네 이름 못 본 것 같은데?"

"응. 후보 선수거든."

후보 선수란다. 그럼 그렇지. 제까짓 게 어떻게 단박에 선수 자릴 꿰찼겠는가.

"그럼 그렇지. 후보라 이거지? 주전자에 물이나 담고 포환이나 주우러 열심히 다녀라 알겠냐? 하하하."

그리고 그 말은 초보의 실수가 되었다. 이때까지만 해도 유진은 이곳에 온 목적이 땡땡이, 그리고 뇌에 바람 쐬기였는데 초보의 자극으로 말미암아 목표가 달라져 버렸으니까.

"너. 기다려. 내가 네 코를 납작 눌러 줄 테니까."

"뭐? 훗."

초보는 별 상관을 하지 않았다. 후보라는 이유 말고도 자신은 남자 대표, 유진은 여자 후보였으니 엮일 일이 절대 없을 거라 확신하고 있었던 것이다.

하지만……

—이변입니다!! 이런 일이 있을 수 있습니까?

흥분한 아나운서의 말이 초보의 신경을 거스르고 있었다.

초보는 우수한 성적으로 남자 투포환 금메달을 따냈다. 부친이 거액이 들어간 개인교습을 붙여 가능한 일이었다.

그런데 후보라던 유진이 여자 금메달을 따냈다. 너무나 쉽게, 너무나 당연하게.

금메달은 땄다고 치자. 그런데 그 메달이 자신의 메달의 빛을 잃게 만들었다는 게 문제였다.

그건 유진이 세운 투포환 기록이 신기록 때문이었다. 그런데 박초보가 세운 남자부 투포환 기록을 넘어서 버렸던 것이다. 그 것도 여자가.

"여자부 오유진이 세운 기록이 남자부 기록을 넘다니. 세상에 이런 일도 있군요."

"그러게 말입니다. 하하하."

으득.

으드득.

박초보는 다시 그를 개 꼴로 만들어 버린 인생 최대의 난적 오유진을 쏘아보고 있었다.

두 사람 악연의 2라운드는 이렇게 끝이 났다.

그리고 시간이 지나서 3라운드에서 맞부딪혔다.

3라운드는 그들을 눈여겨본 정부 사람들에 의해 비밀경찰로 훈련받기 위해 모인 곳에서 다시 점화되었다.

유도.

검도.

태권도.

격투기.

권투.

사격.

펜싱.

심지어 스포츠댄스까지.

사사건건 앞서거니 뒤서거니 하며 투지를 불태우는 그들이었다.

그러다 싱가포르 그곳에서 어쩔 수 없이 임무를 함께 하게 되었는데…… 박초보는 결국 눈물을 머금고 비밀경찰을 그만두어야 했다.

비밀경찰은 1년 단위로 점수를 매기는데 그의 평가가 엇갈렸던 것이다. 이 일을 하기엔 지나치게 감성적이고 여자를 비하하는 행동을 일삼는 그의 행동을 문제 삼아 감점을 먹인 것이다. 결국 외부 일보다 내근직에 어울린다는 자체 감사 결과가 나왔다.

◆

검찰청.

틈만 나면 어딘가로 달려가 스텝을 연습하는 도진이었다.

근성 하나만은 남다른 그는 유진을 안은 기생오라비 박초보와 그를 바라보던 아내 유진의 눈빛을 제대로 오해하고 있었다.

싱가포르에서 연인인 척 가장한 임무가 마지막이었다는 것도, 둘이 앙숙이라는 것도, 만나기만 하면 못 잡아먹어 안달이라는 것도, 도진은 전혀 알지 못했다. 오직 파이팅을 외치며 다음번에 만나면 그놈의 코를 납작 눌러 줄 생각 외엔 없었다.

하지만…… 탱고를 완벽하게 마스터했다고 자신만만해했던 순간, 다른 모임에서 자이브를 추는 유진과 초보의 모습에 좌절 모드에 돌입한 도진이었다.

"자비……?"

"아니 자이브라고요."

"자이브. 배우기 어려운가?"

"글쎄…… 아마도? 동작이 꽤 어려워요. 유연성을 많이 필요로 하는 춤이죠."

유연성이란 도진에겐 눈을 씻고 찾아보아도 없는 성질의 것이었다. 오죽하면 나무토막이라는 별명을 달고 다닐까.

탱고도 겨우 마스터했는데 자이브는 정말 불가능한 종목이었다.

"우우우."

"여보?"

"춤 잘 추고 얼굴 미끈한 놈을 여자들은 좋아하겠지?"

"뭐 눈도 호강하고 몸도 미끈하다면 여자들이 덤비…… 도진 씨?"

유진은 남편의 얼굴이 심하게 일그러진 것을 발견했다. 왜 그러지? 나가서 추라고 허락해서 춘 건데?

"당신 혹시 질투하는 거예요?"

"……"

씩.

유진은 도진의 얼굴이 굳어지자 얼른 몸을 바싹 그에게 밀착
했다.

"대신 당신은 다른 걸 잘하잖아요. 난 그런 당신이 훨씬 좋더
라."

"뭐…… 뭘 잘해?"

"알면서. 한번 시작하면 롱런하잖아요. 말이야 바른말이지 여
기 있는 여자들에게 다 물어봐요. 춤추며 스텝 밟는 남자가 좋
은가, 아니면 길고 오래가는 에너자이저가 좋은가 하고 말이에
요. 난 후자."

"유진아."

"나는요, 당신이 다른 여자하고 그렇게 몸을 붙이고 춤추면
눈 돌아 버릴 거예요. 호호호."

도진은 얼굴이 벌게지면서도 듣기 싫지 않았다. 은근히 눈빛
을 보내며 나가자는 사인을 보내자 곧바로 알아듣고 고개를 끄
덕이는 눈치 빠른 아내였다.

"아직 시간이 이른데."

"우린 신혼이니까 맘대로 상상하라고 해. 그들이 상상한 그
이상을 할 예정이니까."

"어머어머 몰라요~"

그날 저녁.

두 사람은 탱고를 추긴 추었다. 춤은 몇 분을 채 넘기지 못했

다. 춤꾼들은 늘상 말한다. 춤은 신성하다, 춤을 모독하지 말라고. 유진과 도진은 이 말에 전적으로 반박하며 제대로 춤 모독을 하고 있었다.

몸을 빙글빙글 돌리면서 허릴 더듬었고.

유진이 몸을 뒤로 확 꺾자 옷을 벗겨 가며 위에서 아래로 음탕한 손을 미끄러뜨렸다.

급기야 룸의 벽에 밀쳐져 뒤로 돌려진 여자의 몸에 흔적을 새기는 남자의 손과 발, 그리고 제3의 다리가 바빠졌다.

탱고를 가장한 음란행위였다.

20.

유진은 다음 임무를 지시받았다. 이번 임무는 쪼금 위험했다. 난이도 上.

결혼을 해서일까, 결혼하기 전 날아갈 것 같았던 마음과는 달리 요즘은 이 생활이 불편한 그녀였다.

이래서 스파이나 첩보활동을 하는 요원들이 결혼을 기피하는 거겠지 싶다. 가족을 속인다는 죄의식, 그리고 혹시라도 가족에게 해가 될지 모른다는 불안이 그녀를 움츠리게 만들었다.

사랑하는 사람들이 하나둘 주위에 늘어나다 보니 걱정거리가 배가 되었다. 게다가⋯⋯.

'제길 하필 재수가 없으려니 그 자식이 낄 줄이야. 박초보 그 자식은 전생에 나랑 무슨 원수를 진 건지. 잊어버릴 만하면 나타나 잔잔한 호수에 돌을 던진단 말이지. 썩을 놈의 시키. 경무관이라면 경찰 계급의 하나로 부이사관(3급) 대우. 군인과 대응시키면 대령 정도. 어딜 봐서 그 자식이 경무관이냐 말이야? 이 나라가 썩을 대로 썩었어. 인맥과 학연으로 똘똘 뭉쳐 가지고. 아, 짱나!'

하달된 임무는 변절자 체포였다. 한때는 이 나라에 충성하는 안기부 요원이었던 백봉팔이라는 자가 변절자가 되어 나라의 기밀을 팔아먹고 있었다.

원래 내부의 적이 외부의 적보다 무서운 법.

그가 속속들이 아는 비밀이 비싸게 팔리고 난 터라 여기저기서 구멍이 숭숭 뚫리고 있었다. 자이브를 추면서 초보와 일을 하게 된 것을 알게 된 유진이었다.

하는 행동은 굼뜬 거북이 같은 게 눈치는 빨라서 그녀가 남편 도진에게 푹 빠져 있다는 것, 그리고 그가 아무것도 모른다는 것을 초보는 재미있어했다.

"임무 이야기를 하는데 왜 끈적거리며 붙는 거야? 안 떨어져?"

"어허, 협조하지? 안 그러면 곤란해질 텐데, 오유진."

"협박이라면 관둬. 지긋지긋하니까."

핑글.

다시 몸이 돌려져서 초보의 품으로 안겨 든 유진이었다. 자이브는 여자가 최대한도로 몸의 곡선을 살려 개인기를 드러낼 수 있는 종목이긴 하지만 그의 도를 넘은 저질 행동은 의도적인 게 틀림없어 보였다.

"손 안 떼?"

"왜? 싫은데? 네 남편 눈에서 레이저 빔 나오겠다. 하하하."

"알면 적당히 떨어져라. 나에게 내던져지고 싶지 않으면."

"……싫은데?"

뭐야?

유진은 이마에 열십자가 그려졌다. 정체 발각이고 뭐고 이 자식의 손모가지라도 부러뜨려야 살 것 같았다.

"이래도?"

"……으윽."

유진이 러시아 경찰에게서 배운 고문기술을 써먹었다. 일명 손목뼈 지압해 눌러 짓이기기. 살짝 비틀어도 아픈데 힘이 장사인 유진이 고문을 자행하자 처음엔 빙글거리던 초보의 얼굴 안색도 빠르게 하얗게 질려 갔다.

"아. 아. 놔라."

"헹! 누구 맘대로? 나도 거절이거든?"

그런 두 사람의 모습을 멀리서 지켜보며 또다시 질투로 활활 타오르는 도진이었다. 물론 얼굴은 아무렇지 않아 보였지만.

집으로 돌아온 부부 사이엔 넘을 수없는 불신의 어떤 벽이 존재하고 있었다.

"박초보라는 사람 어떻게 생각해?"

"네?"

화들짝 놀라며 작살 맞은 물고기처럼 펄쩍 튀어오를 뻔한 유진이었지만 표정을 감추고 시큰둥하게 대꾸하는 그녀였다.

"생각은 무슨…… 나이에 어울리지 않게 승진이 빠른 편이다, 그 정도? 더 알아야 해요?"

"아니."

"호호. 당신도 참 내 눈에는 당신이 세상에서 최고 멋진 남자예요. 오유진의 유. 일. 한. 남자."

유진의 말에 얼굴이 확 피는 도진이었다. 아내의 말 한마디에 세상을 얻은 것 같은 것 같다면 팔불출인 건가? 도진은 다운된 기분이 상승곡선을 그리기 시작하고 있었다.

하지만 웬수 놈과의 인연은 쭈욱 계속되고 있었다.

비밀경찰 임무수행을 위해 그놈과 긴밀한 연락을 주고받고 공조 협조 체제를 유지해야만 하기 때문에. 일이라 서로 상성이 맞지 않는다는 이유도, 숱한 의문도 내려두어야 했다.

하지만 변절자를 잡는 임무에서 총상을 입고 만 유진이었다. 백봉팔 그의 아지트로 잠입하여 그를 잡아오되 만약 일이 어그러지면 〈코드 A―사살해도 좋다〉는 명령이 떨어졌다.

임무가 임무인 만큼 그녀와 A급 요원 두 명이 호주로 파견됐다.

최고 요원. 보안등급 레벨 1. 국가 비상사태시 구명자순 1순위, 오유진이었다.

"여보, 저 잠시 외국에 나갔다 올게요."

"뭐?"

"바람을 쐬고 오고 싶어서요."

"같이 갈까?"

"아니에요. 당신 지금 다루는 사건 마무리되지 않았잖아요. 다음에 같이 가요."

하와이에 있는 부친을 만나러 간다는 핑계는 한 번으로 족했다. 두 번 속는 어리석은 남자는 아니었으므로.

유진은 불안해하면서 자신을 살피는 도진을 의식하고 있었다. 아무 이유도 묻지 않는 남편의 침묵이 더 신경 쓰였다. 아무래도 이번 임무를 마치면 그에게 솔직하게 이야기를 해야 할 것 같았다. 두렵지만 속이는 것도 한계가 있다고 판단한 유진이었다.

"여보. 이번 여행에 다녀오면 당신에게 할 말이 있어요. 중요한 일이라서."

"알았어, 조심히 다녀와요."

"네. 항상 고마워요. 이해해 줘서."

도진은 유진 그녀를 어느 정도 알고 있다고 생각했지만 이렇게 혼자 어딘가를 떠나려 할 때면 섭섭함과 불안이 물밀듯 밀려왔다.

마치 영원히 떠날 사람처럼 낯설었다.

제 아내는 다른 여자와 판이하게 달라서 능동적이고 매사에 시원시원하며 고정관념을 가지지 않은 그런 여자였다. 그러나. 분명 그에게 숨기는 게 있었다.

'그게 뭘까. 뭘 감추고 있는 걸까?'

그는 이미 유진, 자신의 아내를 깊이 사랑하고 있었다. 이젠 그의 인생에 없어선 안 될 중요한 사람이었다.

아들, 그리고 부친 아내 세 사람을 순위를 매겨 사랑하는 정도를 가늠할 수 없을 만큼 그녀가 필요했다.

"유진아."

"네."

"……사랑해."

갑작스러운 도진의 사랑 고백에 유진이 눈을 동그랗게 뜨자 도진은 멋쩍어 얼굴을 살짝 붉히고 있었다.

"내가 너무 늦게 말했나?"

"……아뇨. 말하지 않아도 전 진작 눈치챈걸요?"

별을 박아 놓은 듯한 그녀의 반짝거리는 눈동자 속에 퐁당 빠져 버린 도진이 침을 꼴깍 삼키자 유진이 다가와 그의 맨가슴을 더듬더듬거렸다.

"길을 걸을 때도, 숨을 쉴 때도, 나른한 오후에도 전 당신이 그리워요. 사랑을 나눌 때 당신이 얼마나 섹시한지 모르죠? 그 얼굴을 나만 볼 수 있다는 거 너무 행복해 죽을 것 같아."

"유진아."

"아. 당신 심장 고동 소리 듣기 좋다."

가슴에 얼굴을 파묻은 채 부비부비 해대는 유진 때문에 몸의 체온이 급격히 올라간 도진이었다.

"당신이 필요해요. 민도진 씨."

"맘대로. 난 네 거니까."

"정말? 내 거니까 내 맘대로 잡아먹어도 돼요?"

끄덕.

도진은 유진의 말에 고개를 끄덕였지만 여자가 남자를 잡아 먹는다는 말을 너무 쉽게 생각했다는 점이 그의 오류였다.

그 날 도진은 유진에게 진상된 먹이가 됐다. 유진은 암거미 아라크네처럼 수거미 도진을 완벽하게 통째로 삼켜 버린 것이다.

"허억."

"큭."

도진의 허벅지 위로 올라가 허리 돌려 춤추기. 일명 베테랑만 가능하다는 후좌위, 침대에 묶은 뒤 올라타기, 입에 물을 머금 다가 도진의 입으로 가슴으로 입술을 옮겨 가며 온몸 맛보기, 남자의 로망, 심벌을 아이스크림처럼 핥아 주기.

유진은 환상의 손 테크닉을 구사하며 강약과 접촉을 조절하 기 시작했다. 손바닥, 손등, 주먹, 손날, 손가락 지문 뷰, 손톱의 등, 손톱 끝 순으로 자극을 진행하다 그가 지켜보는 앞에서 스 스로 자신의 둥근 가슴과 유두, 엉덩이, 치골을 만지작거리며 자극해 댔다.

색다른 체위와 유진의 도발에 다른 날보다 훨씬 흥분한 도진이었다. 날로 날로 발전을 거듭하며 진화하는 포켓몬스터 같은 부부였다.

◆

백봉팔. 그가 호주 캔버라에 은거한다는 첩보에 파견된 유진을 포함한 세 명, 그리고 초보도 꼈다. 경무관이 되었지만 그는 현장에 침투하며 맛보았던 흥분을 잊지 못하고 있었다.

위험한 임무.

하지만 이미 자신들의 신상과 정체가 발각 났음을 이들은 눈치채지 못하고 있었다.

탕.

탕탕.

타앙.

캔버라 뒷골목에서 총성 여러 번이 동시에 울렸다. 두 세력이 충돌한 것이었다.

아지트를 몰래 잠입하던 비밀경찰 셋을 이미 그들을 기다리던 자들과 전면전을 치르게 되었다.

타앙.

"오유진!"

"……야, 이 새끼. 그러니까 넌 빠지라고 했잖……."

"오유진, 정신 차려. 야! 눈 떠!"

남자 넷. 이미 그녀 일행을 기다리던 자들에게 붙잡혀 있던 유진 일행은 그녀가 묶인 밧줄을 풀고 책상을 내던지며 도망을 치려던 찰나 구한답시고 뛰어든 초보의 초보 짓거리로 인해 일이 꼬이고 말았다. 앞뒤 안 재고 구하러 달려온 멍청한 짓으로 인해 그들에게 틈을 보이고 만 것이다.

"씹, 총이 더 있었잖아. 총……."

어깨와 발에 총상을 입고 피를 흘리는 유진을 둘러업고 그들이 그곳을 빠져나오자마자 폭탄이 터지듯 아지트가 와르르 무너져 내렸다.

호주 퀸즐랜드 주 병원.

"어떻게 되었습니까."

"환자가 워낙 건강체라 다행이었습니다. 총알도 빼냈고요."

"그럼?"

"생명엔 지장이 없습니다만."

"뭡니까?"

"하고 있는 일이 일인지라. 앞으론 힘들 것 같습니다."

"그게 무슨 말입니까?"

"좌측 대퇴부와 오른쪽 견갑골 부분 완전 치료가 어렵습니다. 집중치료 후 지속적인 물리치료가 필요합니다. 만약 게을리

하면 마비가 올지도 모릅니다."

"뭐라구요?"

초보는 사실상 비밀경찰 임무수행 불가라는 의사의 진단에 망연자실하여 정신을 놓고 있었다. 그가 겪었던 비참함. 그것을 유진이 겪게 될 줄 몰랐다.

이렇게 되다니. 이 모든 것은 제 탓이었다. 그가 앞뒤 재지 않고 뛰어들지만 않았더라도…….

◆

일주일이면 돌아온다던 유진이 2주가 지나도 돌아오지 않고 있었다. 여행이 즐거워 조금 더 있다 돌아온다는 전화를 받았다.

도진은 유진이 가볍고 자유로운 영혼이라 그런 거라고 이해하려 했지만 그건 머리였고 마음은 이미 분노와 괘씸함이 자리를 넓혀 가고 있었던 것이다.

유진이 이틀 만에 깨어나고 호주에서 비밀리 재활 훈련을 하고 있다는 것을 알 리 없는 도진으로선 당연한 일이었다.

—경무관 박초보입니다. 시간 좀 내주시겠습니까?

만나자는 연락에 도진은 고개를 갸웃거렸지만 아내의 일 때문이란다.

'그녀가 분명 박초보를 알지 못한다고 하지 않았나?'

병원에서도 한국에 돌아오기 위해 피땀을 흘리는 유진을 바라보며 가슴에 돌덩이를 매단 것 같은 중압감에 시달렸던 초보는 유진이 시키지도 않았는데 괜한 참견을 하고 말았다.

처음엔 우연히 여행 중에 유진을 보았노라고 건강하고 잘 지내는 것 같아 보였다는 말을 전하려 한 것이었지만, 이상한 낌새를 느낀 도진이 권하는 술을 한 잔 두 잔 받아먹다 보니 취해 버린 초보였다.

도진은 초보를 상대로 검사로서의 취조 기술 중 고급 기술을 발휘하고 있었다.

일명 나비처럼 날아 벌처럼 쏘기(부드럽게 질문하고 부추기다 넌지시 본심 떠보기).

"어디서 보았다고요? 스위스? 중국?"

"아니! 호주."

"아. 호주였군요, 하하, 가서 보니까 소문처럼 정말 좋던가요?"

"좋기는 개뿔 지금."

"지금 뭐하고 있습니까?"

"응. 나 때문에 다쳤어. 나 때……."

"……다쳐요? 유진이 말입니까?"

"그래, 내가 죽일 놈. 또다시 혼자 공을 독차지할 거 같아서 밸이 꼬였거든. 난 밴댕이야."

초보의 고백에 도진의 낯색이 변했다.

"지금 유진이 어디 있습니까."

"병원에."

"어딜 어떻게 다쳤어요?"

"총상 두 발. 아직 못 움직여."

"왜 호주에 간 겁니까? 관광?"

"에이, 관광은 무슨. 비밀경찰 임무를 띠고 간 거지. 그래."

도진의 얼굴이 흙빛으로 변한 줄도 모르고 초보는 테이블에
머리를 박으며 곯아떨어지고 말았다.

한밤 중.

초보를 둘러메고 집에 데려와 손님 방 침대에 눕힌 도진의
얼굴이 복잡해 보였다.

어둠 속에서 가만히 내려다보던 도진은 상의를 뒤져 그의 핸
드폰을 열어 보았다. 수많은 번호 속에 그가 궁금한 건 호주에
관광을 가 있다는 아내 유진의 전화번호와 그리고 수없이 많이
찍힌 앞자리 61. 그것은 호주 국가번호였다.

그리고 새벽녘 도망치듯 아파트를 나가는 초보의 뒷모습이
보였다.

다음 날 아침이 밝자마자 도진은 자신이 알고 있는 모든 인
맥을 동원해 초보의 전화기에 저장되어 있던 전화번호를 조사
하게 했다. 그리고 그녀 오유진에 관해서도 초등학교에서부터
지금까지 행적을 낱낱이 조사하도록 지시했다.

일어나 한참을 두리번거리던 초보는 조각난 기억을 떠올리며 얼굴을 찌푸렸다. 뭔진 몰라도 화약고를 건드린 것만 같았다. 호랑이 검사로 유명한 민도진을 너무 얕보았었나 보다.

다시 한 번 비밀경찰로서의 비밀엄수를 지키지 못한 자신의 무능력함을 뼈저리게 깨닫는 초보였다.

"비. 밀. 경. 찰? 그것도 국가 안보 등급 중 최고인 A1."

도진은 책상에 앉아 사무실 불도 켜지 않고 얼음이 되어 있었다.

　호주 퀸즐랜드 병원에서 비밀리 다른 곳으로 옮긴 유진이었다. 하루라도 빨리 한국으로 돌아가기 위해 최선을 다하고 있었다. 남들이 한 달이 걸린다는 물리치료를 2주 동안 땀 **뻘뻘** 흘려 가며 죽어라 실행하는 그녀였다.

　그렇게 보름이 지나고 나서야 비행기에 오른 유진은 사랑하는 사람들을 본다는 기쁨으로 얼굴이 환한 달덩이처럼 피어나고 있었다. 그녀의 신분이 발각된지도 모른 채.

　"도유야."

　"엄마."

　들어서자마자 도유가 유진의 품에 답싹 안겨 왔다. 유진은 세상을 다 얻은 것처럼 품에 안은 아들을 꽈악 껴안고 저도 모르게 눈을 감고 있었다. 살아 돌아온 것이 이렇게 기쁠 줄이야.

"잘 있었어?"

"응, 엄마. 이젠 아무 데도 가지 마요."

"그래그래."

찰떡처럼 붙어 떨어지지 않는 모자를 보며 민 씨 할아버지 또한 안도의 한숨을 내쉬고 있었다. 요 근래 아들 도진의 얼굴이 살벌하기 그지없었기 때문이었다. 며느리 유진이 여행을 가서 2주를 넘기니 집안 꼴도 말이 아니었다.

이래서 여자가 집안에 있어야 하는 법이다.

"잘 다녀왔냐?"

"네. 아버님."

민 씨는 고개를 갸웃거리며 유진을 바라보았다. 화색이 돌기는 하는 것 같은데 자세히 살피니 짙은 화장으로 가린 듯싶었다. 게다가 안색이 평소보다 창백해 보였고 어딘가 움직임도 부자연스러웠다.

"엄마, 엄마, 엄마."

이젠 노래 부르듯 자연스레 흘러나오는 손자 도유의 흥분된 목소리가 민 씨를 상념에서 벗어나게 했다.

도유는 오랜만에 만난 제 엄마를 보자 흥분한 모양이었다. 기쁨이 가득한 얼굴로 손을 꼬옥 붙들고 유진의 뒤만 따르는 모양새가 꼭 어미 닭을 졸졸졸 쫓아다니는 노란 병아리 같았다.

의젓하다 못해 애어른 같았던 아이였다. 남들은 철이 일찍 들어서 손이 가지 않아 좋겠다며 부러워들 했지만 그에겐 손지는 아픈 손가락이었다.

그래서 옛날보다 훨씬 감정을 솔직히 표현하고 떼를 쓰며 골을 부리기도 하는 현재의 민도유가 훨씬 맘에 들었다. 아이는 역시 아이다워야 사랑스러운 법이 아닌가.

하지만…….

"여보. 오셨어요?"

그녀의 귀가 소식에 평소보다 빨리 돌아올 줄 알고 있었는데 오히려 11시가 되어서야 귀가한 도진이었다. 하루 종일 유진 옆에 딱 붙어서 떨어지지 않던 도유가 잠이 든 지 두 시간 만이었다.

"……."

"씻으세요, 피곤하시죠?"

"……."

심상치 않았다. 남편 도진이 대환영을 하며 팔 벌려 안아 줄 거라고 기대하진 않았지만 반길 줄 알았는데. 혹 늦게 와서 화가 난 걸까?

유진은 평소와 너무 다른 남편의 싸늘함에 가슴이 미친 듯 두근거렸다.

"나와 이야기 좀 하지."

"네? 네."

기다리는 30분이 천 년 같게 느껴졌다. 알 수 없는 두려움이 물밀듯 밀려와 유진은 두 손을 꼭 쥐고 부들거리는 두 발을 붙들어 매기에 여념이 없었다.

살면서 이토록 두려운 적이 없었다. 사랑한 사람이 있었던 적도 없었고 이렇게 마음 끓인 적도 없었기에 처음 접한 생소한 공포가 그녀를 지배하고 있었다.

탁.

"나에게 할 말 없나?"

"네? 아. 미안해요. 너무 늦어서."

"……그것뿐이야?"

"그럼 뭘. 더. 아, 앞으론 주의할게요. 약속도 지키고. 이번엔 그럴 만한 사정이 있었어요."

도진의 눈이 살벌하게 빛을 발했다. 유진은 도진의 눈동자에 서린 얼어붙을 것 같은 냉혹함에 몸서리를 쳐야만 했다.

호랑이 검사, 민도진.

그가 작정하고 범인을 취조하면 웬만한 정신력으로 며칠을 못 버틴다던 그 눈빛이 저를 향하고 있었다.

"여보……."

"비. 밀. 경. 찰."

허억.

유진은 놀라 숨을 삼켜야만 했다. 비밀경찰 그녀의 정체가 탄로 나 버린 것이다. 어디서 어떻게?

"어딜 다녀온 거지?"

"호주라고. 했잖아요."

"방문 목적은?"

"그건."

"관광이라고 둘러댈 셈인 건가?"

유구무언이었다.

이런 경우 솔직히 실토하고 그에게 이해를 구하는 것이 지름길이라는 걸 알지만 유진은 입을 다물 수밖에 없었다. 그녀도 직업에 대한 윤리가 있었고 지켜야 할 비밀 엄수 규칙을 인지하고 있었기 때문이었다.

"……미안해요."

도진은 미안하다는 단 한 마디뿐, 뭘 잘했다고 조가비처럼 입을 다문 유진을 보며 화가 머리끝까지 치솟아 올랐다.

속았다는 것에도 화가 났지만 변명조차 시도하지 않는 그녀의 행동에 그는 자신이 바보 같고 무시당한 것 같았다.

악질적인 범죄를 저지른 사람들의 유형이 천차만별이듯 죄가 밝혀졌을 때 그들의 행동 양식도 매우 달랐다. 그중 가장 악질은 죄의식 자체를 느끼지 않는 사이코패스 같은 범죄자와 난 모르쇠로 일관하며 시간만 질질 끄는 범죄자였다.

시간이 지나면 잊히겠지, 누군가 해결해 주겠지 하며 기다리는 앙큼한 족속들.

그가 가장 싫어하고 염치없어하는 이기주의적인 부류였다.

"미안하다면 모든 게 다 용서되는 거라고 생각하는 건 아니겠지?"

유진은 두 손을 모은 손에 힘을 꼭 쥐었다.

배신감.

믿었던 사람에게 뒤통수를 맞은 것 같은 기분이라는 걸 알기에 지금은 나 죽었소, 내가 무조건 잘못했소, 라고 하면 조금은 화를 풀 것이라 생각했다. 그러나 그건 그녀의 잘못된 생각이었다.

비밀경찰로 지금껏 소신 있게 일을 하던 그녀였다. 가족에게 밝혀진 사실을 정부에서 알게 된다면 아마도 그녀도 앞서 간 선배의 전철을 밟아 현장 근무가 아닌 정보 수집이나 관찰 등으로 업무가 바뀌게 될 것이라고 짐작했다. 그래서 오늘을 넘기고 몸이 회복되면 그때까지만 시간을 가지고 결정을 내리리라 계획하고 있었다.

"직업상 그럴 수밖에 없었어요. 당신. 당신도 검사라는 직업 좋아하잖아요. 나도, 그래요."

"말할 기회는 얼마든지 있었어."

"알아요. 변명하고 싶진 않아요. 그렇지만. 비밀경찰이라서 제가 할 일을 하지 않은 것은 없잖아요. 그러니……."

"……뭐."

"네에?"

"그만두라고."

"도진 씨."

"위험하잖아. 당신도 그리고 우리 가족도……."

"하지만!"

"비밀경찰이라는 거 언제까지 숨길 수 있다고 생각해? 세상에 영원한 비밀은 없어."

유진은 서운했다. 어쩌면 자신의 일이 아니라고 직장을 그만두라는 말을 저리 쉽게 뱉을까. 내가 이 일을 하면서 얼마나 보람을 느끼는데. 그런데 저렇게 자신의 일이 아니라고 쉽게…….

"안 돼요."

"뭐?"

"내가 원해서 하는 일이에요. 내 적성에도 딱 맞고. 전 답답한 사무직 그런 거 정말 싫거든요."

"싫다고 가족을 위험에 빠뜨릴 수는 없잖아!"

"위험하지 않아요. 당신이 생각하는……."

"자신할 수 있어? 정말 100% 안전을 보장할 수 있느냐고."

"여보."

생소했다. 몸을 서로 부대끼며 숱한 밤을 보낸 저 남자가 오늘은 정말 남 같았다.

유진은 머리가 지끈거렸다. 아무래도 진통제 약효가 떨어진 것 같았다. 식은땀이 흐르는 것을 겨우 참으며 유진이 입을 떼려는 순간 도진이 자리에서 일어났다.

"그만둘 수 없다는 생각 바뀌면 다시 이야기하지. 오늘은 서재에서 잘 거야."

"네? 하지만. 도, 도진 씨."

탁.

벽, 두터운 방과 방 사이의 벽은 그와 그녀 사이에 거리감처럼 멀어 보였다.

별거 아닌 별거 상태가 시작되었다.

고집불통 민도진과 사명감으로 불타는 이 나라의 동량 오유진은 원만한 합의점을 찾지 못한 채 애꿎은 시간만 흘려보내고만 있었다.

그런 와중에 유진에게 새 임무가 하달되었다. 몸이 완전히 회복되지 않은 상태로 현장에 투입되었다.

어쩌면 마지막일지도 모르는 현장 실무라는 절박함, 그리고 남편 도진과의 신경전이 지속되자 너무나 힘이 들었기 때문에 회피하고 싶은 마음이 절반인 그녀가 잘못된 선택을 한 것이었다.

"오유진, 이봐!"

평소 같으면 몇 놈 공중으로 던져 넘겨 버리는 거야 예사인 그녀였지만 몸이 자기 몸 같지 않았고 빈혈로 어질어질한 탓에 비틀거리던 틈을 이용해 쫓던 여러 명의 적들이 틈을 타 한꺼번에 그녀에게 달려들었다.

퍽.

퍼억.

무수한 발길질을 당한 유진이 피투성이가 되고 나서야 다른 비밀경찰의 긴급 투입으로 린치가 멈춰졌다. 유진 최초로 누군가에게 흠씬 두들겨 맞은 역사적인 날이었다.

삐이, 삐아—

부상의 정도가 심했지만 중상은 아니었다. 문제는 다친 곳이 아물기 전에 다시 상했다는 점이었다.

"이봐요, 오유진 씨! 내 말 들립니까?"

"……."

"정신 차려요! 전신마취 들어갑니다. 5. 4. 3. 2. 1."

유진의 눈가로 이슬이 맺혀 있었다.

누군가에게 도움이 되는 사람. 다른 사람보다 특별한 일을 하는 사람. 그리고 제가 가진 유일한 재능을 펼칠 수 있었던 행복했던 때.

그 모든 것이 이제 끝을 향해 간다는 서글픈 깨달음에 그녀는 눈물짓고 있었다.

그리고 다른 감정도 느꼈다.

아, 이젠 삶이 변화할 수밖에 없겠구나. 내가 나이를 먹긴 먹는 모양이구나.

흠씬 맞으면서 시원섭섭하기도 하고 카타르시스도 느꼈다.

나, 이상한 사람인 건가?

박초보에게 연락을 받고 정신없이 병원으로 뛰어온 도진은 마취에서 깨어나지 않는 유진의 곁을 떠나지 않고 있었다.

냉전이 생각보다 오래가자 그도 지쳐 가고 있던 참이었다. 비밀경찰이라는 직업이 그렇게 좋은가? 가족이 위험할지 모른다는데도? 서운했고 일이 우선인 듯해 화도 났다.

하지만 시간이 흐르자 그녀의 입장에서 생각해 본 도진이었다. 그 또한 검사라는 직업을 누구보다 사랑하지 않는가.

일을 즐기면서 하라는 말은 어폐가 있긴 했지만 도진에게 검사라는 직업은 딱이었다. 보람도 성취감도 있었고 죄를 밝혀내고…… 범죄자가 잡혔을 때의 환희는 남달랐다.

그런 그에게 검사라는 직업을 그만두면 어떠냐고 누군가 말한다면…… 아마 울어 버릴 것 같다.

도무지 그녀 같지 않은 파리한 얼굴, 시체처럼 축 늘어 있는 몸, 온기라고는 없는 차가운 체온.

도진은 유진이 흘리는 말간 눈물을 말없이 손가락으로 닦아 주었다.

"유진아…… 일어나, 제발. 네가 이러면 난. 미안하다 내가 심했어. 네 입장도 생각해 주었어야 했는데 나만 생각했었다."

미치도록 후회되었다. 그녀가 항상 밝고 명랑해서 그리고 그를 사랑한다는 걸 알고 있어서 저도 모르게 갑질을 했나 보다.

이렇게 강수를 두면 저를 따라올 줄 알고서.

그건 참 비겁한 짓인데도 그는 그렇게 했다.

그리고 지금 후회하고 있었다.

"드르렁— 푸우."

"!"

"드르렁— 푸푸푸."

그녀는 잠을 자고 있었다. 아니 코를 골고 있었다.

수술을 하던 의사들이 혀를 내두를 정도로 그녀는 대한민국 상위 2% 내에 드는 건강체였다.

마취를 해야 하는 데 보통 사람의 두 배를 맞고서야 효과가 발생하는 특수한 신체라는 걸 알 리 없는 도진은 애절한 사랑 고백과 참회의 눈물을 흘리며 나 홀로 모노드라마를 찍다 기가 차 말이 나오지 않았다.

그녀는 잠을 자고 있던 것이다. 혼수상태에 빠진 게 아니라.

"하…… 하아…… 하하 하하. 오유진, 정말…… 사람을 들었다 놨다가. 이 민도진을 이렇게 만드는 건 아마 너뿐일 거다."

긴장이 풀린 도진은 부드러운 눈길로 유진을 내려보다 머리카락을 쓸어 넘겨 주었다. 사랑, 양보, 이해를 요구할 줄만 알았지 정작 아내 유진을 위해서 자신이 해 준 것이 무엇이 있었나 생각해 보니…… 없었다. 아무것도.

그리고 남는 건 후회뿐.

유진이 보여 준 호탕함과 배려를 당연하다는 듯 넙죽 받아먹기만 한 자신이 부끄러웠다. 그녀에게도 변명할 시간을 주었어야 옳다는 것을. 좋아하고 사랑하고 아끼던 것을 내려 두고 이별할 시간을 주었어야 했다는 것을 왜 몰랐을까.

도진의 얼굴이 점점 그녀의 얼굴에 가까이 다가가고 있었다.

바라보는 사람이 애틋할 정도로 조심스럽게 그녀의 이마에 키스하는 그의 얼굴엔 후회와 미안함, 그리고 그녀를 향한 애정이 담뿍 담겨 있었다.

22.

유진은 안절부절못했다.

요즘 왜 이렇게 이 집 남자들이 제게 잘하는지. 이건 뭐 공주 대접 수준이 아니라 황후 대접 정도는 된다고 할까.

처음엔 아파서 그런가 보다 짐작했지만 퇴원을 해서도 별반 다를 바 없이 계속되고 있었다. 그녀를 손 하나 까딱하지 않게 소파에 고이 모셔 두고 세 남자들이 가사 분담을 하고 그녀가 원하는 것이 없는지 수시로 물어 왔다.

"저기……."

유진이 소파에 앉아 담요를 덮고 있다가 분주히 움직이는 세 사람에게 운을 뗐다.

"응? 뭐 필요한 거 있어?"

"엄마, 물 가져다 드릴까요?"

"새아가, 몸이 어디 안 좋은 게야?"

남자들의 눈길과 관심을 한 몸에 받건만 불안한 느낌이 드는 건 왜인지 모르겠다. 남편 도진에게 그녀가 비밀경찰이라는 걸 들킨 이후 지속되었던 냉전도 종식되었건만 그녀는 창살 없는 감옥에 갇힌 것 같은 느낌이 들기까지 했다.

도진은 날마다 7시 땡 치면 집으로 들어왔다. 밀린 일감을 가지고서라도.

아들 도유는 그녀의 주위를 맴돌며 말 잘 듣는 착한 아이로 완벽 변신 중이었고 시아버지 민 씨는 홀로 된 할머니들을 만나지 않고 몸이 회복되는 데 좋다며 온갖 약초 달인 물을 수시로 음용하게 했다. 도라지, 더덕 달인 물, 치자, 칡즙, 오미자차.

그리고 남편 도진에게도 뭔가 진한 액체를 먹이고 있었다.

이상한 건 도진이 싫다고 거절하지 않고 주는 대로 전부 받아 마신다는 점이었다. 비위가 약한 사람이라 이상한 냄새만 나도 먹지 않은 사람인데.

"여보…… 입에 맞아요?"

"아니."

"그런데 왜 먹어요?"

"아버지 성의를 봐서 먹는 거야. 거절하면 무안해하실까 봐."

앞뒤가 맞지 않았다. 아버님이 무안해도 상관없다며 놈 자를 섞어 가며 빈정거려도 절대 출처를 모르는 이상한 약은 절대 먹을 수 없다던 입장을 고수하던 도진이지 않은가.

그런데 갑자기 철이 든 사람처럼 행동하고 있었다. 뭔가 아주 많이 석연치 않았다.

몸을 회복하는 단계에서 내근직으로 전환할 것을 일방적으로 통보받은 유진이었다.

'이젠 무슨 낙으로 살지. 후우.'

졸지에 실업자 아닌 실업자가 되었기에 힘도 없고 입맛도 잃어가는 그녀였다. 하지만…….

"잘하고 있지?"

"네."

"아빠, 파이팅."

"오케이, 파이팅이다."

"쉬쉬."

유진이 2층 방으로 올라가다 세 부자가 속닥거리는 심상찮은 모습에 얼른 벽에 몸을 붙이고 귀를 기울이고 있었다.

"내가 먹인 약, 효능은 있는 거 같냐?"

"글쎄요."

"안 되겠다, 복분자도 구해 와야겠다."

"더 이상은 못 먹어요."

"아빠, 근데 언제 여동생은 언제 나오는 거예요?"

"조금만 기다려."

"빨리 보고 싶다. 유치원에 남영이란 애가 있는데 여동생 자랑을 얼마나 하는지 몰라요."

"나도 꼬물꼬물한 예쁜 손녀를 안아 보고 싶다. 여하튼 더 힘 좀 써 봐라."

"아버지도 참, 그게 맘대로 됩니까?"

"안 되겠다. 이번 주엔 유진이 데리고 나갔다 오너라."

"네?"

"분위기 말이다. 바꿔 보란 말이다. 내가 알아보니까 딸은 금슬이 좋아야 낳는다더라."

도진이 몇 분 뒤에야 부친의 말뜻을 이해하고 화를 버럭 냈다.

"아버지!"

도유가 듣는 앞에서 참 못하는 말이 없으신 분이다.

유진이 퇴원한 후 나른해하고 의욕이 점점 다운되는 모습을 안타깝게 바라보던 그였다. 힘이 넘치다 못해 주체를 못 하던 그녀가 풀 먹은 창호지처럼 축축 늘어지자 슬슬 걱정이 앞섰다.

자신도 검사라는 직업을 그만둬야 한다면……. 생각만 해도 끔찍했다.

민 씨는 아들의 눈치가 이상하자 다그쳐 전후 사정을 알아냈던 게 병원 퇴원 전이었다.

"음. 유진이가 그렇게 위험한 일을 하고 있었구나."

"네. 그 사람이 속이려고 작정했던 건 아닐 겁니다."

"그래도 네 안사람이라고 늙은 아비 앞에서 편드는 게야?"

"죄송합니다. 아버지."

"그래. 그랬구나. 그래서 저렇게 힘이 없는 거로구나, 츳츳. 방도를 찾아 보자. 가족이 뭐냐. 힘들 때 도와주고 힘을 주는 게 가족이 아니냐. 안 그러냐?"

"감사합니다. 아버지. 이해해 주셔서."

"유진이에게 항상 고마워하고 있다. 말이야 바른말로 엄마 노릇하기 쉬울 리 없을 텐데도 얼굴 한 번 찡그리는 법이 없 더라. 덕분에 우리 손주가 많이 밝아졌어. 녀석 얼굴에 행복한 미소가 그득하더구나. 받았으니 준다는 건 어폐 있는 말일 테 고 나이가 한 살이라도 더 먹은 내가 이해하고 감싸야겠지. 안 그러냐?"

"아버지."

민 씨는 아들 도진과 손자 도유가 유진을 얼마나 사랑하는지 얼마나 아끼고 믿는지 알고 있었다.

신뢰 가득 담긴 눈으로 그녀의 뒷모습을 바라보는 아들 녀석 과 초롱초롱한 눈망울로 사랑을 줄줄 흘리고 다니는 손자가 아 닌가. 모두가 행복할 수 있는 방법을 찾다보면 어딘가 해답이 있을 거란 생각에 민 씨가 눈을 지그시 감았다.

그리고 퇴원 다음 날 유진이 약을 먹고 잠이 든 사이, 서재에선 때아닌 가족회의, 아니 가족 밀담을 진행했다. 그리고 민 씨가 모든 일을 해결할 명답을 찾았다.

유진에겐 새로운 목표이자 삶의 의지. 동시 도유에겐 믿고 의지하는 혈육.

즉 민도진과 오유진의 베이비의 탄생이었다.

그동안 유진과 도진이 음용하는 모든 약은 임신과 밀접하게 관련된 약재였다.

"새해엔 새 기운을 그리고 새사람을!"

"오, 예!"

"찬성!"

세 남자의 눈빛이 그 어떤 때보다 희망으로 밝게 빛나고 있었다.

그리고 눈치 백 단 오유진은 그들이 모의하는 내용을 듣고 금방 내용을 눈치채고 말았다. 유진이 고음의 쇳소리로 남편 이름을 불러 젖혔다.

"민도진 씨!"

"헉! 유진아."

"새 아가."

"엄마."

네 쌍의 눈동자가 허공에서 맞부딪쳤다. 당황으로 침을 꼴깍 삼키는 도유의 침 넘어가는 소리가 시계 초침 소리와 함께 귓가에 울려 퍼졌다.

싱긋.

유진이 침묵을 깨뜨렸다.

"그런 문제라면 저와도 상의했었어야죠. 이 계획에서 가장 중요한 역할이 저인 것 같은데. 안 그런가요?"

이날 이후 넷이 아닌 다섯이 되기 위한 임신 프로젝트. 하나의 목표를 위해 똘똘 뭉친 가족구성원에게 일정한 임무가 부여되었다.

민 씨는 몸에 좋다는 특히 임신에 좋다는 약재를 구해 오기로 했다.

도진은 정력에 좋다는 근거 불분명한 영양제를 먹고 몸을 튼실히 한다.

도유는 에너지와 활기를 부여하는 역할로 유진이 항상 맘을 쓰지 않게 스스로 할 일을 찾아 한다.

그리고 그녀, 유진은 임신하기 좋은 최상의 컨디션을 유지한다.

한 사람도 아닌 넷의 피눈물 나는 노력은 1년 뒤 이맘때쯤 그 결실을 맺게 되었다.

응애, 으애애애애.

4.2킬로그램 우량아 탄생. 미니 유진, 민도연.

목소리가 사내대장부 못지않은 장군감인 듯 매우 우렁찼다.

그리고 그후 미니 유진, 도연에 대해 나도는 비사가 있었다.

처음 목욕을 시키던 산부인과 간호사가 기겁을 했다. 간호사의 손을 붙든 갓난아기의 손가락 힘이 엄청 세서 잡은 자리에 자욱이 남았다나 뭐라나?

도연은 성장 발달사가 유진을 아주 닮아 있었다. 성장속도는 평균보다 엄청 빨랐고, 먹는 것도 남들보다 두 배는 먹는 데다 못 먹는 것 따윈 없었다.

만 2개월 때에 뒤집기 성공!

만 6개월 때에 뭔가를 붙잡고 서서 걸어 다니기 시작!

만 12개월 모든 것을 부서뜨렸다. 일명 천하장사! 도연이 2살 무렵엔 집 안에 남아나는 물건 없을 정도였다.

4살 때에는 집 안의 가전제품을 전부 교체하는 사태가 벌어졌다.

TV는 안고 뒤로 발라당 넘어져서 망가졌고, 냉장고는 문을 잡고 타잔 놀이하다 문짝을 떨어뜨렸다. 세탁기는 문을 여닫다 부숴 버렸다.

6살 때에는 아파트 내에서 민도연을 모르면 간첩이라는 소리를 들을 정도로 말괄량이가 되어 있었다.

그리고 현재 도연은 집에서 도마뱀과 카멜레온을 키우며 나날이 유진과 닮은 모습으로 자라고 있었다.

23

6살 민도연, 14살 민도유, 그리고 행동대장 오유진.

세 사람은 아파트 자율방범대 대원이었다. 힘이 장사인 유진과 온갖 무술을 섭렵한 중학교 1학년 도유는 그렇다 치고 리틀 유진, 도연까지 자율방범대를 하겠다고 나서자 처음엔 너무 어리다고 말리는 사람이 태반이었다.

그러나 결과적으로 도연 때문에 자율방범대는 필요한 인원을 충당하고도 남았다.

사람들은 그들 이익을 침해당했을 때는 죽일 듯 덤비며 나서지만 책임지고 봉사하는 일에는 모습을 숨기고 나서지 않는 사람이 태반이었다.

도연의 활동은 대충 이랬다.

"아저씨, 계단에서 담배 피우면 간접 흡연하는 사람들이 고통받는 거래요."

"아줌마, 그건 커다란 종량제 봉투를 사서 넣어야 하는 거라고 들었어요."

"젊은 아저씨, 그 거울 설마 관리소에서 발부하는 딱지 2천 원인데 붙이지 않고 그냥 버리시는 거 아니죠? 그죠?"

도연의 참견 덕분인지 그들의 보금자리는 조용할 날이 없었지만 환경은 날로 날로 깨끗해지고 정돈되어 갔다.

처음엔 건방지다며, 쬐끄만 게 어딜 어른을 가르치려 드는 거냐며 기분 나빠 했던 사람들은 자신을 돌아보며 반성하게 되었다. 어린아이가 똘망똘망 눈을 굴리며 이치에 맞게 말을 하는데 트집을 잡으려야 잡을 수 없던 것이다.

결국 도연 덕분에 자율 방범대원에 지원하는 이들도 하나둘 늘어나기 시작했다.

◈

"엄마, 출발!"

"그래."

"엄마, 전 다음 주가 기말고사라서."

"오빠!"

도연의 앙칼진 소리에 도유가 흠칫 몸을 떨었다.

"오빠, 난 오빠를 자랑스럽게 생각하거든? 이 정도 날씨에
춥다고 핑계 대는 건 아니지? 그치?"

후우. 도유는 한숨을 푹 내쉬었다.

다른 사람은 몰라도 도연은 도유를 너무나 잘 파악하고 있었
고 어떤 곳을 자극하면 움직이는지 훤히 꿰뚫고 있었다. 거기다
유진이 앞장서고 꼬맹이 여동생까지 빗자루를 챙겨 나가는데
별 도리가 없었다.

"어휴 그래, 간다, 가. 대신 오빠 성적 떨어지면 네가 책임져
라."

"헤헤. 책임질게. 지면 되지?"

투닥거려도 누구보다 사이가 좋은 남매를 바라보는 유진의
눈이 하트를 그리고 있었다. 자신의 배를 빌려 태어나지 않았어
도 도연과 똑같은 맘으로 사랑하는 아들 도유는 정말이지 잘 자
라 주었다.

한 해 한 해 지나갈수록 도유는 남편 도진을 점점 **빼닮**아 갔
다. 인물 훤해, 공부 잘해, 키도 어느새 유진을 훌쩍 넘어섰다.
아들을 데리고 외출할 때면 부러운 시선들이 따라붙어 절로 어
깨가 으쓱한 그녀였다.

반대로 딸 도연을 데리고 외출할 때는 항상 긴장의 연속이었
다. 엊그제는 차를 두고 가까운 곳으로 학용품을 사러 버스를

타고 갔는데 뜬금없는 말을 했었다.

"엄마."

"응?"

"저 오빠는 다리가 아픈가 봐."

무슨 소리인지 몰라 딸이 가리키는 방향을 바라보니 노약자석에 20대로 보이는 젊은 나이의 남자가 앉아 있었다.

"목발도 없고, 글쎄?"

"엄마, 내가 보기엔 얼굴색도 좋아 보이고 건강해 보이는데 왜 어른이 앞에 서 있는데도 일어나지 않는 거야?"

작은 목소리였지만 어린 도연이 하는 말이 버스라는 특정한 좁은 공간에 울려 퍼졌다. 사람들의 따가운 시선이 젊은 남자의 목덜미 덜미에 꽂혔다.

남자는 대중의 침묵 속 압박이 자신을 짓누르자 다음 정류장에서 하차했다. 더 이상 버티지 못하고 내린 것 같았다.

"할아버지, 여기 앉으세요."

"허허, 이거 참."

지팡이를 짚고 구부정하게 서 있던 노인이 젊은이가 내린 그 자리에 착석했다.

불의를 보면 참지 못하는 것은 유진을 닮았고 자신이 납득하지 못하는 일은 수십 번 설명을 요구하는 집요함은 남편 도진을 빼닮은 도연이었다.

너무 과하지는 않는지. 잘한다, 잘한다 칭찬만 해 준 것은 아닌지 교육 문제를 끊임없이 생각하며 관련 서적을 읽는 유진이었다.

수십 권을 읽어 봐도 아이를 키우는 가장 명쾌한 답을 제시하는 책은 어디에도 없는 것 같다. 사람 얼굴이 천차만별이듯 교육도 아이의 성향과 기질에 따라 다를 수밖에 없다는 것을 실감하고 있었다.

"엄마, 빨리빨리."

"그래, 알았어."

이렇게 눈이 많이 내린 뒤면 눈을 치우는 건 당연한 일이 된 민 씨네 가족이었다.

사람들이 시켜서 하기보단 자발적으로 참여해야 호응도가 높았다. 처음엔 참여하는 가족이 몇 되지 않았었지만 즐겁게 청소하고 서로에게 장난도 쳐 가며 이런저런 사람들과 이야기를 나누게 되었다.

이렇게 가족 간 대화의 장도 마련되고 시원한 바람을 쐬며 건강도 다지는 일석이조의 효과가 알려지자 하나둘 또 다른 가족이 이런 일에 참여하게 되어 늘어난 게 지금이었다.

모이다 보니 별별 직업을 가진 사람도 많았다.

얼음조각을 한다는 3층 조각가 선생님을 비롯해 플라워 숍을 운영한다는 꽃집 김예리, 운동도 하고 사람 구경도 나온다는 꼭대기층 강서오.

점점 더 많은 사람들이 모여들고 있었다.

"도유야, 도연아, 유진아."

200미터, 아니 1000미터 전방에서도 남편 도진이 부르는 소린 귀신같이 알아듣는 유진이었다.

"여봉~"

날듯이 달려가 누가 보든 말든 도진의 품에 답삭 안겨 든 유진의 화끈한 애정 공세에 얼굴이 붉어지면서도 나름 흡족한 도진이었다.

가장의 귀가를 이리 환대해 주는데 누군들 반갑지 않을까.

유진에게 항상 1순위가 자신이라는 게 그를 가슴 벅차게 했다. 자신을 발견하고 냅다 뛰어 오는 아내의 모습에서 그는 행복이란 걸 날마다 절감하며 살고 있었다.

"아빠!"

"아빠."

연달아 품으로 답삭 파고드는 두 아이까지 도합 셋을 껴안은 네 사람의 행복한 모습을 지켜보며 예랑은 독신을 고집했던 마음이 조금씩 흔들리고 있었다.

그리고 강서오라는 남자가 자꾸 추파를 던져 오고 있었다. 나름 싫진 않았다.

'이번 겨울 따뜻한 늑대 목도리 장만해 볼까?'

예랑은 힐끗 강서오를 눈으로 훑었다.

"아빠, 아빠. 그래서요."

"여보, 피곤하시죠?"

"아빠, 다녀오셨어요?"

애정 어린 시선과 관심이 듬뿍 담긴 질문들이 오고 갔고 이내 빗자루를 하나 치켜든 도진으로 인해 활기를 띠는 그곳, 그곳은 사람 냄새를 물씬 풍기는 행복한 그들만의 세계였다.

사랑과 행복은 우리 가까이에 있다. 다만 형체가 없을 뿐.

외로움으로 지쳤을 때 머물러 주는 것만으로도 큰 위로가 되고, 마주 잡은 두 손이 주는 온기에 마음까지 따스해지는 그건, 바로 가족.

우리가 희로애락을 느끼고 갈등하고 싸우며 이 순간이 어서 어서 지나가기를 바라지만 그 지나간 추억을 되돌아보며 추억이라 말할 수 있을 때 우린 이미 나이가 들어 버렸다. 하지만 슬픈 기억은 바래지고 기뻤던 일은 기억에 남아 훗날 우릴 위로한다.

시간은 흘러가지만 항상 새로운 내일이 있기에 쉼 없는 하루하루를 보내고 있다.

그리움은 다시 돌아갈 수 없다는 전제에서 비롯된 과거에게 부여하는 이야기. 다시 그때로 돌아간다 해도 각자 같은 선택을 할는지 장담할 수 없다.

지금 과거를 떠올릴 때 미안한 마음이 들지 않게 후회하지 않게 행동하려 애쓴다는 것. 그것이 지금을 사는 가장 최선이지 않을까?

여러 밤을 지나 울고 웃었던 기억들이 그 어떤 것보다 소중하다는 것을 가족이 된 그들은 잘 알고 있었다.

여러분은 행복하기 위해 어떤 노력을 하고 계십니까?

—fin

유기태 검사보와 아내 임희수, 두 사람 사이에서 둘째가 태어났다고 한다.

유진은 기쁜 맘으로 산부인과 병실을 찾았다. 얼굴이 부었어도 너무나 행복해 보이는 희수가 그들을 맞이했다.

"축하해요. 너무너무 예뻐요."

"감사합니다. 뭘 이런 걸 다……."

희수가 좋아한다는 프리지어를 사 온 유진이었다.

마침 아이가 젖 먹을 시간이라고 아이를 데리고 들어온 간호사 때문에 남자들은 잠시 이야길 나눈다며 밖으로 나가고 둘만 남게 된 유진과 희수였다.

젖을 빨아먹는 갓난아이를 흐뭇하게 바라보는 유진에게 희수가 도유 동생을 만들어 줄 때가 되지 않았냐며 조용히 말을 걸어왔다. 그 말에 얼굴만 붉히는 유진이었다.

"혹 도유가 걱정되어서 그러세요?"

"그런 이유도 있고 다른 이유도 있어서."

"저도 많이 걱정했어요. 첫째 선민이와 너무 터울이 지기도 하고, 또 나이가 있는데 주책인가 싶기도 해서요. 하지만 지금은 정말 잘했다 생각해요. 남편도 선민이도 그렇게 좋아할 수가 없네요. 이게 다 유진 씨 덕분이에요."

"별말씀을 다. 제가 부끄러워지잖아요."

덕담이 오고 갔다. 유진은 행복해하는 모녀를 바라보며 절로 저도 기분이 좋아지고 있었다. 그리고 언젠가는 갖게 될 도진과의 2세를 상상하며 얼굴이 붉어졌다.

집으로 돌아온 유진은 도진에게 희수와 한 이야기를 주저리주저리 풀어놓았다.

"그래? 유 검사보 와이프가 고맙대?"

"네, 참 보기 좋아 보였어요."

도진은 연신 유 검사보 와이프와 아기 이야기를 하는 유진이 신경 쓰였다.

도유를 위해 잠시 아이가 지기를 유보하자던 그의 말을 잘 지키는 아내였다. 한편으론 마음이 무거워지기도 했다. 그의 아내도 여자이기에 아이를 가지고 싶어 하지는 않을까. 그가 서운해하게 한 건 아닐까 여러 생각이 들면서 진심으로 아내에게 미안했다.

사랑하는 마음이 샘솟을수록 더 강해질수록 그런 그의 죄의식이 커져 가고 있었다.

"오늘 외식하고 갈까?"

"도유랑 아버님이 기다리잖아요."

"하루쯤 괜찮아, 당신과 데이트한 지도 오래되었잖아, 가지."

유진은 도진과 외출 준비를 서둘렀다.

근사한 곳에서 데이트를 하고 나서도 남편 도진은 굳이 백화점으로 그녀를 데리고 가 선물을 골라 보라 보채고 있었다.

손사래를 치며 거절하던 유진의 눈에 헤어핀과 액세서리를 파는 작은 매장이 눈에 들어왔다. 수공예품인 듯 고급스럽기도 하고 눈길을 끄는 특별함이 있는 그런 숍이었다.

"어서 오세요."

젊은 아가씨가 친절하게 다가와 둘러보라고 안내하자 유진은 편한 맘으로 이곳저곳을 둘러보고 있었다. 부담스럽지 않은 가격과 편안함이 물씬 풍겨나는 그런 숍이었다.

그런 유진을 특별한 눈빛으로 바라보는 매장 아가씨. 그녀는 바로 미스 퐁. 전에 그녀가 백화점 엘리베이터에서 비호해 준 적이 있던 뚱뚱한 아가씨였다.

물론 지금은 환골탈태하여 날씬하고 어여쁜 아가씨가 되어 있었고, 이 매장의 소유주이기도 했다.

"맘에 드시는 것 있으세요?"

"네. 전부 예쁘네요. 어느 것이 좋을까?"

"제가 골라 드려도 될까요?"

끄덕.

그녀가 헤어핀과 보석으로 된 머리띠를 골라 주자 유진은 한 눈에 그것들이 맘에 들었다.

"좋네요."

"거울 비춰 드릴게요, 어떠세요?"

"어머, 예뻐라."

"당신 이거 어때요?"

"맘에 들어? 둘 다 사요."

"아니에요, 하나면 돼요. 이거 얼마지요?"

"163,000원입니다. 머리띠는 142,000원이고요. 수공예품으로 하나밖에 없는 상품이에요."

"어쩐지 특이하고 예쁘더라고요. 저 이거 머리띠 하나만 포장해 주세요."

유진이 헤어핀을 제자리에 곱게 내려놓자 미스 뚱은 두 개를 집어 계산대로 가지고 갔다.

"지금 1+1 행사기간이에요, 손님."

"어머, 백화점도 그런 걸 하나요?"

"네, 1+1 행사 마지막 날 오신 거예요. 잘 사용하셨으면 합니다."

"호호, 여보! 1+1 행사래요, 제가 이렇게 운이 좋다니까요."

"당신도 참, 그게 그리 좋아?"

"네, 덤인 거잖아요. 저도 별수 없는 대한민국 아줌마인가 봐요."

유진과 도진이 나란히 어깨를 하고 매장을 나가는 모습을 한참 지켜본 미스 뚱이었다.

전혀 아깝지 않았다. 장사치가 본전을 밑지고 팔았는데도 오히려 한없이 기쁘고 즐거웠다.

유진으로 인해 제 인생이 180도 달라지지 않았던가. 살을 뺐더니 세상이 달라졌다. 그깟 살 뺀 게 뭐라고 친구들과 부모님이 눈물을 글썽이며 좋아하셨고, 그녀도 빠르게 자존심을 회복해 갔다. 없었던 애인도 생겼다.

뭔가를 열심히 해 보자는 다짐과 함께 평소 손재주 많았던 그녀가 대학로 좌판에서 액세서리를 팔기 시작한 게 자신을 지금에까지 오게 했다.

그런 그녀를 유심히 지켜본 외삼촌이 ○○백화점에 입점을 제안했다. 외삼촌은 그 백화점의 상무이사였기에 매장을 들일 수 있었고 매출도 좋은 편이었다.

언제 다시 만나면 인사를 해야지 하고 항상 염두에 두었던 그녀를 다시 만난 미스 뚱, 하연수는 선물 받은 사람보다 훨씬 행복한 미소를 띠고 있었다.

그렇게 행복은 전염성을 띠며 빠르게 번져 가고 있었다.

◈

영암 고등학교.

도유가 한 학년이 올라가자 다시 만나게 된 건 유치원 뿌로
로반 동창, 박민규였다. 반갑다고 해야 하나, 아님 외면해야 하
나 갈피를 못 잡은 도유에게 서슴없이 다가와 알은척을 하는 민
규였다.

"야! 반갑다."

"어? 어어."

싱긋.

빙그레 웃는 민규의 얼굴이 낯설어 한참 동안 눈만 껌벅대는
도유는 그렇게 다시 만난 민규와 둘도 없는 친구가 되어 갔다.

"그래? 정말?"

"그래, 정말 우리 아빠가 그날 이후 사람이 달라지셨거든. 실
력도 부족하다면서 수련도 열심히 하셨고 몸을 낮추기 시작했
어. 그동안 항상 가부장적인 아버지 때문에 엄마가 은근 스트레
스가 심하셨거든. 그런데 달라지시는 거야. 무섭게 말이지. 물
론 좋은 쪽으로."

처음엔 원수는 외나무다리에서 만나, 이런 속담이 생각났
던 게 사실이었다. 그러나 그동안 많은 변화를 겪었다며 이야기

를 하는 민규의 얼굴에선 원망은 일절 찾아볼 수 없었다.

"네 엄만 건강히 계시냐?"

"그래."

"지금도. 힘세셔?"

"집에 가 볼래? 가서 인사나 드려."

"……그럴까?"

거절할 줄 알았는데 무척 궁금했던 모양이었다.

그러나 잠시 후…….

"으아아악."

비명소리가 울려 퍼졌다.

"도유야, 살려 줘~"

하필 엄마 유진이 요가를 간 날이었다. 물론 도유가 잊을 리
없었지만. 화요일, 목요일이면 어김없이 요가를 가는 날이었다.

도유가 귀가하자마자 민 씨는 걸음아 나 살려라 꽁무니를 빼
고 도망쳤다. 손녀 도연을 손자 도유에게 맡기고.

"내 칼을 받아라. 오바."

"살려 줘."

동생 도연이 민규가 맘에 든 모양이었다. 작은 몸으로 육탄전
을 감행하는 어린 여동생이 오빠란 말도 이상하게 하며 민규의
머리카락을 꽉 붙잡고 잡아당기는 형국.

도유에겐 익숙한 일이었지만 친구 민규는 문화적 충격으로
혼이 쏙 나가 버린 모양이었다.

"잠시만 기다려. 먹을 것 좀 내갈게."

"으아아악. 아냐아냐. 먹을 것은 되었고 어서 이리 와. 네 동생 좀 어떻게 해 봐. 야!"

"오바야. 내 칼을 받아, 안 받아? 앙?"

그리고 아주 먼 미래. 박민규는 민도유의 처남이 된다나?

역시 사람 일은 모르는 법. 살아 봐야 안다던 어른들의 말이 하나도 틀린 게 없다.

그들의 끝나지 않은 이야기

　박민규와 민도유, 민도연. 그들의 인연은 오래 이어졌고 꽤 질겼다.

　민규는 체육학과를 졸업하고 태권도 대표 선수가 되었고, 도유는 공군 ROTC에 입관했다. K대학교 항공운항학과 후보생으로 조종 특기로 선발되어 전액 장학금을 지원받고 임관과 동시 비행 훈련에 입과 1학년 조종 장학생으로 학군단에 편입되었다.

　도유와 도연은 8년이라는 나이 차이에도 수시로 연락을 주고받고 지낼 정도로 우애가 돈독했다. 그래서 오빠의 친구 민규와도 스스럼없이 지내는 도연이었다.

　그리고 은근 허당인 민규를 도연은 맘에 두게 되었다. 대학생이 되자마자 선수촌으로 수시 방문할 만큼 적극적인 애정공세를 펼치고 있었다.

"오빠."

"……뭐하러 또 왔어?"

"나 오는 게 싫어?"

"아니…… 그건 아니지만."

민규는 한숨을 푹하고 내쉰다. 앞으로 굵직굵직한 대회를 앞두고 신경이 예민하던 차에 도연이 찾아온 게 반갑지만은 않았다. 아니 부담스럽다고 해야 정답일 것이다.

서로가 어릴 적에는 그저 동생 동생 하며 어여뻐하면 그만이었지만 이젠 남자와 여자가 되었음에도 꼬리를 흔드는 강아지마냥 무방비한 미소를 남발하는 철없는 도연을 볼 때면 이유 모를 불안으로 가슴이 묵직해져 왔다.

하지만 도연은 내심 서운했다.

오빠 도유는 면회를 가고 싶어도 면회 날이 아니면 절대 만날 수 없기에 오빠 민규라도 볼까 해서 찾아왔건만 그다지 반기지 않는 그의 얼굴 때문에 상처받고 말았다.

언제부터인지 민규가 자신을 여자로 보아 주었으면 좋겠다고 생각하게 되었다. 성격이 괄괄하고 천성이 불의를 보고 참지 못하는 터라 여성스럽지 못하다는 말은 자주 들었지만 그래도 민규 앞에서만은 여자이고 싶어졌기에 오늘도 낯부끄러운데도 노란 원피스를 입고 조신한 걸음걸이로 찾아왔는데…….

"가자."

휘파람을 불어 대는 선수촌의 다른 선수들 때문에 민규의 신경이 예민한데 친한 척하며 접근하는 어느 놈팽이가 누구냐고 눈짓을 하며 물었다. 그러자 민규가 심드렁하게 대꾸했다.

"동생이야."

"정말?"

"그래, 속고만 살았냐?"

"하하. 이렇게 예쁜 여동생이 있었다는 것을 알았다면 좀 더 잘해 줬을 텐데. 나 좀 소개해 주라."

"……."

"……도연이라고 합니다."

눈치 백 단인 그녀였다. 동생이라고 했는데 민도연이라고 할 순 없지 않은가. 그렇다고 물려받은 성을 맘대로 바꿀 수는 없었다. 애인이라고 말하는 것까진 바라지 않았지만 서슴없이 동생일 뿐이라고 단정 지어 버리는 민규 때문에 부풀었던 가슴은 바람 빠진 풍선처럼 쪼그라들며 그녀를 비참하게 만들었다.

"잘 가라."

"응, 오빠도 훈련 열심히 잘해. 갈게."

벚꽃이 휘날려 그녀의 머리카락에 안착했다.

밤을 새우다시피 준비해 온 직접 튀긴 치킨과 몸에 좋다는 재료로 만든 김밥, 그리고 피로회복에 좋다는 과일을 검색해 만든 샐러드를 다 먹은 민규는 볼일을 다 보았다는 듯 자리에서 일어나 그녀를 배웅하고 있었다.

빠른 움직임, 말없이 삼키는 무심함.

그리고 이런 거 더 준비해 오지 말았으면 좋겠다, 선수촌에 음식 하는 조리사분이 항상 상주하고 있다, 신경 쓰지 마라 경기에만 전념하고 싶다는 말들이 당연히 할 수 있는 말인데도 그녀에게 이별을 고하는 말로 들렸다.

입구까지 배웅하고 미련 없이 돌아서 버린 낯선 민규의 모습을 뒤돌아 한 번 보고 몇 걸음 더 걸어가 두 번 돌아본 도연의 눈에서 한 줄기 눈물이 흘러내렸다.

언제까지 동생과 친구일 수 없는 사이. 이젠 여자와 남자가 되어 바라보는 곳이 다른 두 사람. 그 차이를 인정하며 도연은 그렇게 첫사랑이 끝나 감을 예감하고 있었다.

"오빠, 나 오빠 참 좋아했는데 내가 변했듯 오빠도 변한 거 알아. 그렇게 선을 긋지 않아도 나 멍청한 애 아니니까 오빠가 뭘 원하는지도 알아. 아는데……. 한 번은 확인하고 싶었어. 오빠도 혹시 날 조금은 여자로 봐주진 않을까 기대도 했어. 그런데 아닌가 봐. 내가……. 친구의 동생일 뿐 이렇게 찾아와 곁에 있으면 부담스러운 거지? 날 좋아하지는 않아도 부담스러운 존재가 되는 건 더더욱 싫어. 내 성격 알지? 이거 아니면 저거. 애매한 거 딱 싫어하는 거. 두 번 다시 찾아오지 않을 거야. 다시는 오빠를 남자로 바라보지 않을 거야. 도유 오빠의 친구로만 대할게. 근데……. 오늘만, 오늘만 눈물 흘릴게. 고백 한 마디 못 한 못난 내 사랑을 위해. 오늘만."

태릉선수촌.

이제 눈을 감고 걸어도 길을 찾을 수 있을 정도로 익숙한 길이 오늘따라 낯설게만 했다.

도연은 눈앞을 가리는 흐릿한 무언가를 팔로 쓱 문지르고 흩날리는 벚꽃을 향해 혼잣말을 중얼거렸다.

"내일은 내일의 태양이 뜬다고 했으니까, 아자!"

◈

하루, 이틀, 사흘. 많으면 일주일에 서너 번 이상 문자와 전화가 왔었던 게 거짓말처럼 멈추었다.

딱히 뭐라 하지 않았지만 영특한 도연이 제가 하고 싶은 말을 알아챈 것 같아 홀가분하기도 했다.

절친의 동생 민도연.

꼬맹이 때부터 자라는 모습을 보았고 여동생이 없는 민규이기에 무척 귀여워했었다. 그러나 그도 나이를 먹지 않는가. 중요한 시합, 어쩌면 일생 한 번 있을 올림픽이 코앞이었고 여자에게 눈 돌릴 여유 따위는 없다고 판단했다. 그래서 서투른 감정을 단칼에 잘라 버린 민규였다. 이때만 해도 그는 도연이 그의 인생에서 가장 중요한 사람이라는 사실을 알지 못했다.

3년 후.

올림픽 동메달을 딴 민규는 선수 생활을 정리하고 후배 양성을 위해 고등학교 체육 선생으로 부임하였다. 그리고 도연은 직장인이 되어 있었다.

이전과 다른 점이라면 호방한 민규는 두 번의 불행했던 연애 경험으로 연애와 여자란 생물에 신물이 나 있는 상태였고, 도연은 물 만난 고기처럼 세 다리, 네 다리를 걸치며 화려한 문어발식 연애를 펼치고 있었다.

외모는 순수하고 여렸지만 행동이 엉뚱하고 시원시원한 성격 탓에 인기가 많은 그녀였다.

'오는 자 환영하고 가는 자 막지 않는다.'

어디서 많이 들어본 말, 도연은 카사노바라 불렸던 할아버지 민 씨의 영향을 받아 결혼 전 많은 연애를 해 보고 겪어 보고 골라야 실패할 확률이 줄어든다고 생각하고 있었다.

"이거 놓아주세요."

"왜 이러십니까? 도연 씨도 절 맘에 둔 것 아닙니까."

"아니라니까요, 왜 이렇게……."

세 번 정도 만났나? 남자는 의외로 찌질하고 찐득한 진드기처럼 달라붙어 떨어지지 않으려는 좀생이였다. 세 번 만났는데 차 안에서 입술을 부딪치려 하기에 뿌리치고 그만 만나자고 이야기하던 참이었다.

"그만 만나요. 이런 사람인 줄 몰랐어요. 준수 씨."

"……너 나 놀려?"

"뭐라고요?"

"웃기네. 너한테 투자한 게 얼만데. 참 꼴같잖아도 참고 있었는데 그깟 키스 한 번 해 주는 게 뭐가 아깝다고 빼고 난리야?"

"이봐요."

맘 같아선 배운 태권도로 냅다 날려 버리고 싶었지만 성격대로 하면 손해라는 것 배울 만큼 배운 나이라 눈을 찔끔 감는 도연이었다.

"됐어요. 우리 그만 만나기로 하죠."

"누구 맘대로!"

"아앗."

순식간에 뒤돌아선 그녀의 어깨를 멍이 들도록 움켜쥐고 도연을 벽으로 밀치는 준수였다.

생글거리는 환한 미소.

분명 그가 가진 부와 집안 배경을 알기 때문에 꼬리 치는 여자 중 하나라고 넘겨짚고 그녀에게 데이트를 청한 지 한 달 만이었다. 그동안 좋다는 곳, 좋아한다는 것을 선물하기 바빴지만 이제 본전을 뽑기 시작해도 좋겠다 싶어 다가섰는데…….

"이거 놓지 못해요! 소리 지를 거예요."

"질러, 질러 봐! 요새 세상에 비명 지른다고 누구 한 사람 나와 볼 것 같아? 웃기시네."

소개해 준 미영을 떠올리며 도연은 육두문자를 날리고 싶었다. 허우대 좋고 부자인 멀쩡한 육촌 오빠라고 했었나? 개뿔~ 말 한번 잘못하면 여자 칠 것 같은 불량배구만.

"경고하는데 여기서 멈추는 게 좋을 거예요."

"안 멈추겠다면?"

한 발 두 발 다가선 커다란 그림자에 그녀의 몸이 거의 가려지자 음험한 남자의 눈빛이 도연의 온몸을 기어 다니듯 훑어 내리고 있었다.

오싹했다. 한 번도 보지 못했던 날것인 사내의 번들거리는 욕정. 혀를 날름거리며 삼키고 싶어 하는 뱀 허물을 뒤집어쓴 모습에 그녀는 몸을 부르르 떨고 있었다.

던져? 말아?

타이밍을 찾으며 고민하던 찰나였다.

"뭐하는 짓이야!"

순식간에 그녀 앞을 가로막는 커다란 등. 눈을 동그랗게 뜬 도연은 온몸을 긴장상태 모드로 전환한 민규임을 알고 가슴을 쓸어내리고 있었다.

"오빠?"

"……누구 오빠라고? 그럼?"

"그래, 나 도유 오빠다. 지금 내 동생에게 뭐하는 짓이지?"

"아무것도 아닙니다. 선 그냥⋯⋯."

"경고하지만 내 동생 함부로 하면 너 가만 안 둔다. 이렇게 만들어 버린다고 알아?"

팍!

파바박.

담벼락 벽돌로 만들어진 그곳이 민규가 주먹을 쥔 채 힘껏 치자 움푹 들어갔다.

"컥."

벽돌도 한 방에 저렇게 들어가는데 만약 저 쇠뭉치 주먹에 맞기라도 한다면 전치 8주는 족히 나올 법했다.

"저, 저기⋯⋯. 도연 씨 이만⋯⋯."

줄행랑을 치듯 자동차를 향해 급한 발걸음을 하는 남자를 향해 도연이 쐐기를 박았다.

"준수 씨 지못미~"

"하! 너 지금 지못미라고 했냐?"

"왜요? 내가 못 할 말 했어요? 이 상황이 딱 그 상황인데 뭘."

"너 정말 여자가 말이야⋯⋯ 후. 관두자."

도연은 늙다리처럼 자꾸 끼어들어 남의 연애사에 이러쿵저러쿵하는 민규를 밉상이라는 듯 째려보다 초인종을 눌렀다.

"오빠 아직 안 왔다던데요?"

"그래? 늦어지나?"

"기다리면 오겠죠. 저번 휴가 때도 오기 전날 비상이 걸려 하루 늦게 왔었잖아요."

"……."

"안 들어가요?"

"회사 생활은 재미있니? 저…… 남자는 누구야?"

"재미있어요. 이준수라고 아는 사람 소개로 몇 번 만나 준 것뿐인데 오버하더라고요. 재수 없어. 정말."

"네가 행동거지를 바르게 하면 그럴 일도 없을 거다."

"오빠, 그 말 내가 뭐 헤프다 이런 말이에요? 그래요?"

"……내가 언제……."

"오빠 말이 지금 그 말 아녜요? 오빠도 그러고 보면 은근히 가부장적이고 꽉 막힌 사람 같아요. 남자는 이 여자 저 여자 만나고 다녀도 흠이 되지 않고 여자는 그러면 안 된다고 생각하는 거잖아요, 지금."

"그런 말이 어디 있어?"

"내가 오빠를 몰라요? 너무 잘 알아 탈이지. 쳇."

팩하고 토라져 문이 열리자마자 튀듯 앞으로 걸어가는 도연의 모습을 어느새 빙글거리며 바라보는 민규였다.

두 번의 연애 경험이 있었다. 순진한 줄 알았는데 완전 내숭과였던 여자와의 짧은 만남, 분위기 있고 쿨하다던 2살 위 연상녀는 사귈수록 그에게 의존도가 높아졌고 나중엔 여자의 요구를 일일이 들어주다 제풀에 나가떨어지고 말았다.

문제는 두 명의 여자들에게 있는 게 아니라 그에게 있었다.

몰입할 만큼 여자에게 빠지지 못했고 장점보다 단점이 눈에 띄이기 시작하면 급격히 감정이 식어 버렸다. 일명 단물만 빨아먹는 나쁜 놈이 바로 그였다. 결국 표면적으론 그가 차였지만 잘잘못을 따진다면 그의 비중이 더 컸다.

그런데 동생 도연의 일에서만은 제어가 잘 되지 않는 게 문제라면 문제였다.

친구 도유가 부재 시에는 그 대신에 도연을 책임져야 한다는 사명감 때문이라고 생각하기엔 지나친 점이 없지 않았다.

도대체 그놈의 청춘사업은 시와 때를 가리지 않고 계속 이어졌다.

이놈과 정리하면 저놈을 사귀고, 저놈과 오래가나 싶으면 또 다른 놈과 희희낙락하는 민도연.

뻔뻔스럽게도 이상한 애정관을 펼치며 잘 익었나 안 익었나 고구마를 젓가락으로 콕콕 찍어 실한 놈인지 아닌지 가늠하는 간 큰 민도연을 어떻게 하면 좋을지 방도가 없었다.

골이 당기고 골치가 아파졌다. 도연은…… 그에게 그런 존재였다. 그런데…….

"뭐?"

"팀장님하고 진한 연애 좀 해 보려고요."

"갑자기 왜?"

"나이도 있고 오빠 말처럼 진지해 볼 때라고 생각해요. 그만 큰 끌리기도 하고."

"나이는?"

"나보다 4살 위."

따끔했다. 문어발식 연애를 하는 도연이 위태로워 보여 그동안 무던히도 잔소리를 했는데 이제 그의 조언대로 진지한 연애를 해 보겠다는 도연의 말에 왜 그가 흔들리느냐 이 말이다.

"좋겠지……."

처음엔 그러다 말겠지 제 버릇 남 주겠냐 싶었지만 주변을 정리하고 오로지 그 남자 한 사람만 만나는 도연을 지켜보며 알 수 없는 초조함으로 일이 손에 잡히질 않은 민규였다.

훤칠한 키에 초콜릿 복근, 그리고 호방한 성격 탓에 같은 학교 여선생들이 그에게 호감을 표시하며 다가왔지만 마음이 가는 사람은 한 사람도 없었다. 연애가 귀찮아서라고 스스로에게 자위하며 귀한 시간만 허송하고 있던 민규였다.

그런 그를 지켜보다 두 달 전 결혼한 신혼인 1학년 체육 담당 윤 선생이 곁으로 와 커피를 건넸다.

"박샘, 참 이상해요."

"네?"

"혹시 남자에게 관심 있는 거 아니죠?"

"무슨 말입니까. 저 여자 좋아합니다!"

"그런데 왜…… 우리 샘들 사이에 이상한 소문 퍼지고 있다는 거 아세요? 남색…… 그런 말요."

"하하하."

그저 웃을 뿐 변명하고 싶지 않은 빈규였다.

"실례지만 좋아하는 여자분 있으신 거 아녜요?"

"없습니다."

"잘 생각해 보세요. 자의식이 강하면, 다른 말로 둔하면 사랑인 줄 모르는 사람도 꽤 있더라고요. 생각하면 즐겁고, 잘해 주고 싶고, 맛있는 거 먹으면 데려와 먹이고 싶고, 떠올리면 절로 웃음이 나오는 사람……. 정말 없어요?"

"……."

이상했다. 왜 도연의 환한 얼굴, 찌푸린 얼굴, 토라진 얼굴이 클로즈업되는 것일까. 왜.

"있죠? 그죠?"

"그냥 잘 아는 친구 동생입니다."

"은근히 둔하세요, 박 선생님. 사랑이 처음부터 사랑이라고 시작하는 사람 몇이나 되겠어요? 저도 제 남편과 초등학교 동창이에요. 알고 지낸 시간이 참 길었던 사람이었죠. 곁에 있던 시간이 길었기에 이 사람이라는 생각해 본 적 없었고 어쩌다 보니 시간이 흘러 버렸어요. 유학을 떠났다 돌아온 그와 재회한 순간 다시 놓치면 후회할 거라는 직감이 왔어요. 그래서 꼬옥 붙잡아 버렸죠."

윤 선생은 행복한 듯 미소를 지으며 말을 이었다.

"호호. 나중에 들으니까 그 사람도 그랬다고 하더라고요. 제

가 남의 연애사에 이러쿵저러쿵할 것은 아니지만 그래도 연애
선배이니까 보는 눈이 박샘보다 나을 거예요. 제가 보기엔 박샘
이 그 여자분, 동생으로만 보고 있지 않으신 것 같은데요."

민규는 망치로 머리를 맞은 듯했다. 윤샘이 이야기하는 말,
허투루 들리지 않았다.

그는 과연 도연을 동생으로만 생각하는 걸까? 정말 그런 걸
까?

이상한 점이 한두 가지가 아니었다. 팀장과 진지하게 사귀기
로 했다는데 왜 그가 이렇게 초조해지는가! 말할 수 없는 분노
와 감정이 휘몰아치는가에 대한 해답을 찾을 수 없었다.

처음엔 동생을 빼앗긴다는 데 화가 나는 것일 뿐이라고 애써
자신을 위로도 해 보았지만 요 며칠 그도 아닌 것 같았다.

혼란스러웠다. 벚꽃 날리던 날을 마지막으로 다시는 면회를
오지 않았던 그때처럼 뭔가 막연히 귀중한 것을 놓치고 잃어버
리는 것 같은 안타까운 감정을 다시 경험하고 있었다.

"도연아……."

퍼억!

"오빠! 그만해, 오빠!"

"이 자식! 이 자식이 널 속였어. 널 속이고 다른 여잘 만나고
다녔다고! 너…… 내 손에 죽어 봐."

"오빠!"

윤샘의 폭탄 발언으로 정신이 확 든 민규는 점점 자신의 감정을 확인하고 있었다. 돌이킬 수 없게 되기 전 제 마음을 말해 주기로 맘먹은 날, 하필이면 그 팀장이란 새끼가 도연이 아닌 다른 여잘 부둥켜안고 있는 모습을 목도한 그는 기꺼이 도연을 대신해 응징을 가하고 있었다.

"죽여 버린다! 이 새끼가 감히 누굴."

"오빠, 그만해! 제발."

"이 자식이 널 속였다고! 넌 화도 안 나?"

"오빠. 아냐, 아니라고. 우리 사귀는 거 아니라고!"

"……뭐?"

풀스윙 중이었던 민규의 주먹이 허공에서 멈추었다.

커피숍에 마주 앉은 네 사람 사이엔 침묵이 계속되고 있었다. 팀장이 계란을 눈 주위에 굴리며 아파하자 어쩔 줄 몰라 하며 호까지 불어 주는 두 연인과 팔짱을 낀 민규, 그리고 툴툴대는 도연이었다.

"아파요?"

"아니, 서원 씨가 호— 해 주니까 다 나았어."

"진우 씨도 참."

두 연인은 서로를 챙기고 바라보느라 닭털 날리는 행각을 자행하고 있었다.

"주먹을 쓸 땐 쓰더라도 전후 사정은 물어보고 쓰라고 몇 번 말했어? 오빠가 깡패야?"

"아니 난……."

"팀장님이 좋은 분이라 그렇지 요샌 고소하면 끝이라고 것도
알아?"

"……."

민규는 고양이 앞에 쥐처럼 고갤 푹 숙인 채였다. 그 모습이
이상하게 더 웃겼지만 터져 나오려는 웃음을 겨우 참고 도연은
민규를 향해 끝없는 잔소리를 퍼붓고 있었다.

"그만해요."

"팀장님."

"내가 못난 탓이죠, 뭐."

"진우 씨가 왜요."

여자가 눈물을 글썽대자 진우는 가만히 서원의 손을 붙잡았
다.

"내가 미덥지 못해도 날 따라와요. 이젠 도망가지 않는 거죠?
그렇죠?"

"진우 씨 난……."

일명 질투 작전 연인 사이인 척 연극을 했다는 거였다. 고아
에 가진 것 없는 진우의 여자 한서원을.

다그쳐 부모에게 인사시키기보다 강하게 그를 붙잡고 믿게
하고 싶었다는 의도였단다. 질투 작전은 강력한 효과를 발휘해
서원의 숨겨진 질투와 소유욕을 드러내게 만들었다. 그와 함께

세상에 나가 반대에 부딪힐 용기도 얻었다고 한다.

"난 또……. 바람피우는 걸로 오해했지……. 미안합니다."

"괜찮습니다."

두 남자가 화해하며 악수하자 서원과 도연도 눈을 마주치고 빙그레 웃고 있었다. 때린 건 분명 잘못이었지만 민규는 여전히 그녀만의 흑기사였다. 영원히 그녀만을 지켜 줄 한 사람.

그날 밤, 네 사람은 술이 곤드레만드레가 되도록 마시고 밤늦어서야 헤어졌다.

"좀 걷자, 술도 깰 겸."

택시에서 내려 두 사람은 도연의 집까지 걸어가기로 했다. 시원하고 청량한 공기 때문에 의식도 점점 또렷해져 왔다.

"오빠, 고마워. 걱정해 줘서."

"고맙기만 해?"

"응?"

"고마우면 너도 한번 갚아라."

"뭐 필요한 거 있어?"

"음."

"뭔데? 에이, 인심 썼다! 월급 타면 한턱 쏠게, 됐지?"

"아니, 그거 말고 네가 가진 거 주라."

"내가 가진 거 중에 가지고 싶은 게 있어? 뭔데?"

"……네 마음."

주위가 갑자기 조용해졌다. 도연은 민규가 뱉은 말을 듣고 믿기지 않은 듯 눈을 휘둥그레 뜬 채 더 이상 앞으로 나가지 못하고 있었다.

"도연아."

"나중에 후회할 말하지 마. 오빠, 나 듣지 않은 것으로 할게."

"도연아!"

술김에 하는 말, 감정에 복받쳐 하는 말.

그런 말을 곧이곧대로 믿을 만큼 순진한 나이는 지나 있었다. 아직도 민규를 보면 가슴 한쪽이 쓰라렸지만 시간이 지나면서 아물어 가고 있었다. 그곳을 다시 쑤셔 대고 싶지 않았다.

벚꽃 흩날리던 그날을 떠올리고 싶지 않았고 든든한 의지처를 잃고 싶지 않았다.

"널 사랑한다. 도연아."

"나도 사랑해. 도유 오빠처럼."

"그게 아냐. 내가 널 사랑하는 건 남자가 여자를 사랑한다는 의미야."

"왜 이제 와서 이러는 건데. 이젠 나이도 먹었고 더 이상 좋은 여자도 만나지 못할 거 같으니까 옆자리에 항상 있는 나라도 꿰차자, 이런 막된 심보인 거야. 뭐야."

"몰랐다. 네가 내 마음에 이렇게 깊숙이 들어와 있었는지."

"안 믿어."

"도연아."

"그렇게 부르지 마. 믿지 않으니까. 나 오빠 말이라면 다 진실이라 믿던 예전의 순진한 소녀가 아니야. 되바라질 대로 되바라진 24살 민도연이라구."

"노력할게. 내 마음을 거부하지 말고 시간을 줘. 부탁한다."

한 번도 들어 본 적 없는 민규의 애원.

그리고 강렬한 눈빛에 속절없이 휘둘리는 도연이었다.

받아들이고 싶은 마음과 지금껏 맘고생 한 걸 생각하면 외면하고 아프게 만들고 싶은 나쁜 마음이 공존했다. 무엇보다 그가 진심인지 아닌지 확신이 들지 않았다.

나이가 들어서일까, 아니면 혹시……. 곁에 있는 제가 편해서가 아닐까 하는 못난 의혹이 그녀를 망설이게 했다.

흔들리는 도연의 눈빛에 민규는 말없이 그녀 손을 잡고 놓지 않았다. 지금은 욕심내지 말아야 한다는 것을 알고 있었다. 이제부터가 새로운 시작이라는 것도. 편한 동생과 오빠 사이가 아닌 불편한, 서로를 꾸준히 의식하게 되는 남자와 여자가 되어야 한다는 것도.

마음을 인정하고 나니 이렇게 세상이 달라져 보일 줄 미처 몰랐던 민규였다.

찬 새벽바람을 맞으며 걸어가는 길이 무척이나 정겨웠고, 잡은 손에서 뜨거운 체온이 느껴졌다.

사랑이 이렇게 가까이 와 있었는데도 멀리멀리 돌아서 겨우 제자리를 찾은 만큼 남은 시간 동안 그녀를 마음껏 사랑하고 싶었다.

그날 이후, 민규의 행동은 사랑에 퐁당 빠진 바보처럼 나사가 빠져 버렸다. 지극정성으로 마음을 보이고 노력하는 그에게 도연의 마음도 어느새 응어리가 하나둘 스러져 갔다.

그리고 그 자리에 사랑의 새순이 돋아나고 있었다.

◈

"오빠 창피하게 왜 이래?"

회사 로비에서 무릎을 꿇고 청혼하는 민규 때문에 웬만한 일에 끄떡도 없는 도연도 얼굴을 붉히며 어쩔 줄 몰라 했다.

"허락 안 해 주면 허락할 때까지 이러고 있을 거다."

"빨리 일어나란 말야. 부장님도 나오실 거고, 얼른."

호들갑을 떨며 제게 소식을 전달한 회사 동료 하나 때문에 퇴근 준비를 하던 도연은 숨이 턱에 차도록 로비로 뛰어 내려온 참이었다.

로비에는 민규가 장미꽃다발을 품에 안은 채 그녀를 향해 웃음 짓고 있었다.

"뭐하는 거야?"

"도연아. 나랑 결혼해 줄래?"

"……반칙이야. 이거."

"더 기다리다 이 오빠 숨 넘어갈 것 같다. 사랑한다. 나와 결혼해 줘."

좀 더 애태우고 매달리게 하고 싶었는데 도연이 사랑하는 남자는 눈치가 빨라서인지 이렇게 뒤통수를 쳤다. 그게 미워 도연은 그를 흘기며 중얼중얼 혼잣말만 하고 있었다.

"결혼해!"

"결혼해!"

어느새 몰려든 회사 사람들의 응원에 힘입어 마지못해 고개를 끄덕인 도연을 안아 든 민규의 모습에 많은 사람들이 박수를 치며 두 사람을 축복해 줬다.

이 프러포즈 장면은 회사 화보에 실려 한 달 내내 시달린 도연이었다.

◈

딴딴, 딴딴.

민도연과 박민규의 결혼식 날.

행복한 두 사람이 얼굴엔 사랑의 빛이 충만했다. 이제 중년이 돼 버린 도연의 모친 오유진과 부친 민도진은 감개무량한 듯 딸의 결혼식을 지켜보며 눈물짓고 있었다.

"여보, 울지 마세요."

"흐흑, 우리 딸이 결혼을 하다니 평생 혼자 살 것 같아 걱정

했는데. 이제 다리 뻗고 잘 수 있을 것 같아."

"여보."

"이제 맘 편하게 해외여행 다녀옵시다."

"네~"

도연은 사이가 좋다를 넘어 찰떡처럼 붙어 떨어질 줄 모르는 부모 모습에 고개를 절레절레 젓고 있었다.

결혼하자마자 휴가를 내고 하와이를 예약했다고 들었다. 저러다 늘그막에 나이 차가 겁나 많은 동생이라도 태어날 것 같았다.

도연은 순간 떠오른 생각에 설마? 라는 마음으로 피식 웃고 말았다.

그러나 하와이를 다녀온 얼마 후…… 도연의 임신 소식과 맞물리며 어머니 유진의 늦은 임신 소식도 알려졌다.

"에에엑, 엄마가요?"

"그래. 네 엄마 대단하지?"

"아빠!"

"엄마!"

온 가족이 놀라 입을 다물지 못하는 상황에도 뭐가 그리 즐거운지 셋째를 가진 유진과 도진은 이 세상을 다 가진 것처럼 행복해 보였다.

부모가 사랑하는 모습을 오랫동안 보고 자라 온 도연과 도유의 얼굴에도 이내 체념이 서리더니 함박웃음이 머물고 있었다.

행복 바이러스를 끝없이 전파하는 존경하는 엄마, 오유진이 낳을 동생이 벌써부터 기대가 되었다. 도연의 머릿속에 아이들 웃음소리로 가득 찰 미래가 그려지고 있었다.

◈

다음 해, 순식간에 대가족이 돼 버린 민 씨 집안은 북적북적했다.

큰오빠 도유는 어여쁜 공군 중령을 결혼할 사람으로 소개했고, 가족을 이룬 도연과 민규, 그리고 신생아 박준, 민도진과 오유진 사이에 태어난 막내아들 민도율까지 총 8명 이 거실에 옹기종기 모여 있었다.

화기애애한 그들을 화들짝 놀라게 만드는 어린 준과 도율 때문에 오늘도 정신없는 하루를 보내는 가족들의 얼굴엔 사랑이 넘실대고 있었다.

"여보, 내가 말했나? 당신을 만난 건 내 인생 최대의 행운이었다고?"

"말해야 아나요? 나에게도 당신이 최대의 보물이에요. 가족을 선물해 줘서 고마워요, 사랑해요. 민도진 씨."

"아아악! 엄마 얼른 나와 보세요! 또 도율이가 난장판을 만들어 놓았어요. 어서요!"

다급한 도연의 구명 외침에 두 내외는 마주 보며 빙긋 웃다 손을 마주 잡고 자리에서 일어났다.

항상 감사하고 작은 것에 고마워할 줄 아는 사람으로 자라기를, 살아 숨 쉬는 그날까지 그들의 아들, 딸에게 은혜와 축복이 내리길 기도하며 도진과 유진은 행복이란 양탄자가 깔린 융단 위를 나란히 걷고 있었다.

◈

한강 고수부지.

남편 민규가 잠실 중학교로 전근을 가게 되자 아예 이사를 했다. 이젠 제법 부부 티가 나는 민규와 도연, 아직은 어린 4살짜리 아들 준을 데리고 가까운 한강으로 바람을 쐬러 나간 그들은 탁 트인 한강의 정취에 가슴을 활짝 벌려 공기를 들이켰다.

도연의 직장과 민규의 직장이 거리가 상당히 멀어 그동안 시흥에서 전세로 살던 그들은 집값도 오르고 아이도 커 가서 해서 서울에 집을 마련했다.

먹을 것, 입을 것 아끼며 모은 돈으로 작지만 막상 보금자리를 마련해서 입성하니 감회가 새로운 두 사람이었다.

"아. 정말 시원하다."

"엄마, 좋다."

이제 더 이상 이사를 하고 싶지 않은 도연이었다. 결혼하고 나니 남편 민규는 정말……. 딱 선생님이 천직인 사람. 그만큼

고지식하고 융통성이 없을 때가 많았다.

아들 준을 임신하고 8개월 무렵 첫 이사로 당황했던 때가 떠올랐다. 그리고 그들은 1년에 한 번 꼴로 이사를 다녔던 부부였다.

친정과 시댁에서 집을 사라고 돈을 보태 준다고 해도 다 큰 자식이 어떻게 손을 벌리느냐며 주는 밥도 못 챙겨 먹는 바보가 박민규, 그였다. 머리로는 그의 말이 전부 타당한데도 무거운 배를 내밀고 뒤뚱거리며 이삿짐을 정리할 땐 정말이지 그가 원망스러웠다.

하지만 이 악물고 오로지 두 사람이 아끼고 아껴 가며 저축한 돈으로 서울 잠실에 집을 마련했기에 자랑스럽기도 하고 남편이 다르게 보이기도 했다.

존경까진 아니더라도 그의 말은 경청하게 되고 그를 믿는 마음도 누구보다 깊었다.

"엄마, 아빠. 이제 우리 이사 안 가?"

"그래, 이곳에서 평생 사는 거야. 너 학교도 이곳에서 다니는 거고."

"와아. 신난다."

적응할 만하면 이사를 다니느라 친구를 제대로 사귈 틈이 없던 아들이 제자리 뛰기를 하며 기뻐하는 모습에 도연은 흐뭇하기도 하고 안쓰럽기도 했다.

'어서어서 친구를 만들 수 있게 해 줘야지.'

불타는 사명감으로 똘똘 뭉친 도연의 주먹이 꼬옥 쥐어지고 눈은 야생동물 부엉이처럼 빛나고 있었다.

마음이 여유로우니 그제야 탁 트인 한강의 전경과 많은 사람들 특히 돗자리를 깔고 앉아 사이좋게 컵라면을 시식하는 연인들에게 눈길이 갔다.

부러웠다. 이젠 아득하고 멀게 느껴지는 20대 초반, 날리던 제 모습이 생각나지 않을 정도로 아득하기만 했다.

날씬하고 예뻤던 그녀는 어디 가고 똥배가 나오고 통통한 몸매의 준이의 엄마, 누군가의 아내만 있었다. 민규와 진하게 연애를 하고 결혼했음에도 불구하고 다시 옛날로 돌아가고 싶은 발칙한 생각도 들었다.

자유로운 영혼의 소유자인 도연은 대한민국 평범한 보통 아줌마가 되어 살고 있는 지금에 딱히 불만은 없었지만 풋풋한 연인들의 상큼 발랄한 한때를 지켜보는 심정은 그녀의 시기심을 자극했다.

"엄마, 저 형아 인라인 스케이트 잘 탄다."

"우리 준이도 이제 주말이면 나와서 배우면 되지."

"정말? 나도 배울 수 있어?"

"그럼~ 그러려고 잠실로 이사 왔는걸? 우리 준이 때문에."

"와아."

한 달 전 이사를 또 가야 한다는 말에 울먹이던 아들의 모습이 기억나 가슴이 묵직했던 기억이 새록새록 떠올랐다.

"그럼 어린이집도 그만 가는 거야?"

"……그래."

"히잉. 유나도 소연이도 못 보는 거야? 선생님도?"

"준아……. 미안해."

"시져~"

얼마나 싫었으면 가지 않겠다고 울먹이기까지 할까 마음이 아파 아이를 꼬옥 껴안고 다독이면서 도연은 놀이공원을 자주 갈 수 있다고 설득했었다.

"놀이공원이 가까워? 자주 갈 수 있어?"

"그럼 우리 준이가 가자고 하면 바로 갈 수 있어."

"……그럼 좋아."

역시 아이는 아이인지 금세 눈을 빛내며 기대감으로 얼굴을 붉혔었다. 돌아서면 잊어버리는 아이의 순수함 덕분에 그녀는 걱정을 내려 둘 수 있었다.

"엄마, 엄마! 거기 저거 봐."

가오리연이 하늘 높이 날아올라 펄럭이고 있었다. 창공을 차고 올라 퍼덕거리는 날갯짓처럼 움직이는 연의 휘날림을 구경하는 준의 커다란 검은 눈동자에 어린 찬탄에 도연은 마음의 짐을 잠시 내려 둘 수 있었다.

그녀뿐만 아니라 남편 민규도 아들의 밝은 모습을 사랑스럽다는 듯 지켜보고 있었다.

부모의 마음이 다 같지 않을까. 내 자식에게 좋은 것을 먹이고 싶고 즐거운 생활을 하게 하고 싶고 다양한 경험을 체험하게 만들고 싶은 마음 말이다.

도연의 시선 끝에 뛰어노는 아들, 준을 민규가 어깨로 안아 올리는 다정한 모습이 보였다. 행복이 별거인가. 뭐⋯⋯. 몸매는 조금 망가졌지만 대신 무엇과도 바꿀 수 없는 아들과 사랑하는 남편이 있으니 그게 행복이 아닐까.

그녀 얼굴엔 행복이 그려져 있었다. 여기까지였다면 첫 나들이가 보람찼었을 것이다. 그러나⋯⋯.

"호호. 여보. 당신과 이렇게 나오니 이전 생각이 나요."

과자를 사 달라는 준을 데리고 안아 올린 남편과 매점 앞에 도착한 도연은 흐뭇한 미소로 컵라면을 먹는 연인을 바라보며 말을 건넸다.

"당신 기억나요? 저기 저 자리에서 컵라면 먹었던 거?"

"⋯⋯."

"벌써 잊어버린 거예요? 나 참⋯⋯. 저기요, 저 자리. 난 기억이 확실히 나는데."

"⋯⋯없어."

"네?"

"너와 이곳에 온 적은 물론, 라면은 더더욱 같이 먹은 적 없어."

"에이, 기억 안 나면 안 난다고 해요. 저기서 매운 라면 먹었 잖아요."

"안. 먹. 었. 다. 고."

그제야 고개를 갸웃거리며 기억 회로를 더듬는 도연이었다. 분명 그와 함께했던 추억의 자리……. 아닌가? 다른 남자였나?

가끔 기억이 뒤죽박죽되기는 했다. 나이가 들면서 건망증 증세도 나타났다. 그렇다고 그녀가 그런 일까지 기억 못 하는 것은 아니지 않나?

"저기…… 정말 당신 아네요?"

차갑게 돌변한 남편의 시선이 찌를 듯 도연을 째려보고 있었다.

"집에 가자."

"어……. 저기 배에서 밥을 사 먹……. 아니에요, 가요."

운전하고 집에 가는 내내 분위기는 썰렁했고 아들은 그녀 품에서 잠이 들었다.

도연은 평소와 달리 지하주차장에 차를 주차하고 올라가지 않는 민규에게 말도 붙이지 못하고 아들을 안고 집으로 돌아와야 했다.

낑낑, 제법 무거워진 준이를 눕힌 뒤 씻고 한참을 기다려도 남편은 오지 않았다.

삐리리.

"이제 와요?"

"……."

"민규 씨……. 여보."

"나 건드리지 마."

"지난 일이라 기억이 가물거린 거예요. 미안해요, 네?"

"얼마나 문어발식 연애를 했으면 나를 다른 놈과 헷갈려 하는 거야?"

"……미안하다고 했잖아요."

좀팽이 남편 같으니. 미안하다고 몇 번을 말했는데도 콧방귀도 뀌지 않는 민규에게 슬슬 부아가 치미는 도연이었다. 그래, 나 소싯적인 기 좀 많았다! 그게 왜! 어쩌라고.

"그게 미안하다고 말하는 태도야? 불량하잖아."

"……그럼 엎드려 빌기라도 해요?"

"허! 적반하장이라더니 관둬, 그런 사과 받지 않으면 그만이야."

"그래요. 관둬요! 쳇."

이상한 일. 의도치 않게 이사 온 첫날부터 싸움을 한 부부였다. 신혼은 아니었지만 아직도 기싸움은 끝나지 않았나 보다.

조금만 참을 것을 미안하다고 하고 끝냈으면 될 일을 3일 간이나 지속한 두 사람이었다. 그나마 시아버지 생신이 아니었으면 화해도 안 했을 두 사람이다. 그녀가 그동안 꼬박꼬박 안부 전화를 드렸고 용돈을 챙겨 드렸나는 말을 듣고 남편 민규가 먼저 화를 풀었던 것이다.

"미안, 당신이 그렇게 신경 써 줄 줄 몰랐어. 고마워."

"당연한 거죠. 당신 부모님 때문에 당신이 태어난 거잖아요. 미안했어요."

부부싸움은 칼로 물 베기라는 옛날 말을 재현한 두 사람은 시댁에서 애정행각을 태연자약하게도 저지르고 있었다. 급기야 보다 못한 시부모님의 제안으로 아들 준을 떼어 두고 부부만 잠자리를 가지게 되었다.

시원한 공기. 극적인 화해.

다시 찾은 사랑이 불타올라 정염의 밤은 길고 또 길었다. 그의 품 안에서 거친 숨을 색색 내쉬며 도연은 다시 한 번 마음속으로 다짐하고 있었다.

'조심해야겠어. 세 치 혀가 내 목을 죌지도 모르니. 말조심을 해야지. 말조심.'

도연은 넓은 민규의 가슴에 얼굴을 묻고 생각을 정리하고 있었다.

하지만…… 얼마 지나지 않아 같은 실수를 반복할지 까맣게 모르고 있었다.

장미의 전쟁.

부부가 앞으로 걸어갈 험난한 일정 진정한 부부로 거듭나기 위해 모든 부부들이 거쳐 가야 할 그 길 입구에 도착, 막 진입하려는 두 사람이다.

싸우고 울고 논쟁하고 또 화해하고 사랑하고 마음을 다치고 상처 주는 나날들. 수도 없이 같이 할 나날들이 그들을 기다리고 있었다.

사랑하고, 좋아하고, 상대라는 존재에 감사하기만 하기에도 짧은 인생이라는 뒤늦은 깨달음을 얻기까지 시간은 야금야금 좀먹으며 그들에게 희생을 요구하고 있었다.

가족이라는 이름이 가지는 무게가 가볍지만은 않다는 사실을 알게 될 때까지 좌충우돌 부딪치며 배워 가는, 살아가는 그들의 역사가 새로 써진다.

❖

"엄마, 맛있는 거 사 줘."

"그래, 아빠 퇴근하시면 나가자."

"어디 갈 거야?"

"음. 어디 갈까?"

"나 로봇 사 줘."

"로봇?"

"응. 어린이집 민준이가 또봇 가지고 왔다?"

"그래? 어린이집에 가져가도 돼?"

"응, 선생님이 하나는 가져와도 된다고 했어."

"그래?"

하나뿐인 아들이 열심히 가지고 싶은 것을 피력하는 동안 도연이 머릿속을 데굴데굴 구르고 있었다.

오랜만에 마트에 가서 떨어진 생필품도 사고 바람도 쐬고 외식도 하고. 그리고⋯⋯.

2주 전 싸움의 여파가 아직도 잔재해 있는 지금 도연은 살얼음판을 걷듯 조심스러운 걸음을 내딛고 있었다. 화해로 급 마무리되긴 했지만 민규는 보기보단 꽁한 면이 없지 않았기에 아직도 그 일을 맘에 두고 있는 것 같았다.

'어휴. 내가 잘못한 거지. 남자들 속성이 모두 그렇다던데 조심해야겠어.'

살면서 배워 가는 지혜였다. 알아도 모른 척 추켜세워 주기, 과거의 일은 되도록 꺼내지도 말기, 퇴근할 땐 되도록 집에 있기, 전화를 걸어오면 웬만큼 바쁘지 않으면 두 번에 한 번은 받아 주기, 싸워도 밥 굶기지 않기.

정말 새삼 느끼지만 조선시대 여인들은 대단하다고 느끼는 도연이었다. 참고 기다리는 인고의 시간이 바로 당시 여인의 삶이었을 것이다.

도연은 직장생활을 즐겁게 하고 있었다. 아들 준은 귀가하면 도우미 아주머니가 살뜰히 돌보아 준 탓에 직장에서 성취감도 남다른 편이었고 남편도 곁눈질 한 번 하지 않는 아내 바라기였다.

이번 주는 새로 시작된 프로젝트를 준비하느라 더없이 바빴기에 온몸이 노곤해진 탓도 있었고 마트를 가서 살 물건들도 많았기에 금요일 저녁, 민규의 귀가를 기다리며 나름 한가한 도연이었다.

저녁 한 끼를 준비하지 않음으로 인해 이렇게 여유가 있다니. 우리나라 음식은 만들기가 너무 까다로웠다. 손질하고 자르고 채 썰고 끓이고 접시에 내고 설거지까지 한 끼 식사를 준비하고 씻고 나면 하루가 다 가 버렸다.

가끔은 게으름을 피우며 외식으로 한 끼를 때우고 싶은 평범한 이 나라의 아줌마 민도연은 귀를 쫑긋거리며 밖에서 인기척이 나는지 살피고 있었다.

"아빠!"

달려 나가 안기는 준을 번쩍 안아 올린 민규는 식탁 앞으로 와 피식 웃고 말았다. 만반의 준비 태세를 갖춘 어부인 민도연이 게슴츠레 눈을 내리깔며 그를 올려다보고 있었다. 이제 척 보면 척, 착 보면 착. 눈길만 부딪쳐도 무슨 생각을 하는지 읽힐 때가 있었다. 바로 지금처럼 말이다.

"밥은?"

"오늘 살 것도 많고 준이도 장난감 사 달라고……."

"그래서 나가자는 말인 거 같은데?"

"호호. 그게 그런 건가?"

여우 같은 마누라, 도연이 눈웃음을 살살 치며 엉덩짝에 달린 꼬리를 흔들 땐 민규는 제 가슴이 노곤해지는 것 같았다.

다른 남자들처럼 집밥을 최고라 치는 그는 외식하는 걸 즐겨하지 않았지만 토끼 같은 자식과 여우 같은 마누라가 똑 닮은 얼굴로 눈을 끔벅거리면 다른 방도가 없었다.

"여보옹."

"그래, 나가자. 죽은 사람 소원도 들어준다는데."

"야호! 성공이다, 준아."

"성공!"

두 손을 맞잡고 펄쩍펄쩍 뛰는 철없는 아내와 아이를 보며 민규는 고개를 절레절레 흔들고 말았다.

여전히 된장국 끓이는 데는 재주가 없고 나물은 짜게 무치며 생선탕은 아직도 성공한 적이 없는, 요리에 젬병인 마누라였지만, 단점을 다 덮을 만큼 애교가 넘치고 아들을 잘 돌보며 그만을 사랑하는 소중한 아내가 바로 그녀이기에 그는 오늘도 행복했다.

하루하루 감사하며 건강하게 오래 살았으면 하는 바람이었다.

그러나…….

가는 길이 왜 이리 막히는가 말이다. 제법 큰 규모인 대형마트로 가는 길이 이렇게 험난할 줄이야. 성질 같으면 도중에 차를 유턴하고 싶은 민규였다. 그러나 가족을 위한 봉사를 하기로 결심했기에 차오르는 초조함을 감추며 운전하고 있었다.

"엄마 차 막혀?"

"금요일이고 놀이동산 야간개장 때문인 건지 더 막히는 것 같아. 그 주변에 공사도 한다 한 거 같은데."

"언제 도착해? 배고파, 엄마."

"조금만 기다려. 도착하면 밥부터 먹자. 준이 좋아하는 거 사줄게."

"응."

가는 길이 느릴수록 성취감은 두 배가 아니겠는가. 도연은 꽉 막힌 사거리 차들을 멍하니 바라보며 새삼 사람과 자동차가 많다는 사실에 놀라워하고 있었다. 전과는 달리 승용차보다 레저 차량이 많아졌고 흔치 않았던 외제 차도 홍수를 이루고 있었다.

'우와, 저건 신형 모델이네?'

휙휙 눈 돌아가게 잘 빠진 오픈카에 눈길을 빼앗긴 그녀는 갑자기 눈동자가 커져 갔다.

"어어? 저거?"

이마트 절반도 가지 못한 채 도로 한가운데 정차 중이던 민규는 담배 생각이 간절해지던 참이었다. 민규는 정차 중에도 엉뚱하겠지만 자동차가 날아다니는 상상을 해 보았다. 그러면 정체가 일시 풀릴 텐데……

"어머어머! 진짜 반갑네."

"뭐가?"

"앞 자동차 번호판 좀 봐요."

"응? 그게 뭐?"

"당신 기억 안 나요? 1594. 당신 결혼 전에 몰던 차 넘버잖아요."

"……."

잠시 방심이란 걸 했나 보다. 한 달 전 사건을 겪고서 조심스러운 행보를 하던 중 잠시 정신줄을 놓았나 보다. 도연은 얼굴에 화색을 띄웠다.

"엄마, 1594 아냐. 아빠 차는 8411이잖아."

"호호, 그래 그렇긴 한데 아빠와 엄마가 연애할 때 1594였거든. 차도 달랐었고."

연인이 되었던 두 사람은 급속도로 친밀해지고 가까워졌었다. 그동안 느릿했던 속도를 보상이라도 하듯 엄청 빠르게 밀착되었었다. 차로 드라이브를 하고 그리고…….

"당신과 그때가 정말 좋았었는데."

"……."

"민규 씨, 여보. 기억나요?"

"……아냐."

"네?"

음산한 목소리.

언젠가 들어 본 적 있던 것 같은 스산한 남편의 목소리에 정신을 차렸어야 했는데 혼자 흥분해 주위를 둘러보지 않은 게 죄라면 죄였다.

"내 차 넘버가 아니라고."

"에? 그런? 에? 이 당신 차 넘버를 내가 기억 못…… 할 수도 있구나."

입에 본드를 칠한 사람처럼 딱 붙어 버린 도연은 머리를 재빨리 굴리고 있었다. 1594. 그럼 이 익숙한 차 넘버는 누구 거지?

"내가 정말 너 때문에……."

부앙.

차가 갑자기 속도를 내더니 사거리에서 유턴을 했다.

"어? 왜? ……헉."

백미러로 눈이 마주친 도연은 숨을 몰아쉬고 남편의 살벌한 눈빛을 슬쩍 피해 눈을 내리깔았다. 눈빛만으로 사람을 죽일 수 있다는 말이 실감 나게 와 닿았다.

결혼생활을 하다 보니 얻어지는 건 눈치요, 느는 건 주름뿐인지. 아, 민규가 화가 났을 땐 조용히 기다리는 게 상책이라는 걸 배워 익힌 도연은 찍소리도 못 한 채 집으로 돌아와야만 했다.

"엄마, 배고파."

준이도 아빠가 화가 난 상태라는 걸 직감하고 칭얼거리지 않고 있다가 결국 배가 고픈지 칭얼거렸다.

"라면 먹을래?"

"정말? 먹어도 돼?"

인스턴트 음식은 주말이나 특별한 날 외엔 먹지 못하게 하는 엄마가 라면을 끓여 준다고 하자 신이 난 아들이었다. 손을 씻고 흥얼거리는 어린 아들을 보며 그녀는 한숨을 푹 내쉬었다.

'이놈의 입이 방정이야, 방정. 어휴, 이번 일로 얼마나 꽁해 있을지. 아……. 아찔하다.'

조심한다고 했건만 고새를 못 참고 입을 나불대다 꼬릴 잡히고 만 그녀는 마치 이솝우화에 나오는 제 꾀에 제가 당한 여우 같았다.

아이 끼니를 챙겨 주고 난 뒤 조용한 밤이 되자 무거운 발걸음으로 침실로 들어가던 도연은 급 당황하고 말았다.

"여……여보."

침대 아래 요와 이불이 깔아져 있었다.

"생각할 게 있으니까 오늘은 따로 자자."

"그래도 이건 좀."

"내가 내려가 잘까?"

"아니 뭐……. 내가."

지은 죄가 있지 차마 민규 보고 내려가라는 소린 하지 못했다. 바람피운 건 아니었지만 과거 일이 발목을 붙들 줄이야.

쪼끔 억울하단 생각도 했지만 얼른 펴 놓은 이불 안으로 쏘옥 들어가 얼굴을 감춘 그녀였다.

"저……. 할 말이."

"오늘은 조용히 자자. 아무 이야기도 듣고 싶지 않으니까."

"……."

어둠 속 침묵이 길어질수록 숨이 턱턱 막혀 왔다. 다행히 저번 사건 이후 부부 사이에 싸움을 할지라도 각방은 쓰지 말자고 약속했기에 그나마 같은 방에 머물고 있었다.

'아. 정말 내가 미쳤지, 돌았지.'

도연은 머리카락을 마구마구 흐트러뜨리며 이불 속에서 발버둥을 치고 있었다. 이놈의 입을 어떻게 해야겠다. 입 성형을 해서 입을 작게 줄이는 수술이라도 하든지, 목소리를 크게 못 내는 성대 수술이라도 하든지 양자택일을 해야 할 것 같았다.

다음 날도, 그다음 날도 눈치를 보던 도연은 답답해 미칠 것만 같았다.

용돈 드리는 같은 방법을 썼다간 역효과가 날 것 같았기에 머리를 쥐어짜 방도를 강구하고 있었다.

결국 아들 준이를 친정에 맡기고 모처럼 둘만의 시간을 보내보자 결심한 도연이었다.

그리고 그날 밤,

"뭐……하는 거야?"

"당신 유혹하는 중이잖아요."

"……."

"여보, 화 풀어요. 다 지난 일이잖아요. 그깟 차 넘버가 뭐라고."

"그깟?"

"아니. 그게 저기…… 내 말은……."

"후우, 내가 화난 이유를 아직도 모르는 것 같아. 관두자."

야한 네글리제를 입고 은은한 조명까지 만들고 있는 용기 없는 용기를 그러모아 안아 달라 보챘는데도 영 반응이 신통찮았다.

도연은 서글퍼지기까지 했다. 이젠 여자로 느껴지지 않는 건지. 매력이 없는 건가 싶어 자괴감도 들었다.

이렇게까지 해도 안아 주려는 마음이 없다면 이젠 남편에게 난 여자라기보다 아이의 엄마일 뿐이다 이건가?

도연의 얼굴에 수심이 깊어만 갔다. 우울했고 불행했다. 기분이 스스로 제어가 안 될 만큼 널뛰기를 했고 하루에도 열두 번 천국과 지옥을 왕복하고 있었다.

남편의 거절에 상처 입은 가슴이 너덜거렸다.

민규는 도연의 유혹에 넘어갈 뻔하다 초인적인 의지로 자리를 박차고 나와 버렸지만 즐겁지만은 않았다. 먼저 손 내미는 걸 잡아야 하는데 자신도 사내라 과거를 쿨하게 무시할 수 없다.

시간이 필요했고 며칠 뒤 자연스레 이야기를 나누리라 생각했지만 도연의 반응이 뜻밖이었다. 다녀와도 눈을 마주치기는커녕 식사 준비를 하고 안방에 들어가 있다가 식사를 마치면 나왔다.

잠을 잘 때도 침대에 들어오는 시각은 그가 한창 잠에 깊이 빠져 있는 2~3시 사이였다. 문득 어디 아프냐고 말을 건네려다가도 그놈의 1594, 어쩌고저쩌고가 기억나 입안으로 말을 삼키고 말았다.

"다녀오셨어요? 늦었네요."

"응, 준이는?"

"자요."

회식을 하고 들어온 길이었다. 술잔을 기울이면서 인생 선배들이 먼저 그에게 조언을 해 주었다. 눈치가 빠삭한 그들은 요 1주 동안 그가 이상하다는 걸 눈치채고 있었다.

"잘해, 무조건."

"하지만……. 그게 잘 안 됩니다."

"잘 안되니까 노력이란 걸 해야지. 가만있으면 감이 떨어져?"

"……그건 아니죠."

"그래, 그러니까 남자가 먼저 다가가고 보듬어 주라는 소리야. 달라고만 보채지 말고 상대방을 위해 뭔가를 해 줘 봐."

"가사 일을 도우라는 말씀이십니까?"

"하하하. 그렇게 들렸나? 그게 아니고 요구만 하지 말고 넘겨짚지만 말고 들어 주라는 거지. 여자란 참 묘한 존재라서 뭘 딱히 해 달란 이야기가 아니더라고. 그저 들어주고 동감해 주면 감동을 먹더라 이 말이야. 어려운 기 아닌데 하는 사람이 별로 없어. 별거 아닌데 말이야."

민규는 저보다 나이 지긋한 동료들의 충고를 귀담아듣고 있었다. 생각해 보면 그도 이기적인 면이 많은 남자였다. 항상 요구하는 편에 속했고 들어주고 양보하는 건 도연이었다.

애정이 있으니 질투가 나는 것일 테지만 그냥 짜증부터 앞섰기에 시간을 둔 것뿐이었다. 용기를 그러모아 네글리제를 입고 아이까지 친정에 보냈을 텐데……

거기까지 생각이 미치자 민규는 더 어려워지기 전에 화해하기로 맘을 먹고 집으로 귀가했다.

"들어왔어요?"

"응, 도연아."

갑자기 손을 잡은 민규를 바라보는 도연의 눈에 따스한 빛이 아닌 귀찮고 싫은 기색이 비쳤다.

"늦었어요, 내일 출근해야 돼서 저녁은 먹고 온 거죠?"

"응……"

"먼저 잘게요, 오늘 피곤해서."

미처 뭐라 말할 틈도 없이 등을 돌려 방으로 쏘옥 들어가 버리는 도연에게 찬바람이 휭하니 불고 있었다.

이 상황이 정상인 건가? 내가 뭐 하는 거지?

기분이 상해 버린 민규였다. 그렇다고 따라 들어가 아무 일도 없던 것처럼 행동하기엔 자존심이 상했다.

알아서 품에 안겨 오면 어디 덧나나? 미련하긴.

두 사람은 서로가 먼저 다가오길 기다리며 같은 침대에서 다른 꿈을 꾸고 있었다.

"아······. 흐윽."

앓는 소리에 잠이 깬 민규가 침대 스탠드를 켜자 땀으로 범벅이 된 도연이 배를 움켜 쥐고 있었다.

"도연아!"

"아······. 배가, 아앗."

어떻게 운전을 한 건지 정신이 없었다. 하얗게 질린 아내의 두 다리 사이로 피가 흐르는 걸 보고 난 뒤론 백지 상태였다.

새벽길을 달려 인근 병원 응급실에 들어와 진찰을 받고 쉬는 중인 아내의 밀랍 같은 형상이 그의 맘을 아프게 했다. 건강하고 씩씩한 그녀였기에 걱정하지 않았는데 얼마나 아팠으면······. 제가 새벽에 아파도 선뜻 깨우지 못할 만큼 믿음을 주지 않았던가 싶어 가슴이 무너졌다.

"민도연 씨, 보호자분."

"네."

깨지 않는 도연을 두고 민규가 조용조용 걸음을 옮겨 의사에게 다가가자마자 당직 의사는 폭탄을 터뜨렸다.

"천만다행입니다. 산모가 건강하시니 이만큼 버틴 거지만 여하튼 오늘 위험했어요. 하마터면 수술해야 했을지도 모릅니다."

"……산모라고요?"

"네, 임신 4주 차에 들어섰습니다. 남편분 모르셨습니까?"

둘째.

그들에게 아들 준이 태어난 뒤 새로운 생명이 찾아왔다. 민규는 벅찬 감동으로 누운 아내의 손을 꼬옥 잡고 있었다.

"미안…… 미안하다."

"민규 씨, 무슨 일이에요?"

제 손을 붙들고 눈물짓는 남편의 모습을 보자마자 언제 그를 원망했는지 모조리 잊어버린 채 그를 걱정하는 도연이었다.

"미안하다. 그리고 사랑한다, 도연아."

"……뭐예요. 정말 사람 그렇게……. 흑."

"울지 마, 태아에게 안 좋아."

"태아요?"

"응. 당신과 나의 두 번째 분신이 여기에 있대."

그녀의 배를 가만가만 쓸어 주는 몸짓. 그녀는 한참만에야 그의 말뜻을 이해하고 있었다.

"세상에……. 그래서 내가 감정 기복이 심했었나 봐요. 하……."

"오늘 위험할 뻔했어. 다시는, 다시는 싸우지 말자."

"나도 미안해요. 당신을 사랑해요."

사랑하고 또 화해하고 그리고 다시 찾아온 그들의 평화였다. 둘째의 임신 5개월이 되어서야.

　핑크색으로 출산용품을 준비하라는 산부인과 여의사의 언질에 뛸 듯이 기뻐하는 남편이었다. 딸 가진 친구들이 얼마나 자랑질을 했는지 모른다며 어쩔 줄 모르는 그를 보며 도연은 행복한 4인 가족의 모습을 상상해 보았다.

　아들 준은 좋아하다 어린이집에서 무슨 말을 들은 건지 하원하자마자 울음을 터뜨리는 모습에 깜짝 놀랐던 그녀였다.

　차근차근 들어보니 아기가 태어나면 넌 찬밥 신세가 된다는 둥, 넌 쳐다도 보지 않는다는 둥 뭐 그런 말을 주워들었나 보다.

　입을 비쭉거리며 울먹이는 준이가 안쓰럽기도 해서 부른 배를 조심조심하며 준이를 끌어안아 주었다.

　"아냐, 엄마에게 1등은 항상 박준이야."

　"1등은 아빠 아냐?"

　"누가 그래? 엄마가 가장 사랑하는 사람은 박준이야. 이건 절대 절 대변하지 않아. 아기가 태어나도 우리 준이를 가장 사랑할 거야. 약속."

　"응. 약속."

　훌쩍거리며 품 안에서 꼬물거리는 작은 생명을 보듬어 안으며 도연은 아이를 처음 품에 안았던 기억을 떠올렸다. 벅찬 감동과 환희를 가르쳐 준 소중한 아이가 준이었다.

"자, 씻고 올래? 우리 준이 좋아하는 스파게티 만들어 줄게."

"와아! 신난다."

환호성을 지르며 욕실로 달려가는 준을 흐뭇한 표정으로 바라보는 그녀였다.

"흐응. 1등이 누구라고?"

"어머? 당신 언제 왔어요?"

"두 모자가 껴안고 극적인 상봉을 연출하고 있을 때?"

"아……."

"그런데 누가 당신의 1호라고 했더라? 박준이야, 아님 박민규야?"

"당신도 참 누구인 게 뭐 중요해요?"

"어어? 구렁이 담 넘어가듯 넘어가려고 그러나 본데 안 되지. 이 건은 정확히 짚고 넘어가야 할 사항이라고 생각해."

정말 남자들은 이상한 데 집착을 해댄다. 바로 지금처럼 말이다. 누가 1등인지가 뭐 중요하냐고.

"당신 들고 있는 거 뭐예요?"

화제를 돌리려던 그녀의 눈에 남편이 들고 온 하얀 봉지가 눈에 들어왔다.

"이거? 내가 1등이라고 하기 전엔 안 줄 거야."

"여보~"

"당신 좋아하는 족발. 어제 먹고 싶댔잖아."

족발……이라는 말을 듣자마자 입에 침이 고이는 도연이었지만 남편 표정을 보아하니 그냥 줄 것 같진 않아 보였다.

"아이, 여보온."

"안 돼. 그렇게 콧소릴 내도."

치사해서라도 관두라고 하고 싶었지만 늘어난 식탐은 그녀의 그런 섣부른 선택을 말리고 있었다.

욕실로 들어간 아들을 확인하고 가만가만 1등은 그리고 박민규라고 이야기했건만 큰 소리로 다시 말해 달라는 노골적인 요구에 새초롬히 눈을 흘기는 도연이었다. 아들 준이가 듣게 말하라는 뜻이었다.

"정말 당신 애처럼 보챌 거예요?"

"응, 이럴 거야, 나도. 사랑과 관심에 목마르단 말이야."

문득 둘째를 임신하고 그에게 신경을 덜 썼다는 걸 인지한 도연이었다. 임신 때문에 여왕처럼 대접받는 데 익숙해져 있었나 보다. 남편의 애정을 갈구하는 두 눈동자에서 도연은 애정이 솟구치는 걸 참지 못하고 그의 얼굴을 잡아 진한 키스를 해 주었다.

"어어? 어⋯⋯. 음."

"사랑해요, 박민규 씨. 어제도, 오늘도. 그리고 우리가 함께할 남은 인생도."

"도연아."

"당신이 있어 행복하고 당신의 분신인 준이 있어 더 행복하고 앞으로 태어날 우리 딸이 있어 행복할 거예요. 민도연은 전생에 나라를 구한 게 틀림없는 것 같아요."

꽈악.

그녀의 등을 껴안아 오는 듬직한 팔이 주는 묵직한 무게에 눈을 사르륵 감기고 편안한 숨을 내쉬는 도연이었다.

가끔은 아니 허락한다면 자주자주 애정표현을 해 주리라 맘 먹었다. 아이만 신경 쓰고 아이만 칭찬하지 말고 나이가 들수록 귀여워지는 곰 같은 남편도 추켜세워 주고 사랑해 주고 표현해 주어야겠다. 그게 사는 거니까. 서로 공생하며 잘 사는 비결이 니까.

어린이집에 보내고 난 뒤 티타임을 즐기는 같은 또래 엄마들 과 교류하며 많은 것을 배우는 도연이었다. 다른 사람들의 이야 기를 듣고 같은 고민을 하고 해답을 찾아가며 대한민국의 자식 키우는 여자들의 위대함을 절실히 깨달아 가고 있었다.

참고 견디고 인내하던 과거 방식에서 많이 탈피하기는 했지 만 근본적으로 여인들은 강인하고 어머니는 위대했다. 딸이 아 닌 아들을 잘 키워야 나라가 발전한다는 말에 격하게 동감하며 도연은 아들 준을 열심히 키워 나라의 동량으로 키워 보리라 맘 먹고 있었다.

애국이 별건가. 자식을 올바르게 키우고 세금을 꼬박꼬박 내 는 게 그게 애국이지 않은가.

도연은 민규의 허리에 두른 팔이 저렸지만 감동으로 아직도 그녀를 껴안고 놓지 않는 남편의 품에 아들 준이 욕실에서 물을 뚝뚝 흘리며 나올 때까지 순순히 안겨 있었다.

"박준! 물기 닦고 돌아다니라 했지!"

"에헤. 나 잡아봐라~"

"박준!"

조용했던 평화가 지배하던 집 안이 삽시간 돌변했다. 알몸으로 뛰어나가는 개구쟁이 아들 박준과 행여 물기에 미끄러질까봐 튕기듯 달려 나가는 아내의 모습을 뒤쫓는 민규에게서 한숨이 흘러나왔다.

"휴~ 다시 전쟁이군."

전쟁, 그리고 평화.

삶은 그렇게 무한 반복되고 있었다.

◈

먼 훗날 이야기.

박민규와 민도연의 둘째 박희, 그녀는 현재 20살로 외할머니인 유진을 빼다 박은 듯 닮았다. 공과 사를 정확히 구분하다 못해 직언을 일삼았고 불의에 참지 못하는 불같은 성격이었다.

풋풋한 대학 2학년 지하철로 ○○대학을 가던 그녀는 경로석에 젊은 여자가 앉아 있으면서도 자리를 비키지 않는 모습을 못마땅하게 비켜보고 있었다.

광화문역에 정차하자 나이 지긋한 할머니가 들어섰는데도 나

몰라라 핸드폰만 주야장천 들여다보자 자리를 옮겨 사라지는 노인이 맘에 걸렸다. 앉아 있다가도 어른이 오면 일어날 자리가 아닌가.

"이보세요."

"네?"

"여기 노약자석이거든요?"

"네, 알아요."

"아는 사람이 여길 앉아 있어요? 아니 뭐 붐비지 않을 땐 괜찮아요. 그렇지만 어른이 있으면 일어나야죠."

"지금 없잖아요?"

맞다. 치사하고 더러워서 다른 칸으로 피해 가셨으니까.

하지만 얄미웠다. 척 봐도 비싸 보이는 가방에 화려한 여자는 뭐가 잘못이냐는 듯 당돌하기까지 했다. 적반하장도 유분수지 미안한 일을 했으면 미안해하는 게 인지상정인데 반성은커녕 도리어 뻔뻔하게 나왔다.

뻔순이 같으니.

외할머니께서 그러셨다. 좋아 좋아 하며 참고 웬만한 일엔 눈 감는 것도 필요하지만 가끔은 남들이 하지 않는 일을 해야 할 때도 있는 법이라고. 용기가 필요한 일이지만 남들과 같아선 안 된다고.

내가 인정하고 남이 인정하는 상황이라면 표 나지 않게, 당하는 사람 무색하지 않게 타이르는 것도 해야 한다는 말씀이 기억

났다.

"여기 있잖아요."

"네?"

"여기 눈앞에요."

여자의 눈이 희의 몸을 위아래로 훑어 내렸다. 20살 정도 뵈는 그녀가 노약자라니. 어디 아프다는 건가? 아니면 다리라도 저나?

게슴츠레 눈을 뜨고 상황을 살피려 눈동자를 굴리는 그녀에게 일침을 가하는 희였다.

"노약자. 노인 그리고 약자, 또 임산부라고 규정되어 있죠."

"뭐, 그거야……."

"저 임산부거든요."

"……하지만."

배가 납작한 그녀를 보고 긴가민가하는 여잔 오기로라도 인정하고 싶지 않은 듯 보였다.

"아직 5개월로 접어들지 않아서 그래요. 하지만 무척 힘이 드네요. 쌍둥이거든요."

"!!"

휘둥그레 치뜬 그녀를 보며 웃음을 참는 희였다. 그러나 두 여자의 기싸움을 지켜보던 다른 칸의 시선들과 은근히 괘씸하다 여기며 참고 있던 노인의 쏘아보는 시선에 굴복한 여자가 마지못해 자리에서 일어났다.

"고마워요, 복 받으실 거예요. 아……. 이제야. 손과 다리가 퉁퉁 부었어."

"……."

손과 발을 연신 주무르다 나오지도 않은 배를 쓰다듬는 희를 보던 여자는 다음 역에서 슬그머니 내렸다.

작고 소소한 일인지도 모른다. 하지만 작은 일이라서 못 본 척 외면하고 나 몰라라 한다면 세상은 하나도 변하지 않을 것이다.

대학 정문을 씩씩한 걸음으로 통과하며 희는 오늘도 목소리 우렁차게 경비 아저씨에게 인사를 했다.

"아저씨! 좋은 하루 되세요!"

"하하, 그래그래. 오늘은 출석 체크한다는 우 교수님 수업이구먼?"

"네, 헤헷."

"열심히 해요."

"네."

내달리듯 뛰어가는 씩씩하고 예쁜 희의 모습에 절로 미소를 띠는 경비 최 씨였다.

나중에, 아주아주 오랜 후 박희, 그녀는 이란성쌍둥이를 출산하게 되었다. 하지만 말이 씨가 된 그날의 일을 그녀는 기억하지 못했다.

희의 외할머니 오유진의 행복 바이러스 씨앗이 날아 2대, 3대에 걸쳐 이어졌다.

민도연에게도, 그리고 손녀 박희에게도.

글을 쓰는 일은 처음엔 숨 쉬는 것처럼 가볍고 즐거운 일이었습니다. 그런데 막연히 상상하고 썼던 글이 활자화되고 책으로 나오니 더 나은 글을 써야지라는 사명감이 생기기 시작합니다.

전작과 달리 이 글은 가벼운 로코물입니다. 연기자가 다양한 인물을 연기하고 싶듯 초보 작가인 저도 신선한 소재와 다양한 장르를 표현해 보고 싶은 욕심이 있었습니다.

심각한 내용, 절절한 내용, 집착하는 내용, 여자 주인공이 고난을 이겨 내고 사랑을 쟁취하는 내용 등 많은 주옥 같은 글들이 있고 앞으로도 신선한 소재들과 기발한 이야기가 무궁무진할 소설이 있을 테지만 이 글을 읽으실 동안만은 잠시나마 현실

속의 걱정을 내려 두고 미소와 웃음을 주고 싶어 가볍게 그려 본 유진과 도진의 이야기였습니다.

동화 콩쥐 팥쥐, 장화 홍련전, 신데렐라, 백설공주에 등장하는 계모들의 공통적으로 가지는 나쁜 이미지를 21세기 현재, 다른 시각으로 보아야 하지 않을까 생각해 봅니다.

선입견을 탈피하기란 쉽지 않지만 이런 새엄마도 있을 거라고 표현해 보고 싶었습니다.

2015년 두 번다시 오지 않을 오늘을 보내며 항상 힘이 되어 주는 가족과 독자 여러분께 감사 인사드립니다.

一 봄을 사랑하는 들뜬 오후
류은채 드림

아내의
비밀

1판 1쇄 찍음 2015년 4월 6일
1판 1쇄 펴냄 2015년 4월 10일

지은이 | 류은채
펴낸이 | 정 필
펴낸곳 | (주)뿔미디어

편집장 | 이재권
기획 · 편집 | 주종숙, 정시연

출판등록 | 2002년 9월 11일 (제1081-1-132호)
주소 | 경기도 부천시 원미구 소향로 17, 303(두성프라자)
전화 | 032)651-6513 / 팩스 032)651-6094
E-mail | scarlets2012@hanmail.net
블로그 | http://blog.naver.com/dahyangs
홈페이지 | http://bbulmedia.com

값 9,000원

ISBN 979-11-315-6333-5 03810

Scarlet

스칼렛

www.bbulmedia.com